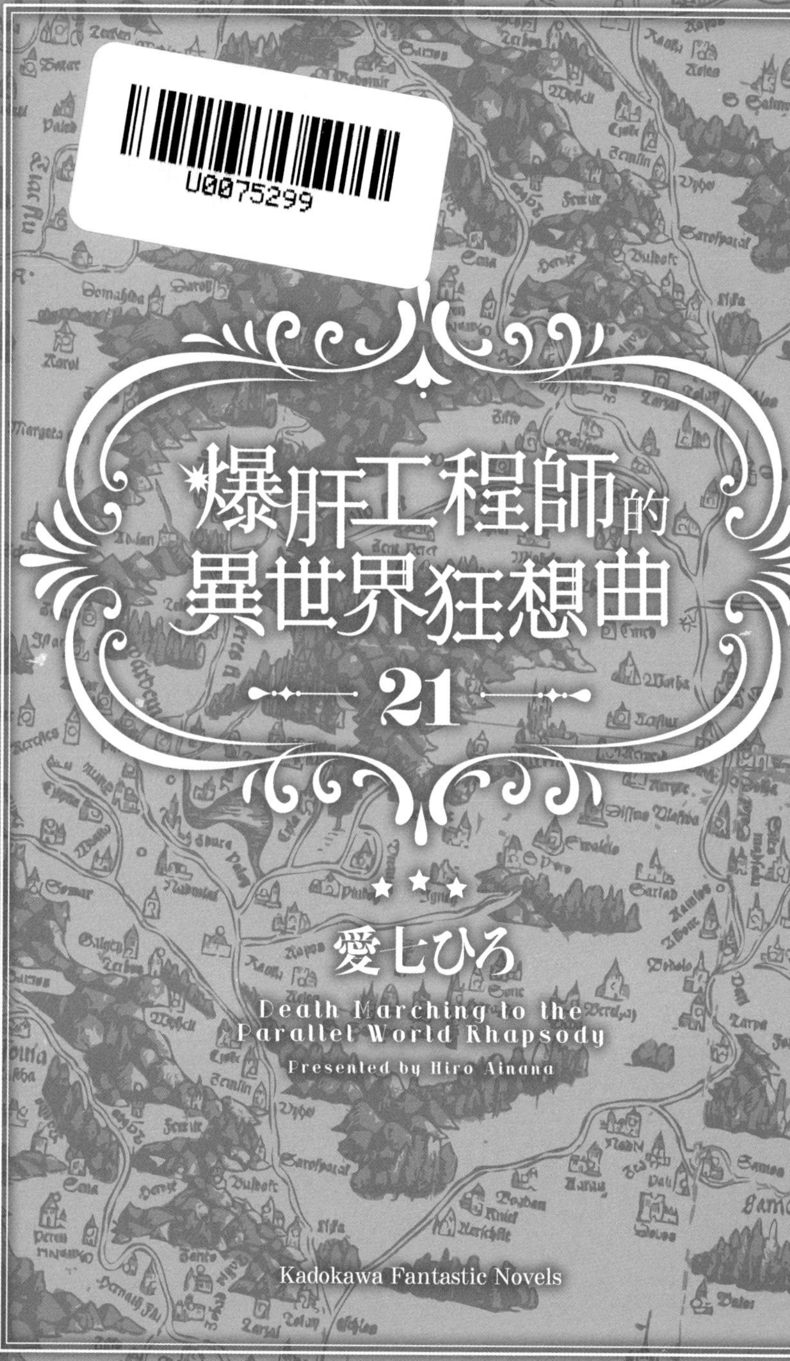

爆肝工程師的異世界狂想曲 21

愛七ひろ

Death Marching to the Parallel World Rhapsody

Presented by Hiro Ainana

Kadokawa Fantastic Novels

插畫／shri

C O N T E N T S

Death Marching to the Parallel World Rhapsody 21

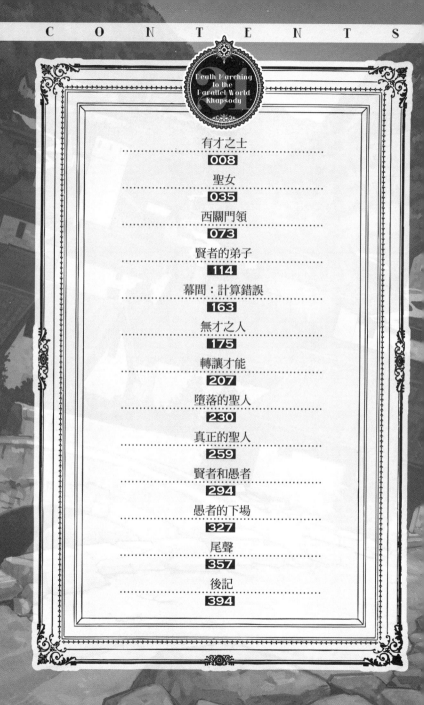

有才之士

「我是佐藤。人們總會用『有才能』來形容那些嶄露頭角的人，但我並不贊同這種認為與生俱來的才能就是一切的想法，因為我覺得能夠發揮才能，是本人努力的結果。」

「好熱鬧。」

精靈族的蜜雅看著在巴里恩神國主要街道上熙來攘往的人們這麼說道。

為了融入周遭環境，今天她穿著巴里恩神國的民族服裝，每當轉身，面紗會隨之掀起，從中能夠窺見綁著雙馬尾的淡藍綠色頭髮，以及作為精靈族特徵的微尖耳朵。

「遊行～？」

一頭白色短髮的貓耳貓尾幼女小玉爬到我身上，發現了在熱鬧的人群對面的遊行隊伍。

「轎子上那個是聖劍的人喲！」

因為看到認識的人而興奮地叫了出來的，是茶色鮑伯頭短髮的犬耳犬尾幼女波奇。

她見到的是巴里恩神殿的騎士，同時也是聖劍布爾特剛的使用者梅札特卿。這大概是為了表彰他陪同勇者隼人討伐魔王的功績而進行的遊行吧。

「很盛大的遊行，我這麼告知道。」

有著一副金髮巨乳美女的外表，出生一年左右的魔造人娜娜面無表情地這麼說道。戴在她綁成單馬尾頭髮上的巴里恩神國風格飾品，正喀啦喀啦地隨風搖曳。

「拒絕這件事會不會有點可惜呢？」

將被譽為不祥的紫髮以金色假髮藏住的幼女亞里沙，讓娜娜抱在手上眺望著遊行。

我們原本也被邀請加入遊行隊伍，不過我拒絕了。

畢竟以梅莉艾絲特皇女為首的隨從一行人也拒絕了，只有我們接受也很奇怪嘛。

而且那些隨從們今天一大早在我們與巴里恩神國的高層人士們的目送下，乘坐次元潛行船朱爾凡爾納回到了沙珈帝國。

「畢竟亞里沙喜歡那種事嘛。」

優雅地露出笑容的是亞里沙的姊姊，擁有連傾城這個詞彙似乎都難望其項背的超凡美貌的和風黑髮美少女露露。

巴里恩神國那類似阿拉伯風格的民族衣裝也與她十分相襯。

「不過，明明勇者大人和隨從大人他們都不參加，我們去參加不會踰矩嗎？」

表情威風凜凜地委婉表達意見的是橙鱗族的莉薩，她脖子與手腕上的橙色鱗片，在巴里恩神國的陽光映照下閃閃發光。

「說得也是——啊，隊伍要通過我們前面了喔。」

亞里沙先是微微地嘆了口氣，隨即指出遊行隊伍將從主要幹道來到大聖堂前面一事。

隊伍在我們的注視下慢慢接近，我跟轎子上的騎士梅札特對上了眼。

「唔？」

「真是的，主人好像被瞪了呢。」

是因為我擅自在魔王戰中從昏倒的騎士梅札特手上借走聖劍惹怒了他嗎？

「真是好心沒好報，如果要恨，應該去恨無法持續和魔王對等交戰的不成熟的自己才對。」

「是的，莉薩。梅札特忘了我們拯救他脫離險境的恩情，我這麼指責道。」

夥伴們紛紛說出嚴厲的意見，不過我認為他和沙珈帝國的黑騎士琉肯一樣在魔王戰中挺努力的。

「莉薩也別穿鎧甲，換成民族服裝就好了喲。」

「因為我是主人的護衛。」

莉薩一本正經地說道。

只有她在民族衣裝風格的面紗下穿著不顯眼的輕型鎧甲，手上拿著纏上布的魔槍多瑪。

在城裡穿白銀鎧過於顯眼，而且也需要修整，因此我收進了儲倉。

「調整過的槍，手感如何？」

「雖然只稍微試了一下，但找不到『好極了』之外的形容詞，真想快點和強敵交手。」

莉薩眼中充滿鬥志並握緊了拳頭。

因為在對付魔王隨從程度的對手時，魔槍多瑪明顯性能不足，於是我在得到她的允許後，試著用「龍牙」的碎片與槍進行融合。

因為只用死靈魔法「骨頭加工」的話無法完全融合，所以在槍尖附近薄薄地鍍上一層。雖然是迷宮下層邪龍一家的道具，依然提升了不少攻擊力。

儲倉裡還封藏著用龍牙鍍膜試作的龍爪短劍，等改造技術更精進後再製作大家的份吧。

「之後再幫妳製造機會吧。」

「好的，主人。」

雖然魔王級沒那麼容易遇到，不過內海沿岸應該也會出現大型魔物，從那裡找些適合的對手讓她戰鬥吧。

「主人，有攤位喲！」

「好香～？」

「稍微去買點東西吧。」

「哇～」

「喲！」

我和夥伴們邊買邊吃地走向聖都的機場。

「貴族大人～！」

在機場裡穿著生成色民族衣裝的人群中，有個肌膚呈現褐色，精力充沛的少年。

他有著「萊特」這個很像英文，用當地語言組成的名字。這名少年非常具有行動力，為了尋找名叫「尤薩克」這個在當地算罕見名字的父親，而從鄰國來到巴里恩神國。在一些機緣巧合下，我作為他的監護人將他帶來了聖都。

在賢者的介紹下，現在正準備前往他父親所在的「有才之士」的村落。

雖然他稱之為修行村落，但官員說那是通稱，正式名稱似乎叫做「有才之士」的村落。

他擁有「直覺」這項稀有技能，因為這項才能而被挖角到「有才之士」的村落。

「您是來送行的嗎？」

「不，我會跟你一起去村子，畢竟我算是你的監護人嘛。」

我有義務確認那個地方是否正常，也對「有才之士」的村落有點興趣。

「那貴族大人也要坐**飛天艇**嗎？俺還是第一次坐能飛上天的交通工具耶。」

萊特少年和周圍的孩子們一樣眼睛閃閃發光地看著飛空艇。
在有著繩文土器風格與被稱為孚魯帝國時代遺物的船體左右兩側，各自加裝著類似帆船船桅般的機翼。
之前有四艘與現在只剩一艘繫在機場的棧橋上。
那就是會將我們運送到「有才之士」村落的飛空艇吧。
「各位，差不多該出發了，我們進入飛空艇吧。」
身穿神官服，看起來很穩重的中年男性對萊特少年他們這麼說。他似乎是負責人。
原本要將萊特少年他們送去「有才之士」村落的負責人，面對打算同行的我們顯得很為難，不過在我展示作為討伐魔王的獎賞——由札札里斯法皇贈與的徽章之後，他立刻擺出隨時都會下跪的態度允許我們同行。
看來這個徽章非常具有權威性，旅途中他一直殷勤地招待我們，讓我有點不太自在。
「話說回來，這艘飛空艇還真慢呢。」
「畢竟除了風魔法師的輔助之外都是靠風力航行的，也只能這樣了吧？」
「嗯，風很小。」
速度的確很慢，但是現在的速度也有普通馬車的三到五倍。
「不過，應該有用來加速的噴射系統吧？船尾也看得到噴射口。為什麼不用呢？」

亞里沙偏著頭不解地說。

「這是為了節省燃料，魔核在巴里恩神國非常珍貴。」

直到剛剛還在安撫興奮的孩子們的負責人回答了亞里沙的問題。

「雖然最近因為討伐出現在魔窟的魔王眷屬——沙塵兵，使魔核變得寬裕了不少，但那只是特例。原本巴里恩神國因為巴里恩神的力量導致魔物數量稀少，如果想取得魔核，只能前往國外的魔物領域蒐集，或是透過商人們進口。」

這麼說明後，他對我們解釋起在節約燃料方面下的工夫。

推進力不光是仰賴風力，為了能讓空力機關也以最低功率運行，倉庫的半數也塞滿了注入輕量氣體的氣囊來增加機體的浮力。過去似乎是採用氫氣，現在則是用煉製的安全氣體。

「嘿——真環保耶。要是能降低成本，似乎有不少地方能派上用場呢。」

「**環保環保**～？」

「**環保**非常偉大喲。」

小玉和波奇模仿起亞里沙說的話，用複雜的表情點著頭。

巴里恩神國除了魔窟附近之外，不存在會妨礙飛行的魔物，因此即使飛空艇的速度很慢，用在國內運輸上似乎不成問題。

我們一邊眺望著窗外，一邊與萊特少年他們愉快地閒聊。

窗外的景色也從平坦的荒野來到丘陵地帶，最終變成連接著陡峭山脈的腹地。

「到達～？」

「Goal喲。」

飛空艇降落在位於深山村子附近的廣場。

「這裡就是『有才之士』的村落？」

這裡稱作村子有點太大，說是城鎮又稍嫌不足，規模十分微妙。

「很普通，我這麼告知道。」

「不，娜娜。看那座山。」

「是的，莉薩。很不可思議，我這麼告知道。」

正如莉薩所說，村子後方的山坡蔥郁到令人感覺不自然的程度。

肯定是賢者在進行某種綠化實驗吧。

「況且這道外牆，在巴里恩神國內算很高吧。」

正如露露所說，除了聖都之外，不曾見過高達五公尺左右的牆壁。

或許是因為這附近存在魔物或危險的野獸吧。

我們一走下降落的飛空艇，充滿活力的吵鬧聲隨即傳了過來。

「活潑。」

「是啊，真熱鬧的村子呢。」

路上的行人們都很匆忙似的走得很快，家家戶戶傳出了宏亮的交談聲。

「武術好像也很盛行。」

就和莉薩說的一樣，遠方也能聽見像在進行武術訓練的吶喊聲。

「貴族大人！說是要咱們去做登記耶。」

我們和萊特少年一同前往村子的辦事處，並趁他進行登記時詢問有關他父親的事。

因為根據地圖搜索，他並不在村子附近的地圖內。

「尤薩克嗎？請稍等一下——」

辦事處身穿神官服的女性翻動著厚重的帳本找起名字。

「——半個月前去礦山出差了，似乎是去擔任神官的助手。」

這麼說來，萊特少年好像說過他父親擁有的能力，和札札里斯法皇能夠治癒萬人的獨特技能「萬能治療」很像。

「請問能告訴我前往那座礦山的路嗎？」

「十分抱歉，那是只有得到賢者大人或法皇猊下許可的人才能前往的地方。」

見女性語帶歉意地這麼說，我拿出之前那個徽章再次試著請求，但她即使緊張到冒出冷汗，還是沒有給出許可。

沒辦法，既然那裡是高機密地點，也不好強求。據說萊特少年的父親再過十天左右就會回到村子了。

「貴族大人——！登記結束了！」

我向萊特少年轉達關於他父親的事，接著他抹了抹鼻子說道：「再過十天就能見到老爹啦。嘿嘿，總覺得有點迫不及待呢。」

「你就是萊特嗎？我帶你去跟導師見面，請跟我來。」

「知道啦！貴族大人也可以一起去嗎？」

「貴族？」

因為村子辦事處的神官一臉不解地看著我，於是我補了一句「我是他的監護人」。

「監護人嗎。在高階神官中，也有些人會讓隨從確認自己的情況。雖然這在外國貴族中很少見，不過既然是監護人應該無妨。」

神官面無表情地這麼說完，便允許我們同行。

「叩叩叩～？」

「鏘叩吭喲。」

在前往目的地途中的廣場上，大約三十名男女分成了幾個團體，正在進行模擬戰。

「老師的實力很不錯呢。」

「是的，莉薩。有仔細觀察學生，我這麼稱讚道。」

雖然參與修行的人之中並沒有特別突出的人物，但所有人都十分認真。而正如莉薩和娜娜所稱讚的，負責指導的教師來回在學生之間穿梭，一邊矯正他們的壞習慣，一邊將訣竅教給他們。

「音樂。」

「是這一帶的民族樂器嗎？」

「真奇妙的音色呢。」

相同的旋律不斷重複，似乎正在練習。

其中不乏節奏沒對好的人，讓我感受到些許親近感。

「雕刻～？」

「還有陶器和木工的人喲！」

到處都是能夠修行的工房，看著就覺得很有趣。

「吶吶，主人。」

亞里沙拉住我的袖子小聲地說：

「不覺得有點奇怪嗎？」

「什麼奇怪？」

「你鑑定看看。」

我照她所說用鑑定觀察起學生們，但沒發現擁有奇怪技能的人。

接著我將這件事告訴亞里沙，她隨即擺出一副如我所料的表情點點頭繼續開口：

「以聚集『有才之士』來說，不覺得沒有技能的孩子太多了嗎？從表面上來看，他們也不像具有才能或優秀的學習能力。」

「啊，原來是這麼回事——」

聽她這樣一說，雖然每個學生都很熱情，但大多都感覺不是「有才之士」。

或許是優秀的教師很多，才更讓人有這種想法也說不定。

「這裡就是你修行的地方。」

在這麼閒聊的時候，我們似乎抵達了目的地。

萊特少年在帶路神官的催促下走進了建築物中。我們也跟著神官進入其中叨擾。

「嗨，初次見面。能請教你的名字嗎？」

「俺叫做萊特。雖然是個奇怪的名字，但俺聽說**在老爹的故鄉**有光明的意思。」

——哞，是偶然一致嗎？

萊特少年父親的名字不像日本人，應該不是轉生者才對。畢竟目前為止遇見的轉生者和勇者可以說一定都擁有日本人的姓名。

「真是個好名字，你擁有怎樣的『才能』呢？」

「——才能？」

「亞魯加爾導師，他擁有名為『直覺』的才能。」

帶路神官代替吞吞吐吐的萊特少年說道。

「是嗎，那還真罕見呢。萊特，這裡聚集了跟你一樣稀有且不適合其他教室的孩子。異於常人不是件壞事，要相信發掘你的賢者大人，不要自卑並努力修行。這麼一來，聖女大人也一定會認同你吧。」

導師說完之後，將萊特少年介紹給教室裡的孩子們，並引領他到眾人圍成一圈的圓桌就坐。

我隨意聽著其他孩子們的自我介紹，為了不妨礙教室的孩子們，我懷著類似參加家長會的心情移動到教室角落守望著萊特少年。

「俺叫萊特。你呢？」

萊特少年向身邊看似來自上流社會的少年搭話。

「我是聖都尤貝爾祭司家的次男，名叫吉吉利亞茲。從膚色來看，你是沙人吧。」

「沒錯，多指教囉，吉吉利亞茲。」

「真有趣，我還是第一次遇到才剛見面就對祭司大人的兒子用隨便的語氣說話的沙人。」

聽見萊特少年毫不客氣地這麼說，一名看起來很頑皮的少年從旁插嘴道。

那少年說話不太好聽卻看似很有教養。

「別這樣，加爾卡斯。賢者大人說過這個村子不需要在意世俗的階級和種族吧。而且聖女大人也——」

「我知道啦，吉吉利亞茲。人們生來都平等地擁有獲得幸福的權利，對吧？」

聖女似乎擁有以出生自這個世界的人來說非常珍貴的想法。

這麼說來，賢者好像也對獸娘們沒什麼偏見呢。

「我最不擅長這種漂亮話了。比起主義跟主張，我更喜歡像賢者大人那種追尋實際利益的想法呢。」

「原來如此，下次見到聖女大人時，我就告訴她加爾卡斯說過這樣的話吧。」

「喂、喂，拜託住手！我是開玩笑的！我也非常喜歡聖女大人那種天真的想法！要是被聖女大人討厭，我會活不下去啦！」

這種說法還真過分。

光是聽少年們的對話，就能隱約看出聖女的為人。

「聖女大人是個美女嗎？俺很感興趣。」

「哦，是個如夢似幻的超級漂亮的人。穿著宛如將藍天撒在白衣般的聖女服，彷彿將夜晚剪下的黑髮也非常適合她。就算我講了蠢話，也願意不厭其煩地對我露出笑容。」

那會讓人稍微想跟她見個面呢。

「有罪。」

蜜雅像看穿我的內心似的小聲說道。

我又沒打算拈花惹草，至少讓我在心中保有自由吧。

◆

「那麼我們先離開了，要是遇到困難寫信給我吧，我會盡力幫忙的。」

「謝謝你，貴族大人。俺沒問題的，畢竟再過十天老爹就回來了嘛。」

我在教室前和萊特少年道別。

原本還想待上幾天，但札札里斯法皇派人快馬加鞭地從聖都送了邀請函過來，使得我改變了行程。

信的內容提到，札札里斯法皇為了犒賞沙珈帝國一行人而主辦了宴會，希望我也能參加。大概是討伐魔王時一同前往魔窟的沙珈帝國成員已經回到聖都了吧。

還非常周到地準備了大型馬車來迎接我們。

坐馬車前往聖都會花上不少時間，看來必須在途中的村落或城鎮住上一晚。

於是我們決定在村子裡的餐廳享用完有點遲到的午餐再出發。

這附近似乎有碳酸泉，因此餐廳提供的不是水而是冰鎮的碳酸水。

「……不太好吃呢。」

「雖然沒有放肉，但是不難吃喲？」

正如亞里沙和波奇所說，以普通餐廳提供的食物來看有些微妙。

「因為這裡作為免費吃飯的代價，會提供修行中的人練習烹飪的食物。如果想要享用美味的食物，去教官用的餐廳吧。那邊的食物是由烹飪教室的導師和一流學生烹飪的，很好吃喔。」

「就算有才能，不去修行是不會變熟練的。」

「說得沒錯，『**新月之行**』那些傢伙也——」

「——喂。」

或許是說錯話了，原先自顧自說個不停的男人，被隔壁的男人用手肘頂了一下後，立刻閉上了嘴。

大概是只能告訴村內人的祕密修行或儀式之類的吧。

氣氛頓時稍微變得有些尷尬，不過一名男性馬上舉起裝著碳酸水的杯子說：「敬賢者大人！」隨後，其他男人也立刻說：「敬美麗的聖女大人！」並舉起杯子，眾人迅速在讚頌賢者和聖女之名的情況下乾起杯來。

雖然無法掌握他們對話的節奏，不過能甩開沉重的氣氛真是太好了。

我們快速地吃完午餐，朝位於村子入口的接送馬車走去。

「蠢貨！直到最後都不可以鬆懈！」

「可是師傅——」

「不准頂嘴！這是賢者大人的教誨！」

「——知道了，我做。」

我們走在狹窄的道路上時，聽見了來自工房裡的導師和學生的聲音。

「誰要跟沙人一起做事啊！」

「閉嘴，小鬼！賢者大人只重視『才能』！人種一點都不重要！如果不肯一起做事，立刻給我滾出這個村子！」

雖然似乎有一些新人懷抱著歧視心態，但受到賢者薰陶的導師看來沒有這方面的種族歧視，那麼應該可以放心把容易受到歧視的沙人萊特少年交給他們。

「那麼，大家，今天也來為聖女大人獻上感謝吧。」

像女性神官的人在看似禮拜堂的地方進行著祈禱。

因為有巴里恩神的聖印，我認為應該是巴里恩神殿，不過她們獻上祈禱的對象似乎是聖女。

是透過聖女來向巴里恩神祈禱嗎？

「主人，發現馬車，我這麼報告道。」

「豪華。」

停在村子入口的，是在聖都裡只有祭司以上的上級神官才能乘坐的豪華接送馬車，我們好像是第一次搭乘六匹馬拉的馬車，這樣在移動途中屁股應該不會痛了。

◆

「肚子餓～？」

在接近預計下榻的城鎮時，眺望窗外的小玉喃喃自語地說。

「已經肚子餓了嗎？」

「不是～」

小玉指著馬車外面這麼說。

那裡有幾名看似沙人的人坐在類似猴麵包樹的樹木形成的陰影底下。

「只是純粹在乘涼吧？」

正如亞里沙所說，人們休息的樹蔭處正吹拂著涼爽的風。

這是一陣以乾燥的巴里恩神國來說算罕見地帶有濕氣的風。樹木周圍長著低矮的雜草與青苔，看上去像綠色的地毯。

「但是，瘦巴巴~？」

「感覺沒有精神喲。」

我用地圖進行確認，發現他們大多數的狀態是「空腹」，甚至有幾人是「饑餓」。

之後提供食材給鎮上的神殿，讓神殿來賑濟他們吧。

「是歉收嗎？」

「可是，那邊的田地有收成喔。」

露露手指的田地裡長滿了黑漆漆的葉子。

根據AR顯示，那似乎叫做「尼爾波谷」，是在聖都沒見過的蔬菜。

一名帶著隨從，氣色良好的人族男性擺著架子朝坐在樹蔭下的人走了過去。

「你們這些沙人！不准休息快去幹活！」

「老、老爺。咱們肚子餓到動不了——」

「吵死了！昨天也讓你們吃過尼爾波谷了吧！」

雖然看似勞工的沙人男性並不是奴隸，卻受到了類似的對待。

「……那種難吃的東西，才不是食物呢。」

「你說什麼！」

人族男性聽到沙人的喃喃自語後激動了起來。

「就是因為你們不肯砍掉涼御樹，導致我們只能栽培尼爾波谷的吧！如果討厭尼爾波谷，我現在馬上把害作物枯萎的累贅樹木給砍了！」

那棵叫做涼御樹的樹木周圍長著雜草和青苔，我想應該不會分泌有毒物質之類的，而是比普通農作物更容易吸收土地的水分吧。

「別、別這樣！」

「涼御樹是俺們的守護神！」

「絕對不能砍掉！」

為了保護涼御樹，沙人們搖搖晃晃地站了起來。

現場氣氛一觸即發，幸好隨從安撫了男性才讓事情得以平息。

「哼，既然不希望涼御樹被砍掉，那就用尼爾波谷忍耐吧！」

男性不屑地說道，沙人們則像受到催促似的繼續務農。

「沒錯，好好工作吧！這也是修行！只要累積能得到巴里恩神祝福的德，下輩子或許能以人族的身分出生喔。」

男性講出了不得了的歧視發言。

聽見這麼過分的話，亞里沙捲起袖子打算衝出馬車，我好不容易才把她安撫下來。

「——真是的！還以為是個不太會種族歧視的國家，看來也不是所有人都這樣呢。」

亞里沙很是遺憾地發起牢騷。

就算是二十一世紀的地球也依然存在種族歧視，只要人還是人，這種問題恐怕難以解決。

「城鎮裡也一樣嗎～」

雖然從聖都的繁榮景象中難以想像，但地方都市並沒有那麼富裕。

進行重度勞動的都是以沙人為首的亞人，我們不只一次見到由神官帶頭的人族將修行當作理由壓榨亞人的光景，特別是沙人的待遇更為惡劣。

「真是座壯觀的神殿呢。」

「嗯～是缺德神官的**氣味**。」

畢竟是冠上巴里恩神名號的國家，兼具政府的神殿蓋得很豪華也不奇怪。

「歡迎光臨。我們已經為各位準備了簡單的晚餐。若是能在晚宴上聆聽各位講述關於討伐魔王的話題，將會是我的榮幸。」
我們受到聖區長客氣地迎接，並在親切的神官帶領下前往提供給上級神官的宿舍下榻。
「這比希嘉王國提供給貴族的宿舍還豪華呢。」
「漂亮的雕刻～？」
「嗯，優雅。」
小玉和蜜雅似乎很喜歡家具和柱子上的雕刻。
「那麼，在晚餐前請好好休息。如果有什麼事，只要搖響這個鈴鐺，我或是負責該房間的見習神官就會前來，請別客氣儘管吩咐。」
這位神官或許沒有種族歧視，就算見到獸娘們和蜜雅也態度不改地正常應對。這個人應該能夠信任。
「我想提供賑濟糧食給貧困層的人們，可以請妳幫我向聖區長或神殿長取得許可嗎？」
所謂聖區長相當於希嘉王國的「守護」或「太守」。
「您口中的貧困層，也包含了沙人還有其他少數種族，是嗎？」
神官低聲向我詢問，於是我點頭表示肯定。
「有困難嗎？」
「是的，因為聖區長和神殿長都是人族至上主義派系的人……」

「就算向神殿捐款也不行嗎？」

亞里沙悄悄探出頭向神官詢問道。

「那樣的話沒問題。因為那兩位即將前往聖都值勤，在各種方面都需要不少經費吧。」

能用錢解決就簡單了。

我把裝有金幣的小袋子當作給神殿的捐款交給神官。本來也要拿點錢給他，卻被回絕了。看來並非所有人都是酒肉和尚呢。

過沒多久他拿到了許可，於是我把製作賑濟糧食的食材和手續費交給了他安排的人員。

雖然金額不大，但神殿的傭人們仍然開開心心地收下了。畢竟比起我們這些陌生人贈與的糧食，還是由神殿的人進行賑濟比較容易令人接受吧。

由於差不多要到晚餐時間了，我讓夥伴們先回房間梳妝打扮。

因為同席的神官大多都有種族歧視，因此參加晚餐的只有我和娜娜。剩下的成員則是請人將晚餐送進房間裡享用。

「歧視根深柢固，我這麼告知道。」

身穿禮服的娜娜在移動時小聲地說。

「雖然也有因為魔王的斥候——沙塵兵的存在導致對沙人的歧視更加嚴重，不過在巴里恩神國成立以前，他們曾是襲擊人族的蠻族這件事也造成了不小的影響。」

神官苦笑著告訴我們沙人受到歧視的理由。

與聖留市歧視獸人的原因差不多。

餐廳裡，除了聖區長之外的神官都已經到齊。

「歡迎潘德拉剛卿，那位是您的妻子嗎？」

神殿長在主位上張開雙手對我表示歡迎。

「初次見面，神殿長大人。這位名叫娜娜的女性並非我的妻子，而是家臣。」

「喔，是嗎是嗎。真不愧是大國的上級貴族，連家臣也如此美麗。」

雖然我和神殿長是初次見面，或許是透過神官捐的款很有效，他對我們十分友善。

最後在聖區長入場後，晚宴宣告開始。

與城鎮窮酸的外觀相反，神殿的晚餐十分豪華。雖然幾乎是在聖都旅館見過好幾次的料理，但大多都是需要花時間烹調的菜色。

每個座位都跟著一名容姿出色的少年少女見習神官隨侍在後方。現場應該都是以簡樸為主的聖職者才對，但從他們身穿高級的神官服，以及配戴叮噹作響的昂貴裝飾品的模樣來看，甚至會讓人以為他們是貴族。

雖然對他們有些不吐不快的想法，但是出言諷刺盛情款待我們的人也實在很不成熟。

我和娜娜按照神官們的要求聊起勇者討伐魔王的過程。並且增加了許多他們應該很想聽到的神殿騎士大顯身手的事跡。

「歡回～？」

「歡迎回來喲。」

吃完晚餐回到房間後，發現房裡放著香味獨特的料理。

「只有一盤，這就是妳們的晚飯？」

「啊哈哈，不是啦。他們有好好端出料理。」

據亞里沙所說，因為晚飯沒有使用名為尼爾波谷的蔬菜，所以請他們試著做成料理。

「看起來像黑色的胡蘿蔔，我這麼告知道。」

「是個挺需要勇氣下筷的外觀呢。」

娜娜拿起筷子戳了戳，露露見狀露出了苦笑。

「我們正準備試吃。主人也一起嘗嘗看吧。」

雖然這股香味激不起食欲，不過我也想嘗試味道，便既害怕又好奇地伸出筷子。

「——嗚，味道跟加波瓜差不多呢。」

正如亞里沙所說，難吃程度和希嘉王國種植的超難吃奇幻蔬菜——加波瓜不相上下。這種苦與澀交織的味道實屬罕見。

根據隨侍的神官所說，這是從加爾雷恩同盟進口的一種救荒蔬菜，也是一種光吃它的話就不會生病的營養食物。

無論多麼貧瘠的土地都能種植，因此似乎成了這個城鎮上窮人的主食。

「要將這種蔬菜作為主食，還真辛苦耶。」

「說得沒錯。」

或許巴里恩神國的都市核之力並未用來培育農作物，而是偏向排除魔物吧。

為了研究尼爾波谷能不能變得好吃一點，我用小麥交換了一些。在巴里恩神國滯留的期間，稍微研究一下吧。或許能跟加波瓜一樣拿來當作營養劑。

我邊想著那些事，同時為了調整白銀鎧而獨自來到了波爾艾南之森。

我避開總會破壞氣氛的羽妖精，短暫地享受與雅潔小姐的幽會後，前往為了修整白銀鎧而一直借用的研究所。

「——咦？」

當我打算從儲倉中拿出白銀鎧進行搜尋時，結果列表上排列著接近二十套的白銀鎧。

「這是怎麼回事？」

產生這種想法的瞬間，我才注意到自己做了件大蠢事。

雖然在魔王戰前夕製作了白銀鎧作為亞里沙她們的公開裝備，但是在那之前我連同紅革鎧一同打造了可稱為簡化型的白銀鎧。

「算了也罷……」

簡化型裝備拿來應付魔王戰有點令人不放心，就當作沒什麼問題吧。這些調整尺寸後，拿去讓娜娜的姊妹們和卡麗娜小姐使用好了。

畢竟還得追加給成年人用的架構，要不要也幫潔娜小姐做一件呢？

我一邊修整夥伴們的白銀鎧，一邊幫簡化型追加架構以及調整魔法迴路。當然，跟往常一樣改了名字才開始製作。不過妨礙認知的迴路很優秀，只有極少數人才能看出製作者的名字，因此覺得沒什麼必要就是了。

我全神貫注地進行作業，在全部完成的時候已經天亮了。

畢竟還有時差，和雅潔小姐一起享用完早餐後再回去吧。

聖女

「我是佐藤。聽見聖女這個詞，腦中浮現的通常不是『女性聖人』，而是擅長聖屬性魔法的術士或優秀的回復職，這一定是受到漫畫和遊戲的影響吧。」

「主人，到達聖都了。」

聽莉薩這麼說，我才發現馬車停了下來。看來馬車在我利用行駛時間思考貧困對策時抵達了聖都。

因為聖堂前人潮洶湧，於是我們在不遠處下了馬車徒步前進。

「受傷的人很多呢。」

「難道今天是法皇的治癒日嗎？」

雖然不清楚是否有制定這種日子，不過跟初次來到聖都那天一樣，聖堂前的廣場聚集了許多受傷和生病的人。

「出來了～？」

「是法皇的人喲。」

札札里斯法皇在四周高舉的布幕簇擁下從大聖堂走了出來。

由於人們同時跪了下去，因此能清楚看到法皇所在的位置。賢者今天似乎也隨侍在旁。

清澈的藍色光芒從布的另一端顯現，朝四周擴散出去。

布幕隨著光芒不斷飄動，能看到法皇長滿白鬍子的臉龐。是錯覺嗎？他看起來很疲憊。

畢竟法皇年事已高，使用獨特技能或許對身體負擔很大。

「好舒服。」

「旅途的疲勞消失了呢。」

蜜雅和露露委身於柔和的光芒中。

看來法皇的獨特技能「萬物治癒」也能傳到這裡。

「媽媽的燒傷好了！」

「兒子退燒了！」

在光芒的照耀下，人們的傷口和病痛一一痊癒，四周的人們開心地討論起法皇創造的奇蹟。

「感謝，真是太感謝了！」

「法皇大人是巴里恩神的使徒！」

「「「法皇大人，萬歲！願巴里恩神榮光永存！」」」

醉心於法皇的信徒們淚流滿面地開始行三唱萬歲禮。

「俺長大了要成為神官，幫法皇大人的忙。」

「俺也是！要為了法皇大人努力！」

「我也是！」

我的順風耳技能，捕捉到了遠處因為親人得到治癒的少年少女們，表情天真無邪地對離開的法皇所說的話。

從布簾縫隙窺見到的法皇雖然滿是疲憊，但或許是對孩子們純粹仰慕自己的心情感到喜悅，表情溫柔地瞇起了眼睛。

退場途中的他在賢者的攙扶下顯得搖搖晃晃的，不要緊吧？

◆

「好久沒來『天空大廳』了呢。」

當天晚上，我們來到了位於大聖堂最上層的「天空大廳」。

目的是為了參加法皇舉辦的宴會。

「不過，在宗教建築裡舉辦宴會，總覺得有點怪怪的呢。」

「教會的結婚儀式不也是在教會的庭院開宴會嗎？」

雖然大多是辦在典禮會場的教會庭院裡。

「好香～？」

「現在就很期待有怎樣的料理喲。」

「好像很多都是山羊肉料理呢。」

由於晚宴是法皇在「天空大廳」說完賀詞後，前往下一層樓的大廳進行，因此獸娘們興致勃勃地用鼻子聞著從樓下微微飄來的料理香味。

「樂器。」

蜜雅發現了在房間角落進行準備的樂隊。

「感覺是很厲害的樂器呢。」

「是將兩把豎琴合在一起，類似心形的樂器呢。弦的數量也很驚人。」

「很好奇音色，我這麼告知道。」

蜜雅、露露、亞里沙與娜娜四人朝樂隊的方向走了過去。

雖然我也很想同行，但得跟其他被招待的客人打招呼，我便忍了下來。

「佐藤閣下！原來您在這裡啊。」

伴隨著這句話出現的，是沙珈帝國的新陰流真傳武士，也是波奇和小玉非常親近的卡溫德先生。

在他身後的是同樣身為沙珈帝國示現流真傳武士的魯德路先生。

「兩位是今天回到這裡嗎？」

雖然他們兩個跟沙珈帝國的黑騎士琉肯一樣，跟著勇者隼人和我們一同搭乘次元潛航船朱爾凡爾納回到聖都，但是他們所指揮的偵察部隊還留在魔窟，因此為了支援，又再次返回魔窟去迎接部隊。

「不，是昨天回來的。」

因為他們看起來相當疲憊，我便向他們打聽部隊的撤退是否很辛苦——

「回程本身是沒什麼問題啦……」

我從他含糊其詞的話語中猜到了理由。

看來，他們花費了不少力氣阻止上司黑騎士琉肯將回程工作推給他們，獨自乘坐高速飛空艇返回沙珈帝國。

「他大概想將討伐魔王的事告知皇帝陛下來換取功勞……」

把自己正在遠征的部隊棄之不顧先行返回，的確有點太不負責任了。

「哎呀，這不是被魔王打得落花流水、不省人事的神殿騎士閣下嗎？被您使用的聖劍還真是可憐呢。」

「你說什麼！區區一個防鏽騎士，竟敢愚弄神聖的巴里恩大人的騎士！」

此時大聲爭吵的聲音傳了過來。

黑騎士和身為聖劍使的神殿騎士梅札特好像在吵架。他們兩個關係真的很差呢。

「……又來了。」

「真希望他們在宴會期間盡量避開對方是也。」

兩名武士疲憊地互看了對方一眼。

不過似乎無法放著不管，他們先嘆了口氣，隨後快步朝爭吵的地點走去。

黑騎士被兩名武士制伏，聖劍使則是被神官們圍成的人牆壓制，兩人被物理性地隔開，各自被趕到了會場的兩側。

這樣應該暫時沒問題了吧。

彷彿要驅散這股微妙的氣氛般，樂隊開始奏起巴里恩神國的民族樂曲。雖然在城鎮裡也聽過，但現在聽到的更為洗鍊，有種直達內心的魄力。

特別是蜜雅她們很在意的，彈奏心形雙豎琴的演奏者非常有實力。

她是巴里恩神殿的巫女，擁有「樂聖索露妮雅的弟子」這個稱號。這個名字有點像精靈的人物似乎是她的師傅。

「不愧是孚魯帝國時代的聖樂器。」

「是啊，很有歷史感的音色呢。」

順風耳技能聽見了身材纖細的神官們這樣的對話。

因為這樂器看起來很有趣，本來還打算入手一把，但既然是上百年前滅亡的古代帝國遺物，或許沒辦法了。之後再試著詢問樂團的人能不能拿到仿製品吧。

正當我們聽著美妙的音樂時，法皇和多布納夫樞機卿似乎來到了現場。隨著沙珈帝國的黑騎士與兩名武士，以及偵察隊的隊長們被叫上講台，典禮隨即開始。

我們也和神殿騎士們一同在最前排守望著典禮。

雖然黑騎士和兩位武士已經跟勇者一行人以及我們還有聖劍使一同受到法皇盛大的讚賞，但這次好像是以回歸的偵察隊指揮官身分參加典禮的。

和他們一樣在討伐魔王時幫忙補給和監視的神官兵團，以及賢者手下的諜報員等成員似乎要等到撤退完畢後再另尋日期進行表彰。

在開始聽到波奇和小玉的肚子有節奏地發出聲音時，典禮總算結束了。我們在神官們的帶領下移動到晚宴會場。

「餐具的人非常漂亮喲。」

「桌布也很棒～？」

繡著藍色絲線的純白桌布上放著白瓷製的盤子和精心打磨的銀製餐具，在施展了照明魔法的燈台映照下閃閃發光。

「像是天堂的餐桌呢。」

露露看似很高興地露出微笑。

「名牌。」

「主人，席位上有名牌，我這麼告知道。」

「這樣就不用猶豫該坐哪裡了。」

在莉薩這麼說完沒多久，帶路的神官引領我們前往自己的座位。

是接近法皇和樞機卿的位置。聖劍使和黑騎士則是上座，並未和我們坐在一起。由於他們兩人之間隔著法皇又坐在彼此的對面，因此應該能安靜地用餐。

「為每日賜予我們糧食，神聖的巴里恩大人獻上感謝——」

在很有宗教國家風格地向巴里恩神獻上祈禱後，晚宴便宣告開始。

充滿巴里恩神國風格的豪華餐點陸續端了上來。料理大量使用為了這場宴會特地從西關門領運來的海鮮，連習慣享用美食的主教和祭司們也讚不絕口。

「茄子，美味。」

「這個烤到上色的茄子和烤蔬菜很好吃呢。」

「貝殼形狀的醬汁容器很可愛，我這麼稱讚道。」

這裡的當地風俗似乎將新鮮蔬菜歸類為高級料理，每道料理都善用食材精心烹調因此非常美味。優格系醬汁的柔和酸味醞釀出一種獨特的味道。

「油煎雞肉也好吃～？」

「這個長條狀的漢堡肉老師也很好吃喲。」

波奇所說的是將山羊絞肉揉成類似肉丸的棒狀，再抹上甜辣口味的醬汁烤成的料理。

「雖然希望餐點能更有嚼勁，但是面對這種大餐還提出要求，感覺會招天譴呢。」

莉薩為了不在晚宴上引人注目，並未將蝦子與小型螃蟹連殼一起吃下去，因此對她而言可能稍嫌不足。

「這些食物不合亞里沙的口味嗎？」

我向剛才開始就一直很安靜的亞里沙搭話道。

「嗯——雖然沒那回事，但既然知道了隔壁城鎮正在發生飢荒，總覺得有點內疚。」

原來如此，她在想這些事啊。

「不，亞里沙，好好享受餐點才不會對被做成料理的生物失禮，我這麼告知道。」

「沒錯，亞里沙。比起感到內疚，思考能為那些人做什麼，才符合亞里沙平時的作風嘛。」

「……說得也是。沒錯！應該把好吃的料理和思考對策分開來看才對！」

「是的，亞里沙。那樣才合理，我這麼告知道。」

在娜娜和露露的開導下，亞里沙有精神地享用起餐點。

等晚宴結束後，再跟亞里沙一起思考如何幫助貧困層的人吧。

晚餐過後，我們再次回到天空大廳邊欣賞音樂邊暢談。

在不知何時設置好的舞台上，身穿巫女服的女性正在跳著節奏緩慢的舞蹈。雖然服裝並沒有多暴露，但動作挺性感的。

「——晚餐還合各位的胃口嗎？」

單手拿著玻璃杯向正在欣賞舞蹈的我們搭話的，是有賢者陪同的札札里斯法皇。

「是的，非常美味——一想到這是連今天都未必能夠溫飽的人民所栽培出來的食物，就覺得別有一番風味。」

或許是因為憂心於地方的慘況，亞里沙罕見地開口諷刺法皇。

雖然法皇本人只是露出悲傷的表情，但周圍的人果然不會悶不吭聲。

「這個失禮的女孩是怎樣！」

「對聖下也太無禮了吧！」

對亞里沙表達憤怒的，是剛才就圍在法皇身邊不停奉承的祭司們。

「慢著，不能責備這個女孩——這位小姐，妳說得沒錯。」

法皇不僅沒有生氣，還制止了譴責亞里沙的祭司們，接著彎腰配合亞里沙的視線，真摯地說起話來。

「在人民無法得到溫飽的情況下，我們這些向人們教授神聖教誨的人，做出如此奢華的行徑確實該引以為恥。我也時常在想，如果能將這種聚會中浪費的食物分給民眾該有多好。」

看他的表情和語氣，能感覺到法皇似乎是真的這麼想。

「聖下，欲速則不達。唯有一個個踏實地施行對策，才能實現聖下想讓所有人民富足的理想。」

賢者安慰起自責的法皇。

「我明白，索利傑羅。多虧你周遊列國後得到尼爾波谷，才能大量減少餓死的人。之後只要讓難以推行的魚類養殖業走上正軌……」

那個看起來像黑色胡蘿蔔的超難吃蔬菜尼爾波谷，原來是賢者得到的食材。

看來為了實現法皇的理想，他做出了不少貢獻呢。

亞里沙大概也這麼認為，因此坦率地低下頭向法皇道歉。

「對不起，我沒搞清楚狀況就說出了諷刺的話。」

「不要緊的。如果沒有像妳一樣發表意見的人，我們或許會在不知不覺間安於現狀，只會一味憂心而不去做出改善，懶惰度日呢。」

法皇落落大方地接受了亞里沙的道歉。

「真不愧是聖下！」

「心胸多麼寬廣啊。」

「聖下的話語，使我基赫斯斯深受感動！」

周圍的祭司們紛紛說出虛偽的話語來奉承法皇。他們似乎已經不把亞里沙放在眼裡了。

事情能平安落幕就好——當我抱著這種想法確認周遭情況的時候，發現樞機卿在有些距離的地方冷冰冰地看著法皇。

他似乎對法皇的方針和思想抱有不滿。

「聖下明明已經如此疲憊了……」

賢者似乎對圍著法皇的人束手無策。

「賢者閣下，我的家臣剛剛失禮了。」

「無妨，聖下已經原諒了她。況且如果是討伐魔王時大顯身手的勇士，些許失態是可以抵銷的。」

賢者輕描淡寫地說著，他對此似乎沒什麼不滿。

「剛才提到『魚類養殖業』，是有什麼技術上的問題嗎？」

「你對養殖業有興趣嗎？」

「不，只是在想是否能幫上忙。」

「很遺憾，問題是以都市為單位的魔力分配，並不是個人能力可以解決的。」

是指都市核的魔力問題嗎？

畢竟就算用魔力爐進行輔助，巴里恩神國也處於慢性缺乏魔核的狀態。

「要是根據城市數量準備個人身高三倍左右的巨大水石，那就另當別論了。但要是能辦得到，從一開始就不需要發展養殖業，蔬菜和穀物的收成早就是現在的好幾倍了。」

可惜的是，我的儲倉中也沒有這麼大量的水石。

換作是在迷宮裡大量獲得的火石，以及黑龍山脈得到的巨大風石還有冰石倒是有很多，但其他石頭就沒怎麼收集了。

「用這個~？」

小玉從妖精背包中拿出一顆小型的水石遞了過去。

大概是在迷宮的淹水區域或砂糖航路撿到的吧。

「……嗯。」

賢者接過小玉遞出的水石觀察了一番，接著翻轉手腕變出了一朵花。

「喵！」

「石頭變成花了喲！」

小玉和波奇看到賢者的魔術驚訝地瞪大眼睛。

「這是忍術，要試試嗎？」

「系！」

「波奇也想試試喲！」

賢者這麼說完，把花朵和水石遞給小玉和波奇。

雖然小玉和波奇眼睛閃閃發光，但是在不懂魔術機關的情況下有樣學樣自然不可能成功，無論挑戰幾次還是以失敗告終。

但兩人即使如此依舊努力挑戰的模樣，讓周遭的成年人們也都露出了笑容。

託她們兩個的福，四周原本微妙的氛圍也變得明亮起來。

「佐藤閣下，波奇和小玉在做什麼是也？」

「在學魔術。」

「原來如此，被你這麼說的確——」

沙珈帝國的武士卡溫德先生和魯德路先生邊喝著巴里恩神國生產的水果酒邊走了過來。

「卡溫德～？」

「魯德路也在一起喲！」

發現兩人的小玉和波奇拋下原先不斷奮鬥著的魔術跑了過來。

他們的感情是在訓練中變好的，被兩位武士摸頭的小玉和波奇顯得非常開心。

「佐藤閣下，接下來有什麼打算嗎？」

「如果要來沙珈帝國，推薦您乘坐在下等人的飛空艇是也。」

「謝謝你們的建議，不過我們還有巡視西方各國的工作……」

雖說只是到處遊山玩水，但也姑且算觀光副大臣的工作嘛。

「這樣啊。既然如此，與黑煙島的武士大將還有修羅山的劍聖大人見個面如何是也？」

「他們是什麼樣的人呢？」

雖然從字面上大致能猜得出來，但還是姑且問一下。

「在下等人也從未見過他們。武士大將是連勇者大人都想讓他當隨從的強者，乃是西方最強的武士是也。」

「黑煙島是背叛沙珈帝國的武士們聚集的村落。因為這個緣故，島內各流派的技術都完成了獨自的進化，像這麼憧憬武士的波奇肯定能好好修行一番吧。」

「那真是太厲害了喲！波奇很想修行喲！」

波奇開心地跳了起來。

「忍者呢～？」

「雖然應該也有忍者一起流落到那裡，但沒聽到過傳聞。」

「可惜～？」

魯德路揉揉小玉垂著耳朵的頭。

「劍聖是怎樣的人，我這麼詢問道。」

「那位我們也沒見過。據說他以隨從身分侍奉前一任——隼人大人之前的勇者，好像還是希嘉八劍首席祖雷堡大人的師傅。」

「露絲絲大人和菲菲大人曾說過：『那傢伙可不是劍聖那種可愛的生物，而是劍的怪物——劍鬼。』是也。」

既然是祖雷堡先生的師傅，還讓身為勇者隼人隨從的虎耳族露絲絲，以及狼耳族的菲菲講出這種話，看來是個很有實力的傑出人物沒錯。

「那還真想跟他切磋一番呢。」

「是的，莉薩。我想承受劍聖的劍，我這麼告知道。」

莉薩眼睛一亮並握緊了拳頭，娜娜也面無表情地跟莉薩擺出相同的姿勢。

雖然表情完全不同，但她們似乎都想和劍聖一起修行。

「行程塞得很滿呢。」

「是啊。」

反正這趟旅程不用趕路，依序遊歷就行了。

「唔。」

「別擺出這種表情嘛，蜜雅。聽說西方各國還有叫『賢者之塔』的地方，說不定能在那裡學到新的魔法喔。」

「有興趣。」

鼓起臉頰的蜜雅聽到亞里沙的話後，興奮地點了點頭。

雖然不清楚和這個國家的賢者索利傑羅是否有關聯，但我也對「賢者之塔」有興趣。畢竟我也想調查，有沒有能讓那些被優沃克王國變成奇美拉的人恢復原樣的方法。

◆

「這裡就是樞機卿的宅邸嗎——」

晚宴的第二天，我獨自造訪了巴里恩神國的第二把交椅，多布納夫樞機卿的宅邸。
不知道什麼緣故，晚宴結束時我從樞機卿那裡收到了午餐會的邀請函。
我搭乘來迎接的馬車，順暢地通過正門，朝著入口的停車擋板駛去。
——黑色。
看到了以白色和生成色衣物為主流的巴里恩神國來說，很罕見的黑色服飾。
原以為賢者也拜訪了這裡，但從AR顯示來看似乎不是賢者，而是他的弟子。
他應該是以賢者使者的身分拜訪樞機卿的宅邸吧。
「歡迎光臨，潘德拉剛子爵。」
「能受到閣下邀請，實在光榮至極。」
我與特地來到入口迎接的樞機卿一同走向餐廳。
在廣闊餐廳的長桌子上，只擺放著我跟樞機卿兩人份的餐具。
總覺得坐立難安，所以我決定在午餐會前詢問他的目的。
「那麼，請問今天是有何要事——」
「事情等餐後再說也不遲。今天為了身為美食家的您，網羅了西方各國的珍饌。請務必讓我聽聽您的感想。」
哦，這我就很感興趣了。

事情先放一邊，現在就集中於料理吧。雖然在意，但還是美味的料理比較重要。

「餐前酒我準備了『司法國家』謝利法多法國的『神的憐憫』。特色是不會喝到宿醉，也不用擔心醉到不省人事。」

透明的玻璃杯裡倒進了黃金色的酒。些微的蜂蜜甜味刺激著鼻腔。看來是一種蜂蜜酒。

「——呼，真好喝。是謝利法多的傢伙配不上的美酒呢。」

明明是在品酒，樞機卿卻一口氣將杯裡的酒全部喝了下去。他似乎很喜歡這種酒。

「能夠理解烏里恩中央神殿那些禁欲主義的老頑固愛不釋手的理由了。」

名為謝利法多的國家似乎有叫作烏里恩中央神殿的地方。

樞機卿嘗完後點了點頭，侍從隨即將黃金色的美酒注入了我和樞機卿的玻璃杯。

「來乾杯吧。」

我們替彼此祈禱健康與和平，然後輕輕舉起杯子把酒送入口中。

舌尖享受著蜂蜜清爽的甜味和微微的酒精，接著鼻腔竄過蜜蜂們採集蜂蜜的花朵香氣。

此等美味在至今為止喝過的蜂蜜酒中屈指可數。能超過這種酒的，只有在波爾艾南之森喝過的精靈祕藏蜂蜜酒了。

當我們兩人一言不發地享受美酒時，第一道菜端了上來。

「前菜是來自『花與戀愛之國』奧貝爾共和國，『戀愛之花的沙拉，女神嘆息風味』。

這次特地請從奧貝爾共和國聘來的廚師製作了祕傳的醬汁。」

哇喔，居然只為了前菜聘請廚師，真是奢侈耶。

沙拉上放著用火腿薄片和果凍做成的花朵——不對，AR顯示這是真正的花，似乎不是裝飾而是可食用的。在日本，也有人會吃菊花和蒲公英，或許這種事在異世界並不罕見吧。

雖然用眼睛看也不錯，不過躲在柱子背後的廚師正一副坐立難安的模樣看著我們，差不多該開動了吧。

——很有趣的口感。

顏色如薄切火腿肉的花朵一入口便碎裂，僅留下甜味與些許酸味後融入口中。看起來像果凍的花則是滑溜地化開纏在舌頭上，隨著逐漸滲出的鮮味後出現的刺激感應該是碳酸吧。以蜂蜜為基礎的祕傳醬汁先是以柔和的甜味包覆著受到碳酸刺激的舌頭，隨後爽快地溶解，帶走口中所有的味道。這樣就算不停地吃，也不會受之前的味道影響，可以好好享受多種口味的沙拉。

「嗯，真有趣的口感，味道也不錯。難怪從特尼奧中央神殿來訪的使者會讚不絕口。」

哎呀，我吃得太專心了。等樞機卿代替我說出感想後，躲在柱子背後觀望的廚師才露出了安心的表情。

因為樞機卿也想知道我的感想，於是我留意不要闡述過多並告訴他料理很美味。

「湯品來自『變幻之國』皮亞羅克王國，『讚頌英雄神的彩虹之湯，隨興風味』。請根據自身的喜好，隨意使用其他碟子裡的調味料。」

裝著黃色湯品的湯盤旁排列著數個貝殼造型的小碟子。除了常見的胡椒和岩鹽，連山椒和肉桂之類的也磨成粉末裝滿小碟子。似乎只要用看似掏耳棒的湯匙將調味料放進湯裡，湯的顏色便會隨之改變，實在很奇妙。

至於最重要的味道，未添加任何調味料的黃色湯汁是普通的奶油風味，而依照推薦順序加入調味料後，每加一種調味料都讓味道變得更加難喝。

「……真是罕見的湯呢。每次放入調味料後，味道都會產生變化，這樣就能不喝膩地品嘗到最後了。」

「客套話就免了，札伊克恩中央神殿從以前開始就只會誇大其辭。」

看來這道料理也不合樞機卿的口味。

下一道菜配合我和樞機卿放下湯匙的時機送了上來。

雖然不顯眼，但服務生和管理料理進度的人，水準都是一流的。

「魚料理來自『海運國』加爾雷恩同盟，『醋拌劍尖鮪魚與克拉肯，英雄風格』。已經讓巴里恩神殿的巫女們仔細地驅除了瘴氣，還請安心品嘗。」

是以鮪魚和章魚為主的冷盤嗎？薄切的生魚片擺成了花朵般的形狀。

盛裝料理的裝飾台似乎是把名為劍尖鮪魚的魚類猶如劍一般的角加工後的產物。因為裝飾台像劍一樣，所以叫做英雄風格嗎？

「——好吃。」

我情不自禁地說了出來。

劍尖鮪魚濃厚的鮮味在嘴裡融化，醋和醬汁的香味隨後溫柔地刺激鼻腔。克拉肯也很有嚼勁美味十足，若不是在狩獵後立刻宰殺就無法保持這種口感，處理得相當不錯。

話說回來，在炎熱地帶享用醋拌冷盤挺清爽的，很不錯呢。

「您似乎很喜歡呢。潘德拉剛卿似乎很習慣享用克拉肯，果然是因為希嘉王國近海克拉肯的數量很多的關係嗎？」

「雖然它們很少會到近海，不過半島附近和砂糖航路倒是很常見。」

因為每次都會進行狩獵，所以儲倉中堆積了數不盡的章魚型海魔和烏賊型海魔。每一隻的體型都很大，數量遲遲無法減少。

冷盤在我們聊著希嘉王國近海的魔物情況時被一掃而空。因為想像得到醋的種類和醬汁的做法，等下次湊齊材料做給夥伴們吃吧。

下一道菜在蓋著銀色半圓蓋的狀態下被端了上來。

「肉料理是來自『太陽之國』沙尼亞王國的『橙王羊的再生，陽光風格』。橙王羊是在獵到後立刻被解體，將肉與冰石一起放入道具箱中，並透過三頭飛龍接力從遙遠的沙尼亞王國運送過來。負責烹調的廚師在沙尼亞王國歷經十年修行，是曾在那個國家親自負責宮廷料理的專家，請務必仔細品嘗整道料理。」

這道菜似乎是主餐，負責說明的隨從長也十分賣力。

盤子裡裝著好幾種肉料理。眼前是淋上橙色醬汁的烤肋排，盤子中間有個深盤，裡面裝的是——燉橙王羊腦，右邊則是肝臟肉卷搭配類似囊餅的薄烤麵包。左邊似乎是燉煮內臟。

「潘德拉剛卿，如果是第一次品嘗這道料理，可以從中間的深盤開始享用。接著依照順時針的方向品嘗，味道就不會混在一起，也可以用檸檬水漱口。」

樞機卿真是親切，他本身也是個美食家。對他而言，讓自己與讓他人美味地品嘗料理似乎是同樣的意思。

我向樞機卿道謝，按照他推薦的順序開動。

與看起來很有彈力的外表相反，燉橙王羊腦像豆腐一樣，湯匙沒受到任何阻礙地刺了進去。我將羊腦和湯一起放進嘴裡，羊腦瞬間溜了進去，最初感覺到的是肉湯濃厚的味道。

用肉汁和椰奶製作的湯洗過舌頭上的味蕾，完美地帶出了腦纖細的風味和黏稠的口感，真是美味。我本來對吃腦有些許抗拒，但現在感覺快要敗給想把它一口氣吃完的欲望。

接著品嘗的肝臟不僅沒有令人討厭且濃厚的血味，也沒有沉重的鐵鏽味，味道堪稱一流。這樣的話，就算不習慣吃肝臟的人也吃得下。

下一道是品味烤肋排。這道菜充滿了脂肪的鮮味。雖然也能用刀叉來吃，但在依照樞機卿推薦的用手來進食後，嘴裡充滿的幸福感彷彿能喚醒人的野性。真想讓獸娘們也吃吃看這道料理啊。

最後在享用具有各式各樣口感的燉煮內臟後，用檸檬水讓口腔清爽地回到最初的狀態。

雖然是道頗具分量的料理，但沉浸於美味的循環中，轉眼間就吃了個精光。

「——不愧是一道值得赫拉路奧中央神殿的人們誇耀的菜。要是沒有沙海的蠍子，就能更加頻繁地進行貿易了。」

先一步吃完的樞機卿一邊喝著紅酒，一邊小聲地說道。

「甜點是來自『睿智之塔』都市國家卡利索克，名叫『知識的神泉，岩漿製法，花園風味』。」

雞尾酒杯放在巨大的盤子上，裡面裝著透明的果凍和球狀水果。

服務生迅速地從我背後伸出手，用玻璃製、看起來像攪拌棒的東西敲了一下水果果凍的表面。

下個瞬間，水果果凍變成朱紅色，宛如自火山湧出的岩漿般從雞尾酒杯溢出，在大盤子上描繪出花瓣的圖案。一開始抹在大盤子中的醬汁點綴著朱紅色的花瓣，為其輪廓添上淡淡的層次感。

「真是有趣的演出呢。」

我對同樣感到驚訝的樞機卿這麼說道。

「看來卡里恩中央神殿那些只對自己的研究有興趣的傢伙，似乎也能做出取悅他人的把戲呢。」

樞機卿乾咳一聲後拿起湯匙。

這甜點看起來很好吃，我也充分地欣賞了外觀後開始品嘗。

果凍本身很普通，但是作為朱紅色原材料的果實營造出十分不錯的味道。雖然稍微有點酸，但也被球狀水果的甜味中和，該水果也並非單純把果肉作成球狀，似乎有用糖衣或其他種類的果凍裹在其中。

在享受味道的期間，不知不覺地將甜點吃得一乾二淨。

雖然是跟不感興趣的樞機卿共進午餐，不過意外地挺愉快的。我覺得他和歐尤果克公爵領的貪吃鬼貴族們以及希嘉王國的宰相應該會很合得來。

「——您是說，貿易嗎？」

結束了非常滿足的午餐，我們移動到會客室開始談正事。

「沒錯，我想增加與希嘉王國之間的貿易。」

隨你喜歡的增加不就行了？

「為了實現法皇的理想，需要比稅收和捐款更加龐大的金錢，為此希望能增加貿易。」

「我覺得那是個好主意，但我只是觀光省的人，並不是外交官。雖然可以幫忙與相關部門接洽，但我並沒有決定國家間貿易的權限。」

我曾在希嘉王國的港口見過巴里恩神國的貿易船。事到如今，應該沒有必要拜託我當中間人吧。

「這件事我當然明白。我們早已在與蘇特安德爾的歐尤果克公爵和塔爾托米納的太守荷依念伯爵進行交易。但光是這樣還不夠，翠絹和普通的特產無法觸動那些挑剔的內海商人們的心弦。」

原來如此，是想要新的商品嗎？

順帶一提，他所說的「內海」是指位於西方各國正中間，東西方向幅員廣大的內海。西方的盡頭與外海相連。似乎是像歐洲的地中海一樣的地方。

「西方各國在內海的船舶貿易相當繁盛，剛剛享用的料理也都是透過船運送過來的。但正因為海運繁盛，才會時時刻刻都在渴望新的商品。」

樞機卿注視著我的眼睛這麼說道。

「既然是觀光省的副大臣，您應該很清楚自己國家的特產吧？而且我聽說您讓自己的貿易船隊在到處都是危險的砂糖航路航行。」

沒想到他連筆槍龍商會的事都知道，這是在情報傳遞非常花時間的異世界裡想像不到的諜報能力。

「我只是向那個商會出資而已，實際運作還是由商會的人員進行。」

「無所謂，商人只要有利益就會行動。」

樞機卿這麼說完，把卷軸攤開放在桌子上。

雖然有很多沒見過的品項，但其中包含了在希嘉王國見過的高價商品。

我裝作認真讀著清單的樣子，並用空間魔法「遠話」向越後屋商會的掌櫃進行確認。似乎都是能賺錢的商品。雖然不知道這邊的行情，不過就算考量遭遇暴風雨或魔物而導致失去貿易船隊的風險，也能得到足夠的利益。

「的確很吸引人呢。」

——如果籌碼不是人命的話。

「您似乎沒那麼感興趣？」

「畢竟長距離航行會讓船員們有生命危險。」

「那不是理所當然的嗎？水手都是把自己的生命當籌碼尋求龐大利潤的賭徒。」

或許是那樣沒錯，但這個世界的大海實在過於危險。

如果與當時的筆槍龍商會一樣，只是伸出援手幫助船員再次出海倒還好說，讓他人冒著生命危險替自己謀求利益，總覺得不太妥當。

「我跟您約好，會讓貿易船隊每一艘船都攜帶『燈火』以及一名維持運作的神官，那樣的話應該沒問題吧？」

他口中的「燈火」似乎是一種被稱為「巴里恩神的燈火」的海上驅魔道具，據說魔物們會畏懼那道光芒而不敢靠近。話雖如此，也有可能遭遇來自深海的魔物和沿岸空中的魔物襲擊，因此不算完美。

一般而言，燈火無法維持到抵達希嘉王國，聽說能夠往返內海另一端的加爾雷恩同盟就是極限了。但只要讓接受過能維持「燈火」的專業訓練的神官一同乘船，就能勉強維持往返希嘉王國的航線。

「雖然有黑煙島那樣的險境，但事故也比沒有攜帶『燈火』的旅途少。況且這個國家的水手都說比起魔物，還是暴風雨和驚濤駭浪更加可怕。」

樞機卿看起來很有自信。

我用空間魔法「遠話」與越後屋商會的掌櫃聯絡，並以庫羅的語氣轉告巴里恩神國的樞機卿打算用先前提到的清單上的商品進行貿易一事，她在我下令準備貿易用的船之前立刻答應並承諾會準備。

她似乎已經想好經驗豐富的船長與船員人選，於是我把後續的準備工作交給掌櫃她們。

「我明白了。既然您說到這種程度，我們會好好考慮的，由於需要與有交情的商會協商，還請您稍待一會。」

「這樣啊！如果要寄信，我幫您準備飛越沙漠的飛龍空運吧。」

我和心情大好的樞機卿握手，向他請教了內海沿岸國家的美食。

聽說西方各國大多是孚魯帝國崩壞時，由分崩離析的貴族和知識分子們所組成，因此飲食文化和藝術似乎特別發達。屆時順便讓夥伴們修行，多造訪幾個國家享受一番吧。

「話說回來，潘德拉剛卿。您認識這個藥劑嗎？」

樞機卿向隨從示意，他便將外形類似安瓶的紅色與紫色小瓶子擺到桌子上。

根據AR顯示得知，紅色安瓶裝的是將魔人藥濃縮製成的廢魔人藥，紫色安瓶則是名為高濃度魔力賦活劑的魔力恢復藥。兩種藥的備註欄上都寫著致死性的違禁藥物。

「不，我沒見過。」

「是嗎。這是在西鬪門領的『自由之光』據點發現的藥物。既然在希嘉王國也沒有出現，那可能是新開發的藥品。」

如果是與魔王信奉集團「自由之光」相關的物品，就算出現會致死的違禁藥物也不奇怪。

「那些藥有什麼效果呢？」

「等級三的死刑犯在喝下紅色的廢魔人藥後，變成了體型如同巨魔般的巨大怪物到處破壞，最後由三名三十級的神殿騎士合作才好不容易壓制了他，但在那之前已經有六名守衛遭到殺害。據說死刑犯原本是個懦弱的人，卻變得猶如脫韁野馬般凶暴。」

原來如此，要是這種藥被量產散布的話，後果不堪設想。

「那個人在被壓制後有恢復原狀嗎？」

「沒有，似乎當場死亡了。這應該只是用來製造拋棄式軍隊的藥吧，真是符合魔王信奉者風格的惹人厭藥物呢。」

以負責行政的他來看，肯定很討厭這種恐怖分子專用的藥吧。

「那麼，紫色的藥物有什麼效果呢？」

「不知道。雖然用三名死刑犯做過測試，但除了依照名稱般恢復魔力之外，並不清楚其他的效果。不過喝下藥水後的五秒鐘內，所有人都七竅流血而亡。」

呃，不小心想像了一下。

真是殘忍的藥。

「真可怕的藥，巴里恩神國打算怎麼處理這些藥物呢？」

「那還用說，肯定是全部處理掉。這兩瓶是為了向聖下報告才刻意留下的，其他樣本全都在我的見證下撒到沙子裡燒毀了。若是不在被好戰分子發現前處理掉，巴里恩神國將會成為西方各國的火種。」

這麼說來，印象中巴里恩神國好像有在調解西方各國的紛爭，因此受到那些企圖挑起戰爭的國家所疏遠。

當我正在跟樞機卿談著這些話題的時候，一名女僕打扮的見習神官拿著信走過來。

「潘德拉剛卿，這是給您的。」

樞機卿把裝在信封中的另一封信遞給了我。

我對這個封蠟的印章沒有印象，不過ＡＲ顯示讓我得知這是「聖女宮」的印章。

「——這是聖女大人給我的？」

我拆開封蠟看過內容後，發現這是來自聖女的邀請函。

為什麼會送到樞機卿的宅邸呢？

我的不解似乎表現在臉上了，跟我對上視線的樞機卿說著「這裡寫著要我把信交給您」並將自己的信件拿給我看。

居然把國家第二把交椅的樞機卿當成跑腿，真是位大膽的人。

「為什麼不是我，而是他……」

我的順風耳技能聽見了樞機卿小聲地喃喃自語。

雖然他看起來有點不高興，但並非因為自己被當成跑腿小弟，而是受邀請的不是他自己而是我這件事。

根據在有才之士的村落得到的情報，聖女大人貌似是位黑髮美女，這也難怪。

「聽好了，潘德拉剛卿。那位大人是偉大的巴里恩神的巫女。是一位將人生完全奉獻給巴里恩神，聖女中的聖女。請務必不要做出失禮的舉動。」

當我離開宅邸的時候，樞機卿這麼叮嚀著。

看來樞機卿真的很傾心於聖女。

◆

「這裡好像就是聖女宮呢。」

拜訪樞機卿宅邸後的隔天，我來到了聖女宮。

雖然被邀請的人只有我，但由於夥伴們說想見識一下，我們便一同來到了宮殿大門前。

「……真是個漂亮的地方呢。」

露露在見到被浮著蓮花的水路、盛開的花朵以及茂盛的植物所裝飾的純白色建築——聖女宮後，臉頰泛紅地讚嘆著。

「很好。」

蜜雅從妖精背包中拿出魯特琴編起了曲子。

「咻啪啪啪啪啪～？」

小玉在蜜雅身旁拿出寫生簿開始素描。

聖女宮似乎觸動了蜜雅和小玉的心弦。

雖然有點好奇她們究竟會創造出怎樣的作品，但由於快到約定的時間了，於是我將接下來的事交給莉薩和亞里沙，獨自走進了聖女宮。

雖然在入口處被攔了下來，但他們似乎早就知道我會來訪，因此在出示邀請函確認是本人後就放行了。

「——聖女大人的聖域在這邊。」

帶路的見習巫女語氣爽朗地說著。

這座聖女宮中，擁有「神諭」技能的巫女與見習巫女超過五人。比其他國家的平均人數還要多，真不愧是以神冠名的國家。

「聖女大人，我將潘德拉剛卿帶來了。」

我在見習巫女的催促下走進聖域。

這裡充滿清涼的空氣和浮在空中的藍色光輝。每當呼吸被祝聖過的空氣，身體就會充斥著神祕的幸福感，這種不可思議的感覺十分舒服。

坐在聖域深處沙發上的老婦人似乎就是聖女大人。ＡＲ顯示她的名字叫作尤．巴里恩。感覺與公都的尤．特尼奧巫女長大人一樣。

一**頭白髮**的她露出了如同小女孩般天真無邪的笑容。

這和之前在「有才之士」的村落裡聽到的聖女的情報相差太多了，聖女有兩位嗎？

「大哥哥就是神大人所說的孩子吧？」

年邁的聖女以稚氣地語調這麼說。

「神大人是指巴里恩神嗎？」

「嗯。」

老聖女點了點頭。

「神大人呢，要我告訴你──『暫時，留在這個國家。』這樣。」

「『暫時』大概是指多久呢？」

要是用神明大人的時間當標準也很麻煩。

「嗯──不知道。」

真是不負責任耶。

「不過，我認為應該不會太久。」
所以沒問題的，聖女這麼說道。
接著她彷彿貧血般搖搖晃晃地倒在沙發的墊子上。
「——聖女大人！」
隨侍在房間內的女神官扶起聖女，確認她的脈搏。
「神諭到此為止。非常抱歉，由於聖女大人的身體欠佳——」
在另一位美麗巫女的催促下，我離開了房間。
「拯救那個孩子。」
我的耳邊傳來微弱的聲音。
雖然因為被女神官和巫女們包圍而看不見，但是剛才的確是聖女的聲音。
她究竟要我拯救誰呢？
「潘德拉剛卿，勸您別在外面輕易透露聖女大人的情況。」
美麗的巫女像是要封口似的囑咐著。
「雖然聖女大人每次交神都會接觸神氣，以至於說話的口吻跟語氣變得像個小女孩，但她的內在可是充滿著我們遙不可及的睿智和慈悲喔。」
這是指因為持續接受巴里恩神的神諭，導致受到了身為幼女神明的巴里恩神影響嗎？

特尼奧神殿的巫女長並未出現這種情況，或許只是不清楚她受到特尼奧神哪方面的影響？不過，巫女長是個不像老婦人的可愛女性呢。

我跟美麗的巫女約好「絕不外洩」後，離開了聖女宮。

西關門領

「我是佐藤。雖然去各式各樣的國家觀光也非常有趣，不過我覺得構思旅行計畫也是樂趣之一。畢竟其中也有光看旅行雜誌就能滿足的人呢。」

「能看到了～？」

「雖然還看不到，但是遠遠地飄來了海水的味道，就快到了喲！」

小玉和波奇坐在領頭的駱駝上，挺直腰桿看著遠方。

造訪聖女宮的隔天，我們在目送沙珈帝國一行人離開後，結束了為期三天的聖都觀光，現在正朝著面對內海的西關門領出發。

與我坐在同一隻駱駝背上的亞里沙回頭看著我說：

「不過啊～既然要我們暫時留在巴里恩神國，不就代表聖都會發生事情嗎？」

「那樣的話應該會說『暫時，留在聖都』吧？」

不管發生什麼事，我已經設置好刻印版，隨時能用空間魔法「歸還轉移」返回聖都巴里恩。無論如何只要不離開國界就沒問題了吧。

「看到了——牆壁。」

「是的，蜜雅。騎在肩膀上是最強的，我這麼告知道。」

蜜雅坐在娜娜的肩膀上，似乎看見了位於草木稀疏的山丘對面的西關門領外牆，或是圍著巴里恩神國周圍的「長城結界」。

波奇很是羨慕地看著蜜雅。

「那是外牆呢，也能看見遠方長城結界的高牆。」

莉薩站在駱駝上這麼報告著，真是優秀的軀幹。

「喵！」

忍者小玉動作迅速地將筆直站立的莉薩的肩膀當成立足點站了起來。

「簡直像是哪個國家的雜耍團或馬戲團呢。」

「波奇也要！波奇也要做**雜耍戲團**喲！」

亞里沙開心地笑著，想要攀爬莉薩腳部的波奇失去了平衡，連打算幫忙的莉薩和小玉也受到影響差點跌下駱駝。不過在使用我的魔法版念力「理力之手」支援前，她們很快地恢復了平衡。這是肌肉和軀幹的勝利。

「船真多呢。」

「有帆船、槳船，連三角帆的快速船都有，種類很多呢。」

面對內海的西關門領不愧是通往西方各國的玄關，不僅能見到港口的棧橋有非常多船入港，還有數十艘等待入港的船飄浮在海面上。

港口不僅有商人和船員，還能見到從事港灣事務的相關人士忙碌地四處奔波。許多用來暫時寄放貿易品的倉庫接連並排著，從這裡甚至無法看到盡頭。

「大家的穿著都很醒目呢～因為聖都的衣服顏色樸素所以更會讓人這麼覺得。」

「有許多國家的人呢。」

亞里沙和露露對貿易商人以及船員們的服裝表達了感想。

巴里恩神國聖都的人大多穿著都很樸素，所以才更讓人這麼想吧。

「熱鬧。」

「比希嘉王國的貿易都市和砂糖航路還要多彩多姿，我這麼告知道。」

正如娜娜所說，人種和服裝壓倒性地多樣化。

沙人們在這裡似乎也被當成勞工壓榨，不過夥伴們似乎沒發現，因此我並未特意指出。

此時小玉和波奇的肚子咕嚕咕嚕地響了起來。

「餓扁扁～？」

「該去吃午餐了——」

「那邊飄來很香的味道喲！肯定有攤販的人在喲！」

我話還沒說完，波奇就指向了漁船並排停靠的碼頭。雖然還沒聞到味道，但現在就相信波奇的飢餓感應器吧。

香味似乎是來自鮮魚賣場對面的攤販。

「像砂糖航路那邊一樣，有很多顏色豐富的魚呢。」

「甲殼類的形狀很奇怪，我這麼指謫道。」

正如露露和娜娜所說，魚的種類和希嘉王國沿岸完全不同。

「越顯眼的魚越好吃喔！岩鰤現在正值當季。買了絕對不會後悔，來一點吧！」

「雖然岩鰤也不錯，不過很多人要吃的話還是百戶鰤比較好！這種魚用燉的非常好吃哦？」

「那麼請各給我十條。」

「哦，挺上道的嘛。岩鰤切成生魚片用醋涼拌是最美味的。多送你幾條，拿去練習做做看吧。」

「那麼，百戶鰤也多送你一條吧。」

「什麼嘛，你也太小氣了。這可是要賣給國外的小姐耶，多拿點氣勢出來啦！」

「真沒辦法。那我就帶著被巴里恩大人的『燈火』燙到的心情，多送兩條吧！」

露露面帶笑容地跟精力充沛的魚販們買了魚。

娜娜則在一旁面無表情地買了多到籃子快裝不下的甲殼類和貝類。

「這位帥哥，要不要來點伊須鯛？對夜生活很好喔。」

我的視線雖然差點被性感大姊姊的深邃乳溝吸了過去，但由於蜜雅「唔」了一聲拉住我衣袖的緣故，我才免於買下看似能增強精力的魚。

「小姑娘，要買點克拉肯嗎？」

「也有飛天烏賊喔。」

這裡賣的是幼年期的克拉肯嗎，本體大小只有兩公尺左右。

因為克拉肯的庫存還很多所以沒有購買，不過我對耳朵類似可變機翼的「飛行烏賊」構造很感興趣，於是買了幾隻。

在穿越海鮮賣場的途中，我們就這樣購買了大量的魚貝類。

「美味美味～？」

「果然還是烤蝦和烤螃蟹有嚼勁呢。」

我們總算來到以漁夫為客群的攤販並排的區域，品嘗著新鮮的魚貝類。

波奇在小玉跟莉薩身旁專心地大口吃著烤烏賊，看來她肚子真的很餓。

「燉百戶鰤的味道濃厚，十分美味，我這麼稱讚道。」

「岩鰤涼拌海帶味道清爽，也非常好吃喔。」

娜娜選擇冷湯燉魚，露露則選了涼拌。

「就是這個！這種最好吃了！」

亞里沙氣勢洶洶地站在原地，雙手分別拿著一串用鹽烤的魚跟蝦，嘴上說著像某部美食漫畫中出現的台詞。用鐵網跟炭火烤的食物很好吃呢。

「佐藤。」

蜜雅手上拿著的容器裡裝著看似心太的食物。

根據ＡＲ顯示，那似乎不是寒天，而是切成條狀的水母。

「美味。」

蜜雅用筷子夾起切細的水母朝我「啊～」的一聲遞了過來，於是我試著吃了一口。

味道如同預期地很淡，雖然外表看似寒天，不過是蠻有嚼勁的偏硬口感。用糖醋方式料理應該會很好吃，或者用黑糖做成甜點應該也不錯。

似乎以此為契機，大家開始進行互相品嘗對方挑選的料理、類似評鑑會的活動。不知為何，其他孩子也模仿起蜜雅，輪流將食物塞給我吃。

「有進拉拉基的魔法道具嗎？」

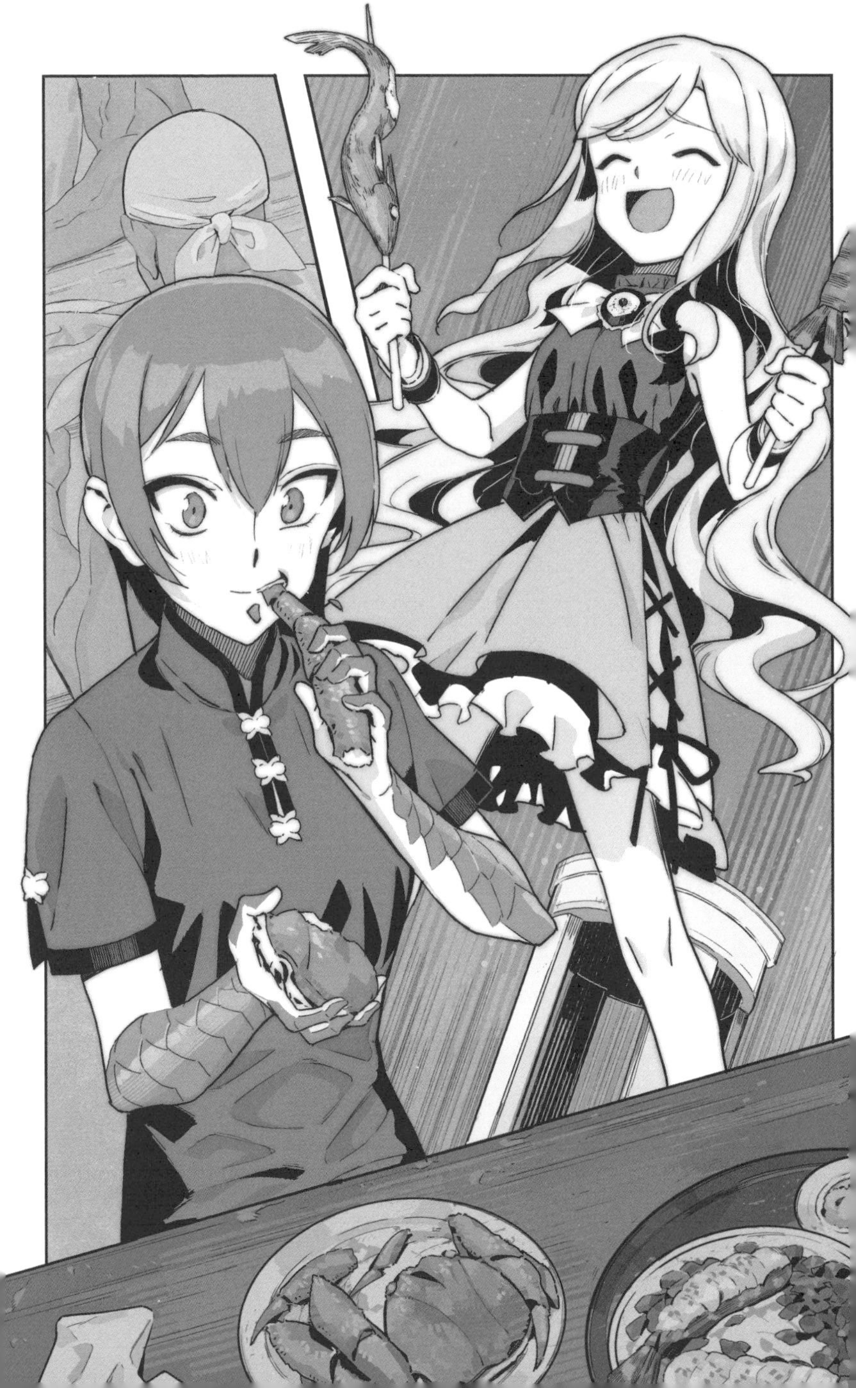

由於聽見了有點懷念的國家名稱，我忍不住將注意力轉向發出聲音的位置。有幾名商人正在路邊攤後方的飲食區喝著酒。

「很遺憾，已經被加爾雷恩同盟和卡利索克的御用商人搶光了。」

「你那邊也是嗎……我想要的希嘉王國翠絹也被沙尼亞王國和特尼奧共和國買完了。」

「那些有中央神殿在的國家果然厲害。」

中央神殿——跟這個巴里恩神國的巴里恩中央神殿一樣，指的是沿著內海供奉著七柱神明，類似神殿總部的地方。

「不過，單憑財力壟斷市場的傢伙還算可愛。同樣是設有中央神殿的國家，也有像皮亞羅克那種會藉著權威來威脅他人的麻煩傢伙。」

「現在札伊庫恩神的權威已經式微，希望他們能稍微老實點就好了……」

札伊庫恩神的胖子神官長也曾在聖留市引發事端，看來這裡也存在同樣會給人添麻煩的傢伙。

「毫無動靜的只剩謝利法多法國了吧？」

「畢竟那裡是頑固的法學家們的國家，據說都不怎麼追求奢侈品。」

「況且那裡是烏里恩神的勢力範圍，聽說前陣子有個攜帶違禁品進去的商人和海賊一起上了絞刑台。」

「那還真是殘忍呢。不過，攜帶違禁品進入多數人持有『斷罪之瞳』的謝利法多法國實在很愚蠢……」

這麼說來，「斷罪之瞳」好像是烏里恩神賜予的天賦吧。

正當我想起這件事的時候，亞里沙扯了一下我的衣袖。

「主人！那邊有個異國商人的攤位，正在賣這個耶！」

「嘿——是義大利麵啊。」

因為麵類食物普及的國家很少，真是奇遇。

我請亞里沙分我吃一口海鮮義大利麵，並在亞里沙的要求下分了一口自己的份給她。

「亞里沙！這邊喲！」

「Hurry up～」

亞里沙聽見波奇和小玉的呼喚跑了過去。

看來又發現了什麼罕見的食物。

話說回來，或許因為正值午餐時段，攤販區的人數增加了。

「巡禮者閣下，方便的話務必讓我請您喝一杯。」

「對老闆的好意獻上感謝，願各位都受到航海之神的加護。」

商人們用食物和飲料招待穿著樸素服裝的巡禮者們。

這些巡禮者似乎會依序巡禮那些商人剛才提到的中央神殿，而他們則是找這些巡禮者打聽各國的傳聞並運用在商業活動中。

「七神巡禮的最後一站是這個巴里恩神國嗎？」

「不是的，畢竟這條航線不會經過皮亞羅克王國，因此我們打算參拜完南岸的皮亞羅克王國後，經由陸路前往沙尼亞王國。」

「雖說是陸路，但沙尼亞王國周圍的沙海與大海沒什麼差別，還請多加小心。」

「感謝您的忠告，願商人閣下受到交易之神的祝福。」

赫拉路奧中央神殿所在的沙尼亞王國似乎並未與內海相連。

因為似乎能打聽到許多傳聞，於是我帶著幾瓶高價的酒加入了商人們的對話。

畢竟收集這類傳聞也是旅行的樂趣嘛。

「若各位不介意的話，可否讓我也加入呢？」

「哦！當然不介意！」

「我們非常歡迎會帶酒過來的上道年輕人。」

或許是貿易港口的當地民風，他們好像並不排斥外來人。

「果然想去一次紫炎大陸看看呢。」

「真的有那種地方嗎？加爾雷恩同盟組織前去遠征的船隊一艘都沒回來，『賢者之塔』

的長距離探索用飛空艇也下落不明吧？」

「孚魯帝國時代的古文書上寫著『在海上一路向西航行一個月，有一座被紫炎包圍的大陸』。只是我們去不了而已，紫炎大陸絕對是存在的。」

哦哦，是其他大陸的話題啊。

驅逐寄生在世界樹的水母——「邪海月」時我曾經繞了世界一圈，當時我沒空去留意大陸的名字，但印象中這座大陸的西邊確實存在其他大陸，那應該就是紫炎大陸吧。

「比起那種連存在與否都不確定的大陸，要去的話更應該去歡樂都市維洛里斯吧。據說能體驗到這個世界上所有的快樂呢。」

哦哦，那還真令人感興趣呢。

「那裡和惡德都市西貝一樣，一不小心就會連做生意的本錢都賠進去喔。」

「別把那裡跟只有銷贓分子和海賊才會去的西貝做比較，西貝可是連奴隸商人都會繞道的危險都市啊。」

「雖說都是些壞蛋，但真虧他們敢在赤龍威爾斯築巢的島上建立城市呢。」

「正因為如此，鄰近的國家才無法出手吧。」

感覺是個桌上角色扮演遊戲中的主持人開心地編寫劇情的地方。

雖然很想和赤龍交流，但君子不立危牆之下，還是盡量不要靠近惡德都市吧。

「雖然惡德都市西貝的海賊的確棘手，但英雄半島和雙子半島之間的群島才是最麻煩的呢。」

「那裡不僅有飛龍的巢穴，還有很多海賊能藏身的地方，根本不知道什麼時候會被襲擊。」

「據說連謝利法多法國的海軍也對那些海賊束手無策呢。」

英雄半島似乎是指位於皮亞羅克王國南岸的半島，雙子半島則是與謝利法多法國和都市國家卡利索克北岸相鄰的半島。

「加爾雷恩同盟的海神岬附近，海賊也變多了。」

「那可要小心點才行。」

「說到加爾雷恩同盟，我在加爾洛克市的港口遇到了『彷徨仙人』喔。」

「從孚魯帝國時代活到現在的仙人嗎……那還真令人感興趣呢。」

仙人是不是都留著白鬍子呢？

「要說西部地區的話，我見到了奧貝爾共和國的『變態廚師』。雖然外觀和服裝都跟傳聞一樣，不過料理真是超乎想像的美味。」

「那可真令人羨慕。雖然他的料理也很出色，但我更在意出現在希嘉王國的那位『奇蹟的廚師』。據說他製作的透明湯，連那個國家的美食家都讚不絕口地說是『奇蹟的味道』

呢。」

「對，我也聽說過那個傳聞。就算只有一次也好，真想跟他見個面啊。」

不好意思，本人就在這裡。

因為不能表明身分，所以我在無表情技能老師的幫助下露出微笑。

「老闆，差不多該去幫船的燈籠領取『燈火』了。」

聽見隨從這麼說的商人向我們道別，朝神殿的方向走去。

燈火是指樞機卿提過的那個嗎？

「那是指『巴里恩神的燈火』嗎？」

「是啊，就是那個。驅趕海棲魔物的力量非常靈驗喔。」

「雖然得因此花錢捐獻，但安全是無可取代的。」

「這不是挺好的嗎，以前只借給信奉巴里恩神之人的燈籠，現在只要捐款就能借到。」

「說得也是。自從札札里斯法皇猊下登基後，入港稅低得跟免費一樣，依照捐款金額，連前往外海航路時必須的，能夠延長燈籠時間的神官也會派給我們。」

大致上和樞機卿所說的一樣。

「話說回來，聽說沙珈帝國的勇者大人好像來到了聖都。」

「如果你問的是出現在魔窟的魔王，好像已經被勇者大人和巴里恩神殿的聖劍使梅札特卿討伐了。」

「不愧是梅札特大人，難怪會被聖劍布爾特剛選上。」

「說起梅札特卿，據說他很喜歡奧貝爾共和國的花釀酒。要是能跟參加過討伐魔王這等大事的人打好關係，區區花釀酒便宜得很。」

「看來有機會撈一筆呢。」

商人們互看一眼笑了出來。

不愧是商人，就算閒聊也時時刻刻注意著商機。

「主人——！」

聽見亞里沙的呼喚，我從商人們身上回過神來。

吃完飯的夥伴們似乎正在附近的路邊攤購物。

露露一臉認真地打量著某樣東西，於是我跟商人們道別，朝她走了過去。

路邊攤上放著的小瓶子裡，裝著看似漂亮糖果的物體。

「這是沙尼亞王國的寶石鹽。味道芳醇，只要吃過一次就會愛不釋手喔？」

老闆把小顆的寶石鹽用錘子敲碎後遞給我們。

我用手指沾了點紙上的鹽送進嘴裡，感覺像礦物質豐富的岩鹽。雖然味道有點混雜，不過用在燒烤腥味濃厚的肉時應該不錯。

「請問要多少錢？」

「如果買一整瓶，算妳一枚金幣就好。」

「好貴，如果是一枚半銀幣就買。」

被提出了敲竹槓的價格，露露開始殺價。

根據市場行情技能來看，價格大約是一枚銀幣。由於巴里恩神國的金幣幣值很大，相對地銀幣很小，因此一枚金幣能換二十枚銀幣。看來西方各國的銀幣價值較為低廉，也沒有大銅幣，取而代之的是將銀幣分成兩半的半銀幣及拆成四份的四分之一銀幣。

「沒辦法，那就三枚四分之一銀幣賣給妳吧。」

看來殺價是露露贏了。

「主人不買嗎？」

「預定會去沙尼亞王國嘛，到時候在產地大量購入吧。」

畢竟要嘗鮮一瓶就很夠了。

「外觀挺可愛的，當成伴手禮也不錯吧？」

我倒是沒這麼想過。雖然不適合送給貴族，不過當成前往越後屋商會或小光那裡露臉時的禮物或許不錯。感覺在迷宮都市的潔娜小姐與卡麗娜小姐，還有娜娜的姊妹們收到了也會很高興。

於是我撤回前言，大量購入瓶裝的寶石鹽。而露露更加賣力地殺價這點就不贅述了。

◆

「你看起來很開心呢，少爺。」

路過我身後的男性小聲地說。

他是在越後屋商會擔任諜報員的前怪盜皮朋。

「嗨，皮朋。前陣子真是幫大忙了。勇者大人也有向你道謝喔。」

「那真是太好了。」

之前請皮朋在聖都幫忙預防了有人想毒害勇者隼人的事。

「今天有什麼事？」

「是庫羅大人交代的新工作。」

皮朋輕輕地聳了聳肩。

「說是為了在巴里恩神國和西方各國開分店，派我來事前調查。」

下命令的人是我所以當然知道，我是在離開樞機卿宅邸的途中下令的。

預計等到由樞機卿斡旋所派出的飛龍空運抵達希嘉王國，也就是明天之後，再把越後屋商會的分店店長候補和工作人員用轉移帶過來。

「不過嘛，雖然我對庫羅大人粗魯的用人方式沒有意見，但問題是沒有資金。」

我也真是的，居然忘記交付必要的資金。

「原來如此，希望我先墊是吧？」

「反應真快呢。如果有金幣一百枚左右，我會很高興的……」

「我可沒那麼多巴里恩神國的金幣喔？」

「我會自己去兌換的。」

於是我將裝有希嘉王國金幣的袋子遞給了皮朋。

下次用空間魔法「物質轉送」送過去吧。

「嘿嘿，幫大忙了——好像比預料中的多耶？」

「多出來的是給你的報酬，當作是默默支援勇者大人的謝禮。」

「不愧是少爺，真是上道——對了，如果是第一次來這個都市，記得去南邊的市場看看，那裡有很多從內海進口的稀有商品喔。」

皮朋拿著裝滿金幣的袋子這麼說完，就混進人群裡消失了蹤影。

「剛才那個人是原本當怪盜的大叔吧？」

「嗯，之前請他進行勇者的毒殺對策。這次則是預計要讓他幫越後屋商會設立分店做事前調查。」

買完東西的亞里沙接在皮朋之後與我會合。

「比起那個，我得到了市場的情報，去看看吧。」

得到夥伴們的贊同後，我們便前往從皮朋那打聽到的南邊市場。

「發現幼生體，我這麼報告道。」

「等一下。」

蜜雅阻止了準備衝出去的娜娜。

「等待會被別人買走，我這麼抗議道。亞里沙也說過相遇是一期一會（註：日本茶道成語，意思為一生一次的機會），我這麼主張道。」

娜娜發現的好像是小動物風格的謎樣小配件。

當我允許後，娜娜拉著蜜雅的手朝攤位衝了過去。

「那邊的也很Beautiful～？」

「小小的好可愛喲。」

小玉和波奇鎖定了某種看似民間藝術品風格的木雕。

「這是用在什麼地方的呢？」

莉薩從後方看著那個物品，歪頭表示不解。

「這是標槍用的投擲器，在突起的位置塞進標槍來使用。」

小玉和波奇找到的類似木雕小鳥的物品似乎是種武器。根據老闆的說法，這會比普通扔出去飛得更遠，於是我連同專用的標槍整組買了下來。

「亞里沙，快看快看。有個奇特核桃開殼器耶，這邊的又是什麼呢？」

進入類似料理器具店的露露顯得非常興奮，亞里沙很罕見地成了被人使喚的一方。

正如皮朋所說，有很多「稀有物品」。

「主人！主人！快過來！」

在亞里沙的呼喚下，我連忙跑了過去。

還以為出了什麼事，原來只是發現了罕見的東西。

「說是能變形的魔劍耶！」

「與其說魔劍——是木劍吧？」

這是一把劍身有刻痕和凹槽的木劍。

上面刻著類似浮雕的有點奇怪的裝飾。

「聽我的，注入魔力試試看——一點點就好喔？」

在亞里沙的強力推薦下，我試著注入些許魔力。

「——哦哦！」

木劍變形了。

劍刃的部分彈出了類似魔物部位的貝殼狀刀刃。

「很有趣吧。」

亞里沙笑著說。

的確很有意思，但總覺得沒什麼實用性。

「這邊的盾也會彈出劍刃喔。」

亞里沙舉起一面風箏形的盾。

「大哥，我看你們的穿著好像挺高級的，是其他國家的貴族大人嗎？」

「是的，我們是希嘉王國的貴族。」

「哎呀，那還真是失禮了。因為各位完全沒有擺架子，還以為是商人……」

店長搔了搔頭，從展示台下方拿出裝在箱子中的小東西，接著說：「適合貴族大人的，還有這種商品。」

是個看似將水晶組合起來的道具。

「這也是同一間魔法道具工房製作的商品，一旦注入了魔力——請看。」

原本圓滾滾的粗糙道具在注入魔力後，突然變成了充滿尖銳感的模樣。本來以為是水晶，但似乎是只有外觀相似的魔物素材。

底座或許有加裝光石，道具內部透出了淡淡的光芒，十分漂亮。

「真是漂亮呢。」

「好戲現在才開始喔。」

哦，原來還有後續嗎——

我充滿期待地盯著老闆的手。

——哦哦。

外層的尖銳零件脫離，飄浮在道具周圍旋轉了起來。

仔細一看，似乎有類似絲線的物體讓零件連接著本體。

「嘿——挺厲害的嘛。」

「我就說吧。」

亞里沙佩服地說著，老闆也笑容滿面。

「那麼，這個魔法道具有什麼用呢？」

「——嗚。」

被亞里沙這麼問的老闆當場愣住。

「怎麼了嗎？」

「……就、就這樣結束了。」

「沒了？」

「喬潘特爾工房的魔法道具基本上只能『變形』。雖然也有像剛剛的木製魔劍之類的防身武器，但都是些無法超出玩具領域的產品。」

老闆顯得很失落。

他應該很喜歡喬潘特爾工房的作品吧。

「就算是玩具也無所謂吧？這種技術總有一天會在各個領域派上用場的。」

「您、您真的這麼想嗎？」

「是啊。」

我朝緊握著我的手的老闆用力點了點頭。

並且將喬潘特爾工房的魔法道具各買一種作為證明。

畢竟我覺得這能當作自己製作魔法道具和裝備時的參考嘛。

「不虧是大國的上級貴族大人……我還是第一次賣出這麼多商品。如果您有打算去卡利索克，請務必前去喬潘特爾工房看看。」

老闆對我這麼說完，附贈了各式各樣的東西。

話說回來，「喜歡變形」的工房嗎……總覺得跟被稱為「旋轉狂」的札哈德博士在某方面很像呢。

包含這場愉快的相遇在內，當天我們直到傍晚都在物色飾品和特殊配件一類的小東西。

因為種類繁多，看著就覺得很有趣。

◆

「「「歡迎回來，庫羅大人！」」」

吃完晚餐後，當我為了商量巴里恩神國分店的事來到越後屋商會時，待在掌櫃辦公室裡的幹部女孩們齊聲地向我打了招呼。

雖然差點順口說出「我回來了」，但由於不符合庫羅的形象，所以我只是淡定地舉起一隻手回應，並向艾爾泰莉娜掌櫃詢問：「狀況如何？」

「一切順利，庫羅大人。」

掌櫃眼睛閃閃發亮地回答道。

她明明是個外表華麗的金髮美女，但這樣看起來像個純真少女似的。

此時辦公室的門被打開，走進一名具有伶俐美貌的銀髮美女，她是掌櫃秘書蒂法麗莎。

「歡迎回來，庫羅大人。這是您吩咐的貿易船船長候選人。雖然想聚集二十人，可是目前只有十二人報名。其中已經有七個人表示同意。」

蒂法麗莎真是太能幹了。

和她說完這件事還不到三天，居然已經找好了七名船長候補。

從名單上來看，有三名是曾經行經西方諸國的西方航路老手，其他的雖然是新人，不過也有在砂糖航路貿易的經驗。

「由於是遠距離航程，因此希望有十個人。我已經從貿易都市塔爾托米納運來十艘貿易用的船隻，整備就交給妳們了。船那裡安排了看守的魔巨人，別忘了帶一名幹部過去。」

這十艘船是在砂糖航路得到的漂流船和遇難船。

我在過來之前事先將它們安置在港口的海上。

「我明白了，可以向您請教詳細的船隻種類嗎？」

「全都是大型帆船。」

畢竟是長程航行，全部統一用大型的遠洋船比較好吧。

「庫羅大人，我們從船團長候補——路克拉船長那裡得到了建議，說是有幾艘高速船會比較好。」

「知道了。也準備三艘高速船，若是不夠再追加。」

交給現場人員自行使用就行了吧。

我手邊還有相同數量以上的中型船以及小型船，如果人數增加，用來進行近距離貿易或許也不錯。

根據掌櫃的說法，她們已經在貿易都市塔爾托米納確保了複數的倉庫和據點，並開始募集船員與收集物資。貿易商品方面我全權交給掌櫃負責，因此只要相信她的判斷力靜候佳音就行了。

「關於前往巴里恩神國分店的重要人員，這次生意可能會很龐大，所以我打算派美麗納過去。」

掌櫃口中的美麗納，是在比斯塔爾公爵領採購棉花時大顯身手的幹部女孩。雖然現在她是紡織和西式裁縫的負責人，不過本人看起來很有幹勁，於是我便給了許可。

「沒問題，美麗納應該能夠勝任吧。」

她在採購時的判斷力和行情方面的直覺非常優秀，將來任命她擔任西方各國所有分店的統籌也不錯。

「為了不辜負庫羅大人的期待，我美麗納會盡心盡力地拓展分店業務！」

她幹勁十足到有點嚇人，稍微放鬆一點吧。

「交接大概需要多久時間，屆時我來送妳去巴里恩神國吧。」

「真的嗎！交接已經完成了，明天早上就可以出發！」

由我接送似乎會有好處，美麗納在同僚的幹部女孩們盛大地起鬨下，露出了非常開心的表情。

雖然掌櫃和蒂法麗莎表情有些凝重，但在跟我對上視線時立刻又恢復了原狀。

我的順風耳技能捕捉到幹部女孩之間的悄悄話。她們似乎在談論轉移時會被我抱起來的事，肯定是跟性騷擾相關的內容吧。

之後護送美麗納**她們**時為了避免變成性騷擾，別用平時的公主抱，而是像對待皮朋那樣藉由「理力之手」間接運送吧。嗯，這樣就全部解決了。

掌櫃輕咳了一聲開口說道：

「派遣到北方的魯娜傳來報告，說她已經抵達卡格斯伯爵領。根據同行的夏露倫所說，優沃克王國的內亂似乎進一步惡化，導致翻山越嶺而來的難民增加了。」

雖然掌櫃沒說，不過喜歡石狼的幹部女孩魯娜送來的信上有提到「看到龍了，真有魄力！」這件事，看來從優沃克王國的支配中得到解脫的下級龍似乎正精神飽滿地到處飛翔。

「一路向東設立分店的柯斯特娜似乎已經抵達聖留市。由於潘德拉剛子爵委託購入的羊和山羊數量較多，因此為了不影響行情，預計會在聖留伯爵領和卡格斯伯爵領購齊後，再運送到庫沃克王國。」

為庫沃克王國購入羊和山羊是亞里沙的請求，所以我委託越後屋商會解決。

掌櫃所說的柯斯特娜是個雖然樸素卻很有耐心，踏實完成工作的幹部女孩之一。至今為止在協助美麗納和處理經銷權的相關事務上十分活躍。

「希嘉王國內的分店大致上已經設立完成。由於鄰近的中央小國群和東方小國群市場規模較小，我們打算聘用當地人在那邊設立外派據點。另外已在東方的席路加王國、馬其瓦王國以及北方的卡佐王國與沙珈帝國聘請了人脈廣闊的人，打算在這幾天派出先遣商隊。」

看來分店的設立也十分順利。

「關於使用飛空艇將移民送往穆諾伯爵領的業務，羅特爾執政官給了令人滿意的答覆。據說預定把工匠之類的技術人員及原本任職過文官之類的知識分子送去穆諾市，除此之外的人則是送到潘德拉剛子爵準備就職太守的布萊頓市以及周邊村落。」

……我可沒聽說要就任太守的事耶？

好吧，估計是沒有能任命為太守的人材，所以才暫時由我頂替的吧。

布萊頓市是我們滯留在王都那段期間悄悄進行魔物掃蕩作戰的都市，是個曾經被魔物支配的地方。

「聽說布萊頓市自從被『不死之王』毀滅後，已經變成了魔物的領域？」

「關於這件事……據說那裡的魔物不知何時被清除殆盡。這件事已經由原本擔任祕銀探索者的穆諾伯爵家臣確認了……不過羅特爾執政官似乎也不清楚原因——」

看來都市解放的事終於傳進了穆諾伯爵耳裡。

「——她們還向我套話，詢問這是否為『銀假面的勇者』，也就是勇者無名大人立下的豐功偉業。」

掌櫃詢問似的看著我，於是我點頭表示肯定。

「沒錯。正是吾主及其隨從清除的。說是『比起大量設置村落，還是這麼做能接納大量的難民吧』。」

當然，這個理由是我後來想到的。

那時候只是為了讓夥伴們修行才順手清除的。

因為移民相關事宜還有許多事需要決定，於是我在決定了幾件事，並對她們提出的問題做出解決方案和方針後，便將剩下的事交給她們處理。

等到即將開始移民前，必須準備好能讓人在布萊頓市生活的公共住宅和農地。

「由於我們拓展了幾項新事業，以及擴大了原有事業的緣故，現在缺乏管理人員。雖然有在招聘知識分子，但大多是與其他貴族有關係或人格有缺陷的人，因此目前難有進展。」

明明不久前才增加過人手，現在已經不夠了嗎？

抱著這種想法從蒂法麗莎手中接過文件一看，理解了其中的原因。

現在的商會規模比年底時大上了三倍。要是在短時間內快速成長，管理人員會不夠也不奇怪。畢竟已經算是王都屈指可數的大商會了。

「只能從舊職員中提拔管理人員了。」

我用空間魔法「遠話」找亞里沙商量，她自告奮勇地說要準備教育課程，於是我決定交給她處理。見她自信滿滿地說：「這是我的老本行！包在我身上！」我便將教育指南已經委託給外部製作的事告知掌櫃她們，結束了這個話題。

隨後我開始聆聽幹部女孩們的報告、慰勞她們的辛苦、鼓勵遇到困難的人並稱讚做出成果的人，時間不知不覺來到了深夜，因此我無法去店鋪與工廠露臉。下次白天過來吧，畢竟我也想看看紅髮妮爾和警衛部大姊頭她們的情況嘛。

既然來到王都，我順便去小光那裡露了臉。

「還醒著嗎？」

「一郎哥！」

我降落到在屋頂上擺著坐墊，喝起賞月酒的小光身邊。

這裡是從迷宮都市的孤兒院來到王立學院留學的孩童寄宿的房子，小光現在是這棟宿舍的房東。硬要說的話她的立場比較像舍監，可是小光莫名地執著於「房東小姐」這個稱呼。

「恭喜你成功討伐魔王。」

我們用倒滿希嘉酒的杯子乾杯。

「謝謝——真是好酒啊。」

「嘿嘿，因為賽提他們送了好多東西給我，我正在按順序品嘗。」

賽提是國王的暱稱。

因為小光深受國王與國家重臣等知曉她真實身分——建立希嘉王國的王祖大和——的人們敬愛，所以會收到許多禮物。

「魔王很強嗎？」

「嗯，挺強的。」

我將勇者隼人和夥伴們有多努力的事告訴了她。

「這種會增加眷屬的魔王類型很麻煩呢。再加上魔神牢遺跡到處都是入口，光是搜索就得費一番工夫吧。有魔族嗎？」

「有啊，綠色的上級魔族又出現了呢。」

「綠色啊——綠色和桃色的很煩人喔。綠色不僅逃得很快，還會運用擬體暗地裡進行活動，桃色則會躲在縫隙中，還會分裂。」

「看來小光也吃過苦頭呢。」

「嗯，就是啊——雖然桃色那種就算被小天的吐息消滅大半身體，也能從一塊肉片恢復原狀的類型很難纏，但綠色對危險的嗅覺非常敏銳。明明米奇好不容易做出了追蹤道具，從那之後牠卻一次也沒出現過。」

估計是吃過不少苦頭，她不停地發著牢騷。

——對了，比起那個。

「小光，妳剛剛說的追蹤道具是什麼？」

「就是這個，叫作『追夢紡織車』。只要將絲線繫在魔族身上，牠無論逃到哪裡都解不開。之後只要沿著絲線，就能殺到魔族的根據地打扁牠。」

小光從「無限收納庫」拿出紡織車給我看。

絲線的前端有祕銀製的箭頭，除此之外看起來是一台普通的紡織車。根據ＡＲ顯示，絲線好像是在一定條件下會進行靈體遷移的特殊道具。

只要箭頭刺中魔族或纏上魔族，絲線似乎就會伸長。

「這個紡車有轉移能力之類的嗎？」

「沒有那麼厲害啦——只是能留下追蹤魔族的痕跡，之後再請空間魔法師幫忙沿著痕跡追過去而已。小亞里沙應該辦得到吧？」

帶亞里沙去魔族的根據地有點危險。

我想嘗試有沒有其他手段，例如把箭頭改成極小型的刻印板之類的。

「能借給我嗎？」

「嗯，要是一郎哥能打倒綠色魔族，米奇也會很高興的。」

小光露出了像在緬懷過去的微笑。

我將當作伴手禮帶來的巴里恩神國的酒倒進了小光的杯子裡。

「好！懷念過去就到此為止！」

小光這麼說完，喝光了杯子裡的酒並露出笑容。

「對了！前陣子我去了一趟迷宮都市喔！轉移門超——級方便！真希望我們的那個時代也有呢——」

小光吐出充滿酒香的氣息，開心地笑著。

我順著小光的興致，往空蕩蕩的杯子裡倒酒。

「小八子她們，還有小潔娜和小卡麗娜都變強了喔。」

「嘿——那真讓人期待下次見面呢。」

小光笑著將她們前往迷宮舉辦了好幾次HBC（Hikaru Boot Camp）的事告訴了我。

「另外啊——因為『潘德拉』的烏沙沙他們也說想要變強，於是我制定了特別課程。擔任老師的卡吉羅、小伊魯娜以及小捷娜聽了之後也說：『請務必賜教！』我就讓她們也一起參加了。」

看來大家都在迷宮努力修行啊。

總覺得她說的時間，跟我之前用空間魔法「眺望」觀察迷宮都市的狀況時，大家看起來一臉失魂落魄的日期相符，肯定是我的錯覺吧。

小光看起來很開心，真是太好了。

「宿舍現在多了兩位幫手，所以我還會去迷宮都市住一段時間觀察她們的狀況。」

「真是幫大忙了。對了——妳要是覺得那些孩子目前的裝備已經到了極限，幫我把這些交給她們吧？」

我把簡化型白銀鎧交給小光。

這是之前開發方陣時，在波爾艾南之森的研究所製作的，可說是亞里沙她們所用的黃金鎧的簡易版本。雖然性能上不足以應付跟魔王的戰鬥，不過應該能夠對付「區域之主」級的敵人。而關於這些東西的出處，就暫定為在砂糖航路找到的好了？

幫卡吉羅先生和綾女小姐製作日式鎧甲似乎也不錯。

「說起來，小潔娜說她不需要返鄉了喔。」

在年初見面時她說過「或許下個月會因為要送達期中報告，而接到回聖留市的命令」，看來這件事被取消了。

本來打算配合她返鄉的日期再次造訪聖留市，但既然身為員工，這方面無法自由安排也是沒辦法的事。

據說事情會告吹是因為越後屋商會的小型飛空艇二號機比預期要早完工，在將飛空艇送去聖留市時，順便讓攜帶報告書的聖留伯爵領軍迷宮選拔隊文官一同搭乘的緣故。

「對了，在迷宮都市讓小蜜雅教導樂器的孩子說將來也想到王都留學耶。」

「哦——如果是認真的，那可得支援才行。」

「呵呵，我就知道一郎哥肯定會這麼說。」

我一邊喝著王室御用商人提供的名酒，一邊和小光聊起彼此的近況。

雖然還想去波爾艾南之森露個臉，但時間比我預期得還晚。現在，波爾艾南之森高等精靈，心愛的雅潔小姐應該已經進入夢鄉了，等早上再用空間魔法「遠話」道個早安吧。

◆

「那是什麼～？」

「那個是燈塔喔。」

隔天我們前去參觀港口的各個地標。

這裡的燈塔聳立在三叉戟的地基上，乍看之下不太像燈塔。

面海的那一邊描繪著巴里恩神的聖印，地基部分也用心地雕刻著精緻的巴里恩神國風格的浮雕。

這裡似乎是個觀光景點，觀光客的數量很多。

「幼生體似乎也很開心，我這麼告知道。」

沿著娜娜的視線方向一看，見到一對帶著可愛嬰兒和孩童的年輕夫婦。

「——啊。」

此時伸手抵擋陽光的夫人跌了一跤。

她雖然被先生扶住，但手中的嬰兒卻頭下腳上地掉了下去。

雖然身邊的娜娜及獸娘們用瞬動衝了過去，可是這樣會趕不上。於是我用時常發動的「理力之手」支撐嬰兒，並讓嬰兒往娜娜那邊墜落。

娜娜往前一撲接住了嬰兒。

「Nice catch～？」

「不愧是娜娜喲。」

「安全，我這麼告知道。」

娜娜抱著的嬰兒哭了起來。

「妳抱的方式有點危險。」

稍後趕到的亞里沙從娜娜手中接過嬰兒。

「沒事？」

「是、是的。只是有點頭暈。」

看來夫人是因為中暑才跌倒的。

蜜雅用水魔法治療了夫人，水魔法對中暑很有效。

『——你委託的人沒有找到，姑且花錢讓對面的組織進行搜索了。』

因為順風耳技能聽見了讓我有些在意的對話，於是回頭一看，那裡有個熟識的面孔。

——是賢者索利傑羅。

他似乎正在遠方倉庫的陰影處跟異國的船長交談。

『知道了，下次航海也拜託你了。』

『包在我身上，在運送你的弟子們時我會順便找看看的。』

賢者將某個東西遞給了船長。

根據ＡＲ顯示，裡面裝的是金幣。

——呃。

賢者朝我的方向看了過來。

明明距離很遠，但他似乎察覺了我的視線。

因為感覺有點尷尬，於是我向他揮手蒙混過去。

「呀——慢著！住手啦！」

因為亞里沙的慘叫而回頭一看，她的假髮差點被嬰兒扯掉，原本的紫色頭髮露了出來。

「這孩子真是的。對不起，這位小姐。」

被蜜雅的魔法治好並恢復精神的夫人向正在調整假髮的亞里沙道了歉。

沒發生什麼大事就好。

當我再次回頭，已不見賢者的身影。

「主人，快點快點！」

在亞里沙她們的呼喚下，我爬上了燈塔。

「Wonderful～」

「Wonderful喲！」

夥伴們看見能三百六十度一覽無遺的藍天與一望無際的碧海顯得非常興奮。

我眺望著在港口下錨的各國船隻，回答起夥伴們提出的問題。

這裡能將港口的構造也看得一清二楚。

「比想像中的還要有趣呢。」

登高望遠到心滿意足後，我們走下了燈塔。

「——主人。」

莉薩用嚴肅的聲音發出警告並站到我前面。

在視線前方的人是賢者。

賢者身後的兩人持有「賢者的弟子」這種直截了當的稱號，肯定是他的弟子。一名是留著公主頭的美少女，另一名則是表情嚴肅的男性。

「午安，賢者閣下也是和弟子們來參觀燈塔的嗎？」

他們會來這裡等待，肯定是來防止我把剛才偷聽到的——他和船長之間的對話內容講出去吧。

「不，今天是來勸誘的。」

他並未看著我，而是我身後的夥伴們。

「您說，勸誘嗎？」

「沒錯。想不想試著磨練自己的『才能』呢——」

賢者注視著的人是——亞里沙？

「——小玉。」

咦？原以為目標是亞里沙，但賢者邀請的是小玉。

或許也覺得很意外，後方的弟子們驚訝地叫了出來。

「我對妳的忍術很有興趣。雖然在『有才之士』的村落裡占少數，但也有些離開沙珈帝國的正規忍者。要不要來接受他們的指導呢？應該能對妳的忍術增強有所幫助。」

小玉抬頭仰望著我。

從表情來看，她似乎對賢者的提議很感興趣。

話雖如此，我也不放心讓小玉一個人去。

「賢者閣下，請問我們也可以一起去嗎？」

「當然可以。沒人會質疑在魔王討伐中大顯身手的『潘德拉剛』一行人的『才能』。」

賢者立刻答應了，於是我們決定前往「有才之士」的村落展開短期修行。

賢者的弟子

「我是佐藤。小時候有去過伊賀與甲賀的忍者屋觀光。穿著給小孩子的忍者服在忍者屋內探尋機關時，會產生一種自己也是忍者的感覺。」

「就是這裡。」

賢者指著一間有點大型，類似集會場的地方。

這裡是「有才之士」村落的風魔忍者教室。雖然也有伊賀忍者教室，由於那邊的指導員正外出遠征中，才用消去法選擇了這裡。

我們在賢者的帶領下走向集會場內。

看上去像教室的地方沒有人在。從能聽見聲音的方向來看，似乎是在中庭或後院進行著實技修行。

「如果跟指導員合不來，去找負責人申請替換，我會吩咐她盡量處理。」

「感謝您的關照。」

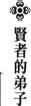

所謂的負責人，似乎是指來這裡前在辦事處見到的那位看似愛照顧人的中年女士。

「再賣力點跑！如果讓布碰到地面就不準吃晚飯喔！」

來到中庭後，見到穿著忍者裝的老年指導員正在催促十歲左右的孩子們跑步。

其中還包含了年齡大約在國中生程度的孩子。

「努力家喲！」

「加油～？」

波奇和小玉為正在努力的學生們聲援。

「莉薩閣下，娜娜閣下。」

賢者在參觀途中向莉薩和娜娜搭話。

「兩位在魔窟施展的槍術與盾術出色到令人難忘。」

「不敢當。」

「接受您的稱讚，我這麼告知道。」

莉薩顯得有些自豪，而娜娜則面無表情地回應。

「能請兩位向後輩們展示那股力量嗎？」

賢者的意思，應該是想委託她們兩人擔任槍術和盾術的客座講師吧。

「我們的道路與主人同在。」

「我並非要兩位在此就職，只要潘德拉剛卿留在這裡的期間就夠了。我希望能夠讓想鍛鍊『才能』的人們見識專家的技術。」

賢者充滿熱情地對莉薩和娜娜說著。

她們朝我看了過來，我便點了點頭。

「接受委託。」

「雖然沒有指導他人的經驗，但我會盡力而為。」

娜娜和莉薩接受了擔任客座講師的委託。

「我也想拜託那邊的三位。」

賢者也委託亞里沙和蜜雅到魔法教室進行指導，露露則是射擊教室。

「我無所謂，反正也在王立學院當過老師了。」

「嗯，同意。」

「——那、那個，我有點……」

雖然亞里沙和蜜雅爽快地答應，但露露卻面有難色。

「啊哈哈，露露比起射擊教室，還是料理教室比較適合呢～」

「既然如此，請妳當料理教室的客座講師吧。我們正好需要能夠指導巴里恩神國及內海沿岸一帶以外料理的人。」

亞里沙笑著提議，賢者則是順勢委託她到料理教室指導。

「好、好的。如果是教料理的話。」

露露委婉地答應了。

「我也希望潘德拉剛卿能指導格鬥和劍術。」

「非常抱歉。我想和小玉一起在忍者教室學習。」

畢竟光靠等級壓制的我未必能當個好老師，而且讓小玉獨自待在忍者教室也不太放心，所以我提出了這樣的請求。

雖然也有點擔心亞里沙她們，但只要用空間魔法確認應該就沒問題了吧。

更何況我也對忍者教室有點興趣呢。

「是嗎，雖然我覺得能受到與魔族和魔王戰鬥過的人指導，對學生會是很好的刺激……」

賢者雖然顯得有些遺憾，不過還是說了句「也不能不顧本人的意願呢」就立刻放棄了。

另外波奇也一臉興奮地等著賢者委託自己當劍術教師，但直到最後都沒有接到委託。

「……難過喲。」

「船到橋頭自然直～？」

於是我跟著波奇和小玉兩人一起開始了在忍者教室的日子。

◆

「老夫乃風魔忍者教室的室長，第十三代傳人御座郎。」

當賢者帶著夥伴們離開後，老忍者擺出高高在上的語氣報上了名號。

「我是希嘉王國的——」

「毋須自報家門！」

當我也想報出自己的名字時，馬上被打斷了。

「黑髮是下忍三十一號。白色耳朵是下忍三十二號，茶色耳朵是下忍三十三號。若想讓老夫用名字稱呼你們，那就完成修行，完美地超越老夫吧！」

支援教室的美麗大姊姊將附有序號的忍者裝拿了過來。

我們換上衣服參加修行。

「蹦蹦跳跳喲。」

「呼啪～？」

身為學生的孩子們似乎正在修行場角落種植的蘆葦上進行跳躍訓練，不過那並不是真正的蘆葦，而是和蘆葦相似的當地植物。

「太慢了！快過來！」

老忍者一副魔鬼教官的表情呼喊著。

「你們也來跳跳看。」

他命令我們跳的蘆葦全部被修剪到三十公分，於是學生們在上面輕盈地跳躍著。

「輕鬆～？」

「簡單喲。」

想當然，小玉、波奇還有我和學生們一樣輕盈地跳了過去。

「忍術的重點在耐力。只要不斷跳過每天變高的紅蘆葦，總有一天會變得連這麼高的蘆葦都能跳過！」

他指的方向長著看起來約三公尺高的蘆葦。

「老師也能跳過去嗎？」

「當然！」

老忍者立刻回答。

忍者還真厲害。明明等級不到二十，能跳得這麼高嗎？

我看著顯示在老忍者身旁的等級，不禁感到佩服。

「厲害～？」

「想看喲！」

「不過老夫曾為同伴掩護逃跑而孤軍奮戰，膝蓋被卑鄙小人的毒箭射傷，現在連走路都不方便。哎呀，實在很遺憾。」

面對波奇的請求，老忍者坦然地搖了搖頭。

根據我的AR顯示，他的膝蓋並沒有受傷。

「可憐～？」

「這樣的話，波奇來替你跳喲。」

「哇哈哈哈哈，沒有經過長時間訓練的小孩是辦不到的。」

小玉顯得很擔心，而波奇則像要安慰人似的說道。

看著她們兩人，老忍者高高在上地嘲笑著。

——啊。我忘記說她們兩人都超過五十級的事了……算了，就這樣吧。

波奇和小玉在我面前走向了高大的蘆葦。

「要上了喲！」

「趕快認清現實吧。」

老忍者抬起下巴。

「咚，喲！」

波奇轉動手臂鼓起幹勁，擺出類似來自M78星雲外星人的姿勢，強硬地跳過了蘆葦。

「什麼啊啊啊啊啊啊啊啊啊！」

看到這不現實的情景，老忍者驚訝到下巴都快掉了下來。在後面看著的忍者教室的孩子們也一樣。

「輕飄飄～？」

小玉用優美的背向式跳高動作越過蘆葦。

總覺得有點興趣，於是我也跟在小玉後面試著跳跳看。

「哦，挺矮的。」

如果達到三百一十二級，就算不用跳躍技能也能輕鬆做到。

「怎、怎麼可能。這可是只有風魔領的上忍大人才能跳過的高度啊！」

老忍者顯得很動搖。

他擁有「逃忍」和「風魔下忍」稱號，或許並非很優秀的忍者吧。

與驚訝到發抖的老忍者相反，學生們發出了歡呼。

「咳咳咳——還不快安靜！」

老忍者回過神來咳了幾聲，斥責起大吵大鬧的學生們。

「這、這只是剛開始。要進行下一個修行了！」

老忍者帶著我們來到地上到處都是坑洞的地方。

學生們似乎知道接下來的修行項目，除了看上去對自己體力有自信的孩子之外都顯得有些不情願。

「接下來是土遁之術。」

老忍者這麼說完，學生就把插在地面上的木製鏟子拿了起來。

「動手！」

聽見這聲號令，學生們專心地用鏟子挖土，接著跳進洞裡躲了起來。

雖然土因為被反覆挖掘過而變軟，但仍然算十分迅速。

「雖然很樸素，但這是最適合在廣闊的荒野中甩掉追兵的方法。」

老忍者驕傲地說道。

「你們也試試看吧。」

當我們拿起鏟子打算排在學生旁邊挖洞時，老忍者制止了我們。

「慢著，你們去挖那邊的地面。」

老忍者指的是沒有任何挖掘痕跡的地面。

「咦——那邊很硬吧？」

「高年級的前輩也做不到啦。」

「師傅大人真是小心眼。」

我的順風耳技能聽見了洞裡學生們的細微交談聲。

「好了，快點動手。」

老忍者得意洋洋地命令著。

——算了，反正結果不用想也知道。

我向波奇做了個開始的手勢。

「嘿呀——喲。」

波奇完全沒把堅硬的地面當一回事，轉眼間挖好了洞。

「挺、挺能幹的嘛。」

老忍者大概也做好了心理準備，已經鎮定到即使流著冷汗也能夠稱讚人了。

——到目前為止是這樣。

「波奇，忘記忍術了～？」

「糟糕了喲，波奇是個冒失鬼喲。」

「你、你們在說什麼？」

或許從小玉和波奇的對話中察覺出危險的氣息，老忍者為了制止她們而伸出了手，但兩人卻沒有發現。

「波奇想要小玉做示範喲。」

「系系系～」

小玉沒有拿鏟子便走向了指定的場所。

「我說妳，忘記拿木鏟了。」

「木問題～？」

面對老忍者的糾正，小玉毫不在意依然我行我素。

「忍忍～？」

小玉把看起來像沙子的東西往地面一撒，瞬間冒出了一個坑洞。這應該是用了土石粉末的忍術吧。

「那是什麼啊！」

老忍者看著眼前的現象大喊出聲。

如果是搞笑漫畫，就是那種眼球飛出來的表情。

「忍術～？」

「怎麼可能有這樣的忍術！」

老忍者擺出嘴裡會噴出火焰般的表情憤怒地說道。

「喵～」

被怒吼的小玉垂下耳朵，把尾巴藏到兩腿之間。

「老先生，這是小玉的忍術。賢者大人也是為了讓她鑽研這項技巧才把這裡介紹給她的。」

我把小玉擋在身後袒護著她。

老忍者雖然還是一副無法接受的表情，但也沒有繼續大吼大叫了。

畢竟姑且要跟他學習普通忍術的修行方法，稍微給他面子吧。

「小玉，也試試看普通的忍術吧。」

「系。」

我把鏟子交給小玉，兩人一起試著挖洞。

地面的確很硬，但比起岩石要輕鬆得多。不用在鏟子上使出魔刃就能順利地挖起洞來。

「……好，合格。」

老忍者不情不願地接受了。

◆

「吃午飯囉——！」

「肚子好餓——！」

上午的課程結束，現在來到午餐時間。

巴里恩神國的地方都市大多是一天兩餐，不過「有才之士」的村落因為賢者的方針，一天吃三餐似乎是義務。

「不要吵！要分配本週的糧食了！」

聽老忍者這麼喊道，孩子們迅速在老忍者面前排好隊。一名身穿忍者裝的美麗大姊姊站在他身邊，將像是雜糧的東西裝進孩子們遞出的小袋子中。順帶一提，大姊姊的稱號是「女忍者」。她會用什麼樣的忍術，令我有點感興趣。

雖然我們沒有袋子，但大姊姊準備了用袋子裝的雜糧交給我們，解決了這個問題。

「這個是可以直接吃的嗎？」

像吃乾飯的感覺？

「沒錯！這是忍者糧食！忍者的生命線！」

「喵！」

忍者糧食這個詞似乎觸動了小玉的心弦，她的眼睛閃閃發亮，耳朵和尾巴都豎了起來。

波奇或許是對袋子裡的東西感到好奇，不停地聞著氣味。

老忍者留下「好好咀嚼再吞下肚」這句話後，便跟美麗的大姊姊一起走出了房間。

學生在他離開後沒了緊張感，鬆了口氣似的聚集到我們這邊來。

「我說，你們是從哪來的？」

「為什麼能跳那麼高？」

「是怎麼在瞬間挖好洞的？」

學生們興致勃勃地詢問我們。

不管哪個世界的小孩子好奇心都很旺盛呢。

我做出無傷大雅的回答後，其中一名學生開始模仿起老忍者的語氣。

「忍者必須忍受粗食。」

學得還真像。

「就這些喲？」

「雖然早上和晚上會附湯，但基本上只有這些。」

他將雜糧放進嘴裡喀哩喀哩地咀嚼著。

如果每餐都吃這個感覺可以鍛鍊下巴。

「嚴峻～？」

「波奇的肉乾先生分給大家喲。」

波奇拿出藏在忍者裝口袋裡的肉乾開始分發，孩子們紛紛舉手歡呼。

大家開心地咀嚼著肉乾。

「你們在幹什麼！」

老忍者用彷彿將門踢飛的氣勢衝了進來。

「這是什麼！忍者糧食是為了把身體鍛鍊成即使在惡劣環境中也能存活的修行！不准擅自吃別的食物！」

老忍者一把搶過學生手中吃到一半的肉乾。

「想成為一流的忍者就得吃忍者糧食！」

老忍者大聲斥喝。

在雜糧中混進有微弱毒性的東西也是其中一環嗎？

「如果你們想成為傑出的忍者，替聖女大人和賢者大人分憂解勞，就把獨當一面當作最優先的事！」

因為聽見聖女和賢者的名字而無法反駁，尚未被老忍者收走肉乾的孩子也將肉乾還給波奇，默默地回去吃飯。

只有一個比較胖的孩子悄悄地在被老忍者發現之前將肉乾塞進嘴裡吞了下去。

「妳也不能例外，這個沒收了。」

老忍者從波奇手中拿走所有肉乾走出了房間。

「波奇的肉乾先生……」

波奇欲哭無淚地感到沮喪。

「吃吧～？」

「好喲。」

小玉和波奇從袋子裡拿出雜糧吃了起來。

「比雜草好吃喲。」

「系。」

兩人表情微妙地咀嚼著。

我也模仿兩人抓了一把雜糧放進嘴裡。

原來如此，比預料中更糟糕。歷史中出現的乾飯肯定比這個好吃幾倍。

簡直像要把身體改造成機械的味道。

◆

午後在池邊進行水蜘蛛之術和水遁的課程。

雖然老忍者見到運用空步在水面行走的小玉和波奇大吃一驚，也因為超過五十級的兩人透過強韌肺活量實現的驚人潛水時間而顯得狼狽不堪，大致上平靜地結束了。

「咕嗯嗯……最後是繞村落的外圍——跑五圈！」

最後要跑十公里馬拉松，忍者修行還真是艱辛呢。

「跑步我是不會輸的。」

「就是啊！就算和獸人前輩比，我也沒輸過！」

其中兩名學生向小玉和波奇宣戰。

看來因為在忍術上贏不了她們，才想在自己擅長的領域一雪前恥吧。

他們持有的疾走技能是自信的源頭吧。

「小玉不會輸～？」

「波奇也是能贏過烏沙沙他們的喲！」

小玉和波奇堂堂正正地接受了挑戰。

在老忍者的指示下，孩子們衝了出去。我從最後方出發，一邊向跑步姿勢不良的孩子們提供建議一邊奔跑，不知不覺地追上了領頭部隊。

「主人，來了～？」

「真的喲！主人！波奇在這裡喲！」

小玉和波奇似乎在等我。

「可惡！」

「居然還、一派、輕鬆的樣子。」

我超過面紅耳赤地追趕著小玉和波奇的孩子們，來到她們兩人身邊。

「波奇的認真模式喲。」

「拜拜比～」

波奇和小玉開始全力衝刺。

這並不是長距離，而是短距離的跑步方式。

「哼、哼，那種速度怎麼可能堅持到最後。」

「最後獲勝的人、是我！」

我一邊感受著身後孩子們不服輸的心情，一邊追趕著波奇和小玉。

當差距拉大到一圈的時候，跑在前面的孩子們似乎都失去了幹勁。

就算擁有疾走技能，但在等級相差超過四十的情況下根本沒辦法比。希望他們不要氣餒，堅強地活下去。

雖然在奔跑的時候數次感覺到視線，但由於沒有感受到敵意便無視了。

大概是因為掀起煙塵奔跑的孩子與少年的組合激起了好奇心吧。

「第一名喲。」

「Goal～？」

長距離奔跑看來是波奇略勝一籌。

「你、你們幾個！是在哪裡抄了捷徑吧？給老夫從實招來！」

老忍者怒氣沖沖地朝我們跑了過來。

小玉和波奇被他的氣勢嚇得躲到了我背後。

「喵～？」

「波奇沒有抄捷徑喲？」

從我背後微微探出頭的小玉和波奇表示抗議。

「不抄捷徑的話，回來的速度怎麼可能這麼快！」

隨著老忍者發出怒吼，兩人再次躲了起來，感覺有點可愛。

「請等一下。正如她們兩人所說，我們只是正常地跑完了而已。」

「——室長，他們沒有作弊。」

身穿忍者服的大姊姊從村子的外牆上跳了下來，開口替我作證。

在跑步時從村子方向感覺到的視線似乎就是她。

「咕嗯嗯……」

老忍者咬牙切齒地呻吟著。

接著像想到了什麼似的，揚起嘴角看著我們。

「老夫看你們一滴汗都沒流，肯定還跑不夠吧？你們跑去那邊的塔，把塔下的花摘回來吧。」

老忍者指向在山頂上距離有點遠的瞭望塔。

「系！」

「好喲！」

雖然不清楚老忍者是想找碴，還是為了嚴格訓練才這麼說，但還沒玩夠的小玉和波奇對追加任務很有幹勁。

「咕嗚——帶回來的花不能缺少花瓣。只要少了一片，得再來一次！」

「系系系～？」

「收到喲！」

小玉和波奇朝位於遠方的塔衝了過去。

大姊姊警告我們：「塔附近有魔窟，要小心！」我向她道謝後追在兩人身後。

中途確認沒有被監視後，我找了顆岩石的凹洞設置刻印版，製作了危急時刻用的轉移點。畢竟有備無患嘛。

「發現魔窟～？」

「很窄喲。」

小玉和波奇在距離村落大約兩公里的懸崖邊發現了魔窟的入口。

正如波奇所說，是個只有小孩子才能進入的狹窄入口。我稍微探頭進去使用「探索全地圖」魔法進行調查，發現只是個長達二十公尺左右的蜿蜒洞窟，裡面除了蝙蝠和昆蟲之外沒有任何生物。

「那邊也有洞窟喲！」

「這邊，還有對面也有～？」

波奇和小玉接二連三地發現在岩石裂縫和遠處斜坡的魔窟入口。

這附近有很多小型空白地帶，小規模的魔窟相當密集。雖說有點感興趣，可是地形並不適合步行前往。就算用天驅能夠輕鬆到達，也會被瞭望塔的人看個一清二楚。

「有水的氣味喲！」

波奇說完後爬上了附近的岩石。

我和小玉也爬上岩石，隨即發現岩石後方的低窪地區生長著有點眼熟的矮樹——涼御樹，還發現樹根底下形成的水池旁聚集著小動物與鹿系的草食動物。

動物們在察覺到我們的存在後紛紛逃離。

「肉～」

「哎呀，逃掉了喲。」

因為小玉和波奇想要去追趕動物們，於是我抓住兩人的腰帶制止了她們。

這裡有點涼爽，或許是託了沙人們稱為守護神的涼御樹的福吧。

「好了，該回去修行了。」

我們沒多久就抵達了瞭望塔。

正在採摘塔底生長的花朵時，塔上傳來了粗獷的聲音。

「哦！在修行嗎？」

「為了得到聖女大人和賢者大人的稱讚，要好好加油喔！」

看似士兵的男性在瞭望塔上向我們招手。

我們也揮手回應，接著為了不讓花瓣散落，小心翼翼地踏上歸途。

雖然老忍者看起來無法接受我們拿回一片花瓣都沒散落的花朵，但我們仍然平安地結束了下午的修行。

「吃晚飯喲！」

「哇～？」

小玉和波奇聞著從廚房傳來的香味，並在大姊姊將大鍋子端出來後，與其他學生們一起發出歡呼。

晚餐是加入大量蔬菜的麵疙瘩湯，比起只有忍者糧食的午餐好太多了。

當我守望著展現旺盛食欲的孩子們時，亞里沙發來通信。

『哈囉哈囉～我是你的小亞里沙。』

『我也在。』

蜜雅的聲音也在亞里沙之後傳了過來。

看來她用「戰術輪話」連接了所有人。

『魔法教室怎麼樣？』

『大家都是好孩子。』

『雖然教師是個菁英意識極強的討厭傢伙，但室長很正常，我覺得沒什麼問題。』

那真是太好了。

『——啊，另外賢者說「先支付報酬」，送了我們這個國家的水魔法和火魔法的魔法書，還把幾本古老的魔法書借給我們看。』

『佐藤，聽我說。魔法書很厲害哦，上面寫著失傳的理論哦！似乎是連精靈們都已經失傳的古老理論。雖然雅潔可能早就知道了，但我還是第一次看到，是真的喔？』

或許是非常感興趣，蜜雅說起了長篇大論。

我也趁著晚上去她們那裡看看吧。

『另外還借了我們好幾份孚魯帝國時代禁咒研究者留下的資料卷軸。』

『片段。』

『嗯，雖然只有一部份而不能直接使用，不過只要研究這裡面寫的內容，或許能做出原創的禁咒喔。』

『哦——挺厲害的嘛。』

我非常喜歡這種東西，可以的話一定會想看。

『主人，我也想說話，我這麼表明道。』

因為娜娜這樣主張，我便向她們打聽每間教室發生的事。

晚餐時間在聊著這些話題的時候結束，因為其他孩子都離開了，我便讓小玉和波奇向大家說明忍者教室的近況。

等每個人都說完後，我便問起大家擔任老師的情況。

『魔法的教學怎麼樣？』

『上午是詠唱的練習，從中午開始則是講解魔法在日常生活中的方便用法。』

『嗯，基礎中的基礎。』

看來和進行專業教學的希嘉王國王立學院教導的內容相差很多。

亞里沙和蜜雅還說因為很多孩子很傲慢，所以她們換上了像教師會戴的眼鏡和指揮棒裝備讓自己更像個老師。

『還說希望我們明天安排以學會縮短詠唱和冥想這類技能為主的課程呢。』

「不是魔法的教學？」

『嗯，那方面只教最低限度的。我們也參觀了其他老師的教學，都是些實踐性的練習喔。』

『無視理論。』

蜜雅的聲音聽起來有點帶刺。

『或許是秉持著「比起學習不如去習慣」的精神吧。』

『感覺像是要優先讓沒技能的孩子們學到技能呢。』

——嗯？

那些孩子明明沒有名為技能的「才能」，卻被邀請到「有才之士」的村落嗎？

再問一下亞里沙吧。

『他們似乎知道魔法的使用方法，都是忍著頭痛來施展魔法的。』

那樣也能被歸類為「有才之士」嗎？

『我負責的學生感覺有點奇怪。』

『哪方面的奇怪？』

『該說是眼睛沒問題，但是身體跟不上嗎？以前見過受了重傷後剛回歸的冒險者，有好幾個學生感覺就是那樣。』

『主人，我的學生中也有幾個人是那樣，我這麼報告道。』

唔，只有一個人倒還無所謂，但人數這麼多讓人有點在意了。

『露露那邊怎麼樣？』

『您說我嗎？大家都很努力哦？』

露露那邊沒問題啊——對了。

『有沒有調味方面很詭異的人？』

『咦？雖然有，但只要告知要按照食譜來加調味料，他們就能做出美味的菜餚了。』

實在難以區分他們究竟是不擅長做料理，還是類似莉薩和娜娜說的那種學生。

『主人那邊沒有那樣的孩子嗎？』

『抱歉，因為沒放在心上，所以不記得了。』

畢竟後半只顧著享受老忍者的反應嘛。

『小玉和波奇記得嗎？』

『大家，好孩子～？』

『是的喲！大家都非常非常努力喲！』

她們兩個似乎也沒有多加留意。

總之，我告訴她們自己明天開始會注意，就結束了今天的通話。

我也用空間魔法的「眺望」和「遠耳」確認了同樣在這個村子裡的萊特少年的情況，看見他正在和其他孩子們一起努力。感覺不需要擔心。

通話結束時，已經到了就寢時間。

「我是不介意睡地板，不過沒有寢具嗎？」

「沒有喔？」

「說是忍者必須在任何地方都能入睡。」

似乎是將用餐的木板房間用掃把簡單清掃後就算完成了就寢的準備。

既然所有學生都在這裡，也意味著男女都會睡在一起。

算了，只要當作野營或露營來看待就行。畢竟這一帶很炎熱，所以夜裡窗戶也會開著。

「吶吶，告訴我外面的事吧。」

「我想聽勇者大人的故事。」

或許是睡不著吧，孩子們開始要求小玉和波奇講故事。

「ＯＫ～？」

「波奇我們和勇者的人一起去打倒魔王喲！」

「好厲害！」

「賽娜大人呢？說說賽娜大人的事吧。」

「我也想聽賽娜大人的事！」

可能因為這裡是忍者教室，在勇者隊伍中擔任斥候的賽娜很受歡迎。

「賽娜喜歡蛋包飯和咖哩飯喲！」

「賽娜也喜歡吃烤雞～？」

我覺得孩子們大概不是想聽這方面的事，但對於每天都吃簡單食物的孩子們來說，異國的料理似乎很有魅力，話題熱烈地圍繞著料理的種類打轉，一直持續到老忍者進來怒吼「吵死人了！」為止。

我在哄小玉和波奇睡著並確認周圍變安靜後，便前去叨擾亞里沙和蜜雅，請她們給我看跟賢者借來的古文書和研究資料。

雖然亞里沙和蜜雅很早就睡著了，但由於內容非常有趣，導致我一路看到了黎明時分。

連續的睡眠不足使我變得有點昏昏欲睡。

因為忍者教室的課程似乎很早開始，所以我沒等亞里沙和蜜雅起床就回去了。

◆

「今天教大家根據情況選擇適合的斗篷或布施展隱蔽之術。」

雖然我覺得應該不是害怕小玉和波奇的身體能力，不過今天的忍者教室除了基礎訓練以外大多都是些不起眼的訓練。

「兩面都可以穿～？」

「背面是森林色，外面是土色喲！」

「就——是這樣！真虧妳們能發現！輕便是忍者的準則，因此必須盡量減少攜帶的物品重量！」

老忍者一副如我所料的表情說著。

雖然看忍者漫畫時沒注意過，不過手裏劍和撒菱蠻重的呢。

「好了，快躲起來！我數到一百就去找你們！被我找到的人要繞街道跑三圈，給我認真躲藏！」

老忍者這麼喊完後，學生們拿著布一起跑了出去。

因為有點像附帶懲罰遊戲的捉迷藏，學生們看起來有點開心。

「忍忍～？」

「波奇是捉迷藏專家喲！」

小玉從屋簷的縫隙鑽進了屋頂裡，波奇則是迅速地藏進走廊。

其他孩子也躲到了陰影處或箱子裡。

——哦。

有些學生明明沒有潛伏或隱形技能，卻隱藏得像持有技能一樣。

而且明明等級那麼低——真的假的，我在觀察途中發現了擁有隱形技能的孩子。技能顯示為灰色，看來是在捉迷藏中獲得經驗升級才得到的。

原來如此……的確是「有才之士」呢，真是了不起的才能。

「貝爾特、拉德利、多拉特！那邊的是席巴特、扎扎利！」

老忍者以驚人的速度找出孩子們。

果然就算忍者也無法看穿升到最高級的隱形技能，他直接從我面前走了過去。

或許我有些認真過頭了。

結果，小玉、波奇還有我到最後都沒有被發現。

「你們三個好厲害喔。」

「嗯嗯，第一次見到可以躲到最後的人。」

「喵嘿嘿～？」

「被這麼誇獎，波奇會害羞喲。」

受到孩子們稱讚，小玉和波奇顯得很難為情。

「哼，總有一天會戳破妳們的假面具。」

「說得沒錯，『才能』可沒那麼容易鍛鍊。」

幾個學生在有點遠的位置用冷漠的表情說著難聽話。

他們是剛才沒用技能就漂亮地藏身的孩子們，應該是看到新來的小玉和波奇被人稱讚而感到不高興吧。

「喵～？」

「刺刺的喲。」

純真的兩人感受到惡意而顯得沮喪。

「不用在意喔。」

「他們是半途返回的，有點自以為是。」

「因為在儀式上見過聖女大人，所以老是一副很自大的樣子。」

其他孩子安慰了小玉和波奇。

「半途返回的孩子有很多嗎？」

因為有些在意，於是我試著詢問。

「嗯，去了上級學校的孩子偶爾也會回來。」

「雖然也有放棄的孩子，但很快就會得到『才能』再次回到上級學校。」

「新生裡面也有很多受挫的孩子呢～」

「因為忍者糧食很難吃嘛。」

孩子們的話題偏到了其他方向。

話說回來，既然有「上級學校」，小玉和波奇可能也會在近期升級轉校吧。

當天下午，我們練習了投擲手裏劍以及在逃跑時能發揮作用的撒菱用法，接著在老忍者講完他年輕時漫長的英勇故事後，開始教起他在賭上性命的任務中逃跑時使用的「空蟬之術」。

「『空蟬之術』就是障眼法。」

老忍者解開綁在忍者裝袖子上的細繩，從放在腳下的籠子裡拿出兩根略粗的樹枝綁成十字型。

「有煙霧彈的話，直接用就行了。這個就當作煙霧彈和撒菱都用完，牽制用的手裏劍也扔光之後的最終手段。」

老忍者邊說邊脫掉上衣，並把它套在十字樹枝上。

最後將蓋上頭巾的完成品展示給學生們看。

「如你們所見，這種簡陋的東西是不可能瞞過對手的。」

學生們也同意似的率直地點了點頭。

「所以要透過在樹蔭、草、岩石等任何地方的陰影處，藏起來等待機會。利用暑氣或夕陽，或星光和月亮被雲朵遮住時的黑暗，趁著對手視野中斷的瞬間，把這個當作誘餌逃跑。」

「——要逃跑嗎？」

「不是趁對手露出破綻進行攻擊嗎……」

孩子們露出感到意外的表情竊竊私語著。

「沒錯，就是逃跑。如果是能夠戰勝的對手，一開始就不會被逼到走投無路。我們的目的是把敵人的情報帶回去，千萬別忘了這件事。」

老忍者鄭重提醒大家別忘記自己的本分是諜報行動。

抱膝坐在我身邊的小玉和波奇用力地點著頭，真是聽話。

就這樣，在聽完有點現實的「空蟬之術」話題後，下午的課程到此告一段落。

吃完晚餐後，我和夥伴們進行定期聯絡。

『主人那邊也出現了這樣的孩子嗎？』

『你那邊也有？』

『嗯，發現。』

當我提到訓練期間有個孩子因為升級獲得了隱形技能的事後，亞里沙和蜜雅也告訴我，她們那邊有人獲得魔法技能的事。

『雖然不清楚是不是因為得到了技能，但我這邊有人在掌握訣竅後突然變得很出色。』

『是的，莉薩。盾術的班級也有一樣的學生，我這麼報告道。』

其他夥伴們也確認了同樣的現象。

但由於她們跟我和亞里沙不同，無法看到學生的等級和技能，因此似乎是透過教學時的感覺注意到的。

『露露那邊今天怎麼樣？』

『我嗎？今天做了使用魚漿的料理！味道非常棒，真想讓亞里沙和主人還有大家也嘗嘗看。』

『不對，不是那方面。是在問學生的情況，有沒有突然變得很熟練的孩子？』

『應該沒有、吧？』

看來料理教室很和平。

『果然這些孩子能快速成長是「有才之士」的特徵嗎？』

『應該不是吧。雖然跟原本等級低也有關，不過感覺他們比相同等級的其他孩子更容易升級。』

不過，這方面我也只是觀察了獲得隱形技能的孩子之後的情況，沒有確切證據就是了。

『他們是怎麼分辨的呢？』

『根據賢者的經驗或直覺吧？』

又或者是用某種古代遺物或神器之類的物品來分辨。

最終，我們做出「畢竟沒造成實際損害，不用太在意也行吧？」的結論後，結束了這次的定期聯絡。

◆

「小玉和潘德拉剛卿的修行由我接手。」

隔天，賢者來到了忍者教室。

在忍者教室擔任老師的美女也跟賢者在一起，她或許是賢者的助手。

「不、不要忘記波奇喲。」

「啊，抱歉。妳也可以一起來。」

雖然被敷衍了，但波奇還是一臉安心地走到小玉身邊。

「我認為昨天為止，你們已經充分體驗過『普通的』忍者修行。」

——原來如此，所以才把我們安排到他這裡啊。

「我想你們已經很清楚，小玉的忍術和一般忍術有著非常大的差異。」

賢者看著小玉。

但她似乎不知道該怎麼回應，只是一臉困惑地「喵～？」了一聲。

「據我所知，小玉可說是第一個用屬性石來施展看似魔法的忍術的人。仔細找或許會發現也有其他人在嘗試，但將其昇華為招式的人十分罕見。」

或許終於察覺自己正在被稱讚，小玉害羞地「喵呼呼」笑了起來。

「使用每種屬性石，讓我見識一遍所有忍術吧。」

「系。」

小玉展示了使用火石粉末的火遁——火炎舞步和炎刀，使用水石粉末做出名為水遁的水之技法，使用風石粉末的風遁——強風、障眼法及風刃，使用土石粉末的土遁——挖掘壕溝、陷阱和土牆之術，使用雷石粉末的雷遁——雷刃和觸電之術，使用冰石粉末讓水面結冰的冰遁，使用光石粉末的光遁——閃光、照明還有威力低落的光彈等忍術。

像這樣重新看一遍，真是多采多姿。

因為屬性石的成本昂貴所以大概很難普及，不過小玉用的份量還不成問題。

「影石和暗石呢？」

「影子還不行～？」

小玉用影石粉末施展了影子蹦蹦跳之術。

這招頂多只能讓影子變成十公分左右的波浪，或是讓腳踝藏進影子裡，還沒辦法使出類似影魔法「影鞭」那種能夠捕捉對手的技術。

「這方面還需要更加努力呢。」

「喵～石頭不夠～？」

「影石用完了嗎？」

「系。」

小玉點了點頭，而波奇則一臉尷尬地別開視線。

看來她仍在介意之前撒了一大把影石粉末的事。

「那麼再分妳一點吧。」

賢者從道具箱裡拿出影石分給小玉。

「請問您是在哪裡得到影石的呢？」

「在人們無法涉足的森林深處。影石喜歡在有著強烈日曬，光線卻無法到達的樹木根部形成的影子世界。如果是影子不會搖曳的寂靜森林更好。」

原來如此，難怪精靈們細心照料的波爾艾南之森這類場所找不到影石。

我意外地有想到類似的地點，下次去找找看吧。

「沒有使用暗石的忍術嗎？」

「暗石也還沒～？」

就算是小玉也還沒摸索到那種程度。

「沒辦法使出這種忍術嗎？」

賢者詠唱了暗魔法，一道黑色的漩渦出現在他面前。

「漩渦～？」

「沒錯。它能夠吸收魔法和火焰。對我使用火遁試試看。」

「系。」

小玉使出由火遁形成的火焰，全都被黑色漩渦給吸了進去。

「喵喵喵！」

「被吸走了喲！」

小玉和波奇瞪大眼睛。

「暗魔法擅長『吸收』和『中和』。所以就算用暗石粉末應該也能中和火杖或雷杖程度的攻擊。」

「系！」

小玉精神奕奕地點了點頭。

「波奇幫忙～？」

「好的喲。」

小玉做好暗石粉末後立刻撒了出去，開始練習防禦波奇的魔刃炮。

雖然波奇發射的魔刃砲有手下留情，但暗石粉末只是稍微削減了些許威力，魔刃炮輕易就貫穿了過去。

「Ouch。」

注意力全集中在忍術上的小玉來不及迴避，威力降低的魔刃炮打中了她的額頭。

雖然因為打中護額沒有受傷，但看起來很痛的樣子。

「小玉，沒事喲？」

「船到橋頭自然直～？One more try～？」

「是的喲。波奇是能好好把握分寸的孩子喲？」

「等等，波奇，用這個吧。」

因為有點危險，於是我讓她們用威力較低的投射槍來練習。

接下來的一段時間內，我緊張兮兮地守望著小玉和波奇的練習。

「成功了～？」

「不愧是小玉喲。」

可能是習慣了其他忍術，小玉不到一小時就成功把投射槍的散彈給中和了。

或許多虧了賢者在練習期間多次給出的建議也說不定。

「非常漂亮。不過，千萬別就此滿足喔。」

「系，賢者老師～」

小玉用認真的表情點了點頭。

話說回來，在修行期間，小玉和波奇不知從何時開始把賢者稱呼為賢者老師了。

「正如暗屬性未必只有吸收的功能般，童話故事中也有出現使用暗魔法飄浮在空中的魔法師。忍術的可能性會根據小玉的想法不斷拓展，妳要懷著廣闊的心靈與視野去探索忍術的可能性。」

「系，小玉會努力。」

小玉擺出了敬禮的姿勢回答著。

波奇也不知為何在小玉旁邊擺出了相同的動作。嗯，真可愛。

「就是這股氣勢。為了幫妳得到經驗，讓妳體驗一下各式各樣的影魔法吧——」

賢者這麼說後，看向我和波奇。

「雖然潘德拉剛卿和波奇也可以用屬性石進行訓練，不過向她學習中忍使用的特別奧義對未來更有幫助吧。」

「您說特別奧義嗎？」

賢者「嗯」了一聲，要求冷汗直流地看著小玉施展忍術的美女小姐實際演練一次。

「分身之術。」

美女小姐這麼說完，施展了藉由反覆瞬動跟停止，讓人看到殘影那種類型的擬真系分身之術。這招我應該也可以做到。

「Speedy喲！」

「快又反應～？」

小玉說的有點不正確。

「怎麼樣？我看起來有好幾個吧？」

「喵？」

「一直都只有一個人喲？」

雖然美女小姐一臉得意洋洋地說著，但她似乎逃不過擁有優秀動態視力的小玉和波奇的法眼。

「怎麼可能——看清楚了。」

認真起來的美女小姐做出了比剛才更快、更加敏捷的殘影。

同時並用了伴攻的「虛身」技能。

「怎、怎麼樣？」

美女小姐用手臂擦掉如同瀑布般流下的汗水，氣喘吁吁地詢問。

「喵？」

「非常快喲？」

看來還是跟剛才一樣看不出是分身。

「妳似乎也有必要重新修行了。」

「賢、賢者大人——」

美女小姐感覺快哭出來了。

「我看起來是七個人左右，訣竅是行動時加上緩急吧。」

我立刻幫忙打圓場。

「其他還有怎樣的招式呢？」

「還有潛入敵營用的變裝以及被抓住後掙脫繩索的招式，飛簷走壁跟迷幻術之類的招式也很方便喔。」

美女小姐一邊用手指數著，一邊講出各式各樣的招式名稱。

「哇哦～」

「波奇非常在意喲！」

小玉和波奇眼睛閃閃發光地盯著美女小姐。

「小玉要進行其他課程。那些招式之後讓潘德拉剛卿教你吧。」

「……系。」

小玉看起來有點遺憾。

美女小姐在離賢者和小玉有段距離的地方，向我們展示了中忍用的招式。

「因為掙脫繩索不太起眼，從飛簷走壁開始吧。」

美女小姐從懷裡取出黑色刀刃的短劍投向牆壁，並將其當作立足點沿著牆壁跑了上去。

攀登牆頂後，她單腳站在狹窄的牆壁上，朝我們拋了個媚眼。

接著手臂一揮，當作立足點的短劍紛紛回到她的手中。看起來刀上似乎繫有鋼絲。

「好厲害喲！非常Amazing喲！」

興奮的波奇用空步做出立足點跑到美女小姐身邊，稱讚她的招式。

「……謝謝妳，不過，姊姊我心情有點複雜呢。」

我原本也想沿著牆壁跑到她那邊去，不過感覺這樣會讓她受到更多打擊，便決定作罷。

她振作起來後將我們帶回了教室。

「迷幻術要使用事先調合好的迷幻劑，所以風向極為重要。風很強的日子只能在屋內使用，要小心喔。」

她把粉末撒到燭台蠟燭的火上，冒出一股香甜的氣味。

「哇哦！好多肉喲！」

看來波奇看見了幻覺。

「肉！喲！」

——哦哦。

波奇撲到了美女小姐的胸部上。

「等、等等，不可以！」

嗯，這脂肪遊戲還真是危險的雜耍啊。

我從後方伸手制止了打算朝胸部咬過去的波奇。

「等、等一下。迷幻劑已經失效了，快點深呼吸。」

「……咦咦？肉消失了，變成胸部了喲。」

波奇很遺憾地離開了美女小姐的胸口。

「最後是掙脫繩索之術，用這條繩子把我綁起來——」

美女小姐在遞出繩子的途中將對象從波奇換成了我，肯定是產生了某種不好的預感吧。

雖然捆綁女性讓我產生了強烈的悖德感，但既然是本人要求的也沒辦法。沒錯，是沒辦法啊。

「波奇來綁喲！」

「——啊，等等。」

「**不用擔心喲！**」

繩子在到我手上前被波奇搶走，她隨即將美女小姐一圈一圈地綁了起來。波奇還細心地連她的嘴都綁住，使她只能「嗚——嗚——」地發出呻吟。

因為波奇下手的時候充滿幹勁，所以綁得非常緊。

畢竟這種忍術應該是在被捆綁時繃緊全身，然後在逃脫時放鬆力氣以創造出空隙的招式，就算想跟虛構故事裡的忍者一樣使關節脫臼進行鬆綁，被綁得這麼緊已經沒辦法了吧。

「啊！割到手就危險了喲。」

在美女小姐準備拿出藏在袖口的金屬片時，被一片好意的波奇給拿走，導致她快哭了。

因為再這樣下去她會喪失作為老師的威嚴，於是我用「理力之手」稍微協助她創造些許空隙。雖然那時聽見了性感的叫聲，但我像個紳士一樣堵住耳朵假裝沒有聽見。

「終、終於掙脫了。」

「真不愧是忍者老師喲！」

波奇眼神天真無邪地拍起了手。

「謝、謝謝。」

美女小姐神情複雜地答覆著。

感覺自己快要對她複雜的表情上癮了，真是可怕。

在重新振作起來的美女小姐指導下，我們也進行了掙脫繩索和分身之術的練習。

「掙脫，喲！」

「小波奇，不可以扯斷繩子！」

波奇依賴蠻力的掙脫方式沒有獲得稱讚。

「超分身喲！」

「呀啊——教室的牆壁！」

波奇想透過瞬動來施展分身，但因為速度太快導致她一舉撞破了建築物的牆壁滾到教室外面。這間木製的教室似乎比想像中更加簡陋。雖然波奇不會因為這種程度受傷，但還是有點嚇到了，希望她做事能更小心一點呢。

「是這種感覺嗎？」

我嘗試模仿美女小姐。

藉由同時使用虛身及瞬動技能，成功地呈現出類似的效果。

＞獲得「分身」技能。

哎呀，挺順利的。

感覺能派上用場，於是我分配了技能點使其有效化。

「不愧是主人喲！」

「怎麼可能……竟然一次就成功了……」

雖然波奇用「不愧主人」稱讚起我來，但美女小姐卻是用一副快要哭出來的表情拍著手。總覺得有股罪惡感。

另外，女忍者的色誘修行好像只限高級生。雖然對波奇的教育不好，但是為了將來，我個人還是想參觀一下。

當我們結束特別課程，朝著小玉那裡走去時，他們的訓練似乎也告一段落，小玉正在接受某種訓示。

「優秀的能力是為了幫助並引導弱小的人而存在的，切記別沉浸在力量之中。」

「喵～？」

「就是不能欺負弱小，要幫助有困難的人喔。」

小玉沒能理解賢者的話語，於是我用簡單的說法講給她聽。

「系！」

小玉充滿精神地回答道。

「潘德拉剛卿的修行也結束了嗎？」

「是的，非常有意義。」

實用性姑且不論，類似忍者屋的活動讓我十分享受。

「那實在是太好——」

賢者話還沒說完，鈴鈴鈴鈴的急促鈴聲不知從哪傳了過來。

他捲起袖子，下方出現一個類似都市核終端的藍色結晶手環。聲音似乎是從手環發出來的。

「……聖……下。」

讀唇技能讓我看出了賢者不成聲的話語。

「不好意思，稍微有些急事。在我回來前，麻煩向她請教忍術吧。」

賢者這麼說完，然後噗通一聲沉入腳下的影子中消失了。

大概是使用了**影魔法**「影渡」吧。

這時的我被美女小姐那「賢者大人，我不行了——」這個悲慘的叫聲吸引了注意，並未意識到賢者沒有進行詠唱就發動影魔法這件事。

「聖都發生了什麼事嗎？」

從讀唇得到的資訊來看，在聖都的札札里斯法皇好像出了什麼事。

當我想收集情報打開地圖時，亞里沙那邊發來了「戰術輪話」。

『主人，大事不妙了。』

聽到亞里沙的緊急通報，我的心臟猛烈地跳了起來。

幕間：計算錯誤

「賢者大人，聖女大人她——」

正在照顧聖女的侍女在發現我後跑了過來。

這裡是我任職太守的都市地下。在都市核房間的角落製作的鳥籠——「聖女的房間」。

「又鬧脾氣了嗎……」

我看著周遭被摔碎的杯子和倒下的家具喃喃說著。

「別為了這種無聊的事用緊急呼叫。」

「非常抱歉。可是，聖女大人想要自殺。」

被我斥責的侍女縮起身子。

真是愚蠢。雖然只是模仿的，但被「強制」束縛的**那個女人**根本無法自殺。

「不過是她的主張罷了。她要是又開始胡鬧，妳就隨便安撫吧。」

我讓侍女退下後，朝趴在床上的女性走了過去。

她有著足以遮住大部分聖女裝束並各處染上暗黑色的長直紫髮。我覺得只要乾脆地剪掉頭髮，頭部就能變輕鬆，憂鬱症也會有改善，但這女人卻頑固地不肯就範。算了，這也不是需要強求的事。

「——靜香。下次的『轉讓才能』儀式可是大豐收啊。」

既然特地過來這種地方，順便把要事告訴聖女吧。

雖然主要目標是跟靜香一樣**擁有紫髮的小姑娘**，不過原以為毫無用處的貓耳姑娘的「才能」比我想像得更出色。必須將那個「才能」收入囊中，好好研究一番。

「你又想奪走別人費盡千辛萬苦才掌握的技能和經驗了呢。」

靜香語氣陰鬱地說道。

「是又如何？我只不過把那群貨色持有也無濟於事的東西，重新分配給能靈活運用的人罷了。反正，受到『強制』支配的妳根本無法違抗我，接受這個現實吧——聖女。」

經我這麼勸說，趴在床上的靜香轉頭看了過來。

充滿怨恨的雙眼穿過唯有一縷被染得漆黑的瀏海瞪著我。隱藏在瀏海底下的明明是足以用美麗來形容的端正容貌，但她那陰鬱的氛圍卻浪費了這一切。

「……聖女？我可沒有那種資格。罪人才適合我。」

「既然如此，叫妳『**魔王**』如何？」

靜香再次把臉埋進床裡哭了起來。

她的內心還是老樣子十分脆弱。雖然魔王化後「強制」也沒鬆緩，能維持理性是好事，但要是陰沉到這種程度，光是跟她待在一起，連我都有可能得心病。

「這是我的部下找來的東西，妳就用來打發時間吧。」

我從道具箱裡拿出物資堆放在房間角落，再把女弟子挑選的裝飾品和服裝放在上面。

對貴重物品毫無興趣的靜香對那些物品不屑一顧，依舊背對著我。

我聳聳肩從「聖女房間」離開，侍女與我擦肩而過進入房間。

「真是的，女人這種生物真是不可理喻。」

我嘆了口氣，作為都市核本體的藍色結晶在我面前斷斷續續地閃爍著。

與此同時，終端鈴鈴鈴鈴地發出了鈴鐺般的聲響。

「——緊急通信？」

我拿出都市核終端，看著顯示在上面的簡短信息。

「……怎麼會這樣。」

面對眼前真正的，與愚蠢侍女的呼叫不同的緊急情況令我屏住了呼吸。

「這可不能放著不管。」

我花費都市核殘留的大部分魔力，立即轉移到聖都。

「——聖下！」

我衝進札札里斯法皇的私人房間，房間裡有一具身穿侍從服，如同木乃伊般乾枯的遺體、癱坐在地的見習神官，還有雖然趕來卻不知該如何行動的神殿騎士護衛們。

我把脫下的披風蓋在遺體上避免讓更多人看到，接著環視四周。

最重要的法皇——找到了。

我在床鋪另一端的屏風背後，看見了法衣的下襬。

我繞過屏風，跑到蹲在房間角落的法皇身邊。

「聖下，您沒事吧！」

「……索利傑羅。」

法皇渾身發抖地抱了過來。

我將他扶起，並觀察他的身體。

他的身體正到處冒出黑霧，這是濃厚到能用肉眼看見的瘴氣。

綠大人曾經說過。能夠使用神之權能的「神之碎片」，凡人之軀無法承受。過度使用將會導致「魂之器」破碎，最終化為魔王。

為了確認那句話的真偽，我強迫沙人的實驗體量產沙塵兵，最後他正如綠大人所說，變成了魔王「沙塵王」。過度進行「轉讓才能」儀式的靜香亦是如此。

恐怕法皇也到了即將成為魔王的前一刻。

「……好害怕。我對自己感到害怕啊，索利傑羅。」

從法皇身體冒出的黑霧變得更加濃郁。

綠大人說過，要將「魂之器」受損的人從人類推向魔王的領域，需要的是不安和恐懼等劇烈的精神壓力，或是強烈的憤怒。

既然如此，想把他拉回人類領域需要的是安寧吧。

「聖下，發生了什麼事？」

「索莫斯被我害死了。」

法皇說出侍從的名字坦承罪行。

「一開始我只是想要使用『神聖之力』來治療從梯子上摔落導致脖子骨折的索莫斯，但『神聖之力』卻遲遲無法發動。本該痊癒的索莫斯突然變得痛苦，在我眼前逐漸化為乾屍。

我是被神拋棄了嗎？」

看來可能是獨特技能「萬能治癒」發生了反轉。

害怕的竟然不是第一次殺人，而是失去神的寵愛。聖職者真是無可救藥的生物。

「沒有那回事，聖下如今依然受到神的喜愛。」

不過，是受到**哪個神**的喜愛，我就不知道了。

「賢者大人，聖下在這裡嗎──」

「聖下的身體冒出了黑霧？賢者大人，聖下究竟發生──」

倒霉的神殿騎士們被我扔進了「影之牢獄」。

我可不能放過見到聖下這副模樣的人。

「索利傑羅，他們怎麼了？」

「只是稍微讓他們安靜一下而已。」

我安慰著法皇，連續使用**精神魔法**「安靜波」和「倦怠空間」強行讓他冷靜下來，接著使用了「安眠波」。

隨著法皇呼吸逐漸變得平穩，黑霧也慢慢地變淡了。

看來這個處理方式是正確的。

「……索利……傑羅。」

「請好好睡一覺吧，聖下。當您再次醒來，惡夢已經結束了。」

我離開陷入沉睡的法皇，為了解決目擊者而返回屏風的另一邊。

──不見了？

現場已不見癱坐在地上的見習女神官身影。

「剛剛在這裡的女孩去哪裡了？」

我走近在外面從門縫窺探房間裡的人這麼問。

趁著完全遮住他們視線的時機，我將屍體跟倒霉的騎士們一樣扔進「影之牢獄」裡。

「您說莉潔的話，已經根據巴德里斯祭司大人的指示送去醫務室了。」

巴德里斯祭司——多布納夫樞機卿的跟班嗎。

「快讓神殿騎士逮捕見習神官莉潔，她想毒殺聖下。」

「您說莉潔她？」

「聖下呢！聖下平安無事嗎！」

「放心吧，聖下沒事。不過，前來阻止的侍從代替聖下身亡了。要趁還沒被人封口前逮捕毒殺犯！快去！」

我催促毫無動靜的神殿騎士，促使他們展開行動。

接著告訴他們遺體已經送去屍檢，為了保留現場，房間禁止進入便關上了門。

「……變成麻煩事了啊。」

雖然已經讓神殿騎士去抓人，但想要確保見習神官應該不可能了吧。

要是讓知道聖下祕密的見習神官落入盯上法皇位置的樞機卿手裡，那可就不妙了。

雖然這麼說，也不能對樞機卿使出強硬的手段。

實際負責巴里恩神國事務的，不是身為理想家的法皇而是那個男人。雖說我也能代替他處理事情，但要是擔起這種麻煩事，會嚴重影響我原本的工作。不能隨便把他解決掉。

我用理性壓抑因情況不順利而焦慮的心情，不停地思考。

雖然最好用強制技能限制樞機卿，但我不認為那個謹慎的男人會毫無防備地來到滿足條件的場所。即便擄走他強行用「強制」進行束縛，也未必會坦率地服從。表裡不一是當然的，他肯定會找出命令的破綻趁機反抗。讓頭腦靈活的樞機卿在背後亂來會很麻煩。

要是能收買他事情會輕鬆許多，但我不認為那個男人會接受解放「魔神牢」以及利用魔王征服世界的事。

他如果是魔王信奉者那種單純的蠢貨就好辦了……

乾脆讓樞機卿彈劾法皇，誘導法皇魔王化……不，那樣行不通。那方面還沒做好準備。拿法皇的位置當誘餌應該能讓他閉嘴，但這麼一來我的計畫肯定要進行大幅度的修改。

那樣就本末倒置了。

沒辦法，把樞機卿解決掉吧。

失去支柱的巴里恩神國的內政肯定會崩塌，不過民心渙散導致瘴氣濃度提高正如我所願，如果能順便降低人們對巴里恩神的信仰心就再好不過了。國力下降雖然會導致籌備研究資金變得麻煩，但那種程度也是沒辦法的事。

做出結論的我，派出從小撫養的諜報員前去調查樞機卿的現在位置。

「你說樞機卿不在？」

「是的，最後見到是在大聖堂和巴德里斯祭司一起時，現在無法掌握他的行蹤。」

「監視樞機卿的人怎麼樣了？」

「被解決掉了。」

看來樞機卿手下的暗部也挺有實力的。

「把他找出來。如果附近沒人在，直接把他解決掉也無妨。別忘了偽裝成意外事故。」

「「「遵命。」」」

我讓諜報員分散去找人。

——可惡的樞機卿(多布納夫)。

他究竟是從乾枯的侍從及使用獨特技能時會發出「紫色光芒」的事聯想到沙塵王襲擊大聖堂的事……還是從很久以前就對法皇的獨特技能起了疑心，才因為這件事化為確信呢。

「——賢者閣下，猊下的情況如何？」

法皇派的祭司從門後探出頭詢問。

回過神來周圍已經變暗。看來在我專心思考時，太陽不知不覺地下了山。

「聖下還在熟睡，我打算直接讓聖下休息到明天早上。」

「賢者閣下，要不要讓神殿騎士來接替護衛工作呢？您也很累了吧。」

「不必擔心我。這裡由我守護，你讓神殿騎士去找出想對聖下不利的小人吧。」

聽我再次這麼強調，祭司帶著擔心的表情離開了。

此時後方傳來了衣服摩擦的聲音。看來法皇因為剛才的對話醒了過來。

「……索利傑羅。」

我走到床邊，法皇用虛弱的聲音呼喚我。

身體冒出的瘴氣已經完全消失。這樣一來，就算讓其他人進入房間應該也無所謂了。

「看來不是夢啊，我害死了索莫斯……」

「聖下，放棄神力吧。」

從剛才的狀態來看，若是不放棄「神之碎片」，法皇在不久之後就會魔王化。

「要放棄治癒的神力？」

「沒錯。請您在下次的『轉讓才能』儀式上，把神力讓給其他聖職者。」

我再度向驚愕的法皇這麼說。

「……稍……稍微，讓我考慮一下。」

明明已經沒有其他迴避破滅的方法，法皇卻無法當機立斷，而是希望考慮一下。

我用理性壓抑想要怒吼的衝動，簡短地回了句「遵命」。

◆

「那個蠢貨！」

我用風魔法張開隔音結界，隨心所欲地釋放心中壓抑的怒火。

破口大罵一番，心情舒暢後用水壺中的紅酒潤喉。

「話說回來，難得發現了新的紫髮，沒想到在將其變為魔王前，法皇居然先不能用了……再這樣下去，不知道要等到什麼時候才能解開魔神牢的封印。」

我在房間來回踱步陷入沉思。

「移植『神之碎片』的最佳人選是梅札特吧，迷上**聖女**的他應該會欣然接受。魔王化之後的他肯定會盡情揮灑得到的力量，讓巴里恩神國陷入毀滅和恐懼中。」

本該消滅魔王的聖劍使卻墮落成魔王，還真夠諷刺。

「等到下次的『轉讓才能』之日，就帶靜香來聖都進行儀式吧。」

雖說帶法皇他們一起過去最省事，但要是我和法皇兩人都離開聖都，有可能會被不清楚躲在哪裡的樞機卿趁虛而入。

「順便也把那些**小姑娘**帶來，將**碎片**和技能一起納入手中吧……」

那樣最好。

「這樣我就會變得更強。」

受到湧現的愉快心情影響，我痛快地大笑了起來。

無才之人

「我是佐藤。說到有人迷路，會最先想到商場和遊樂園的迷路廣播，但有時也會發生出動大量人員搜山的情況。不管是哪種，都希望能立刻找到呢。」

『發生什麼事了？』

當天修行結束時，亞里沙通過「戰術輪話」緊急向我報告。

『失蹤。』

蜜雅輕聲補充。

太好了，看來蜜雅平安無事。

我放心地摸了摸胸口。因為亞里沙說：「大事不妙了。」還以為和她一起行動的蜜雅出事了。

『是誰失蹤了？』

『學生。』

『我們教的學生有兩個人失蹤了。』

『有告知其他老師嗎？』

『有，但是——』

『無視。』

『無視？』

『沒錯！我向老師報告，對方卻只說了句「這種事很常見」就不管了。』

有那麼常見嗎。

『那些孩子是昨天提到的學會技能的孩子嗎，我這麼詢問道。』

『不是，所以我覺得應該不是誘拐。』

亞里沙回答了娜娜的問題。

『會是修行不順利才逃走的嗎？』

『有可能。或許只是一時衝動跑出教室，現在正不知該如何是好呢。』

那些學生可能就像露露和莉薩說的一樣，在某個巷子裡抱膝坐著也說不定。

『小玉去找～？』

『波奇也去找喲，波奇是找人專家喲！』

小玉和波奇插嘴道。

不過，接下來是睡覺時間，應該沒問題吧。

『知道名字嗎？』

『嗯，他們兩個叫吉姆札和亞布魯。』

我試著用地圖搜索亞里沙說的名字，意外地在「有才之士」村落及附近區域都沒找到。

連保守起見特地搜索的鄰近地圖都沒有。

『那他們已經……』

『不，因為魔窟有不少入口，我調查一下看他們是不是誤闖進去了。』

像之前往返塔的長距離奔跑時所發現的，這個村子周圍有很多小規模的魔窟。

我對亞里沙這麼說完溜出房間，小玉和波奇早已把睡衣換成忍者裝，擺出敬禮的姿勢等著我。

『我們也一起去。』

『嗯，擔心。』

『主人，我希望同行，我這麼告知道。』

『雖然不清楚能不能幫上忙，但我也想一起去。』

亞里沙、蜜雅、娜娜和露露自願同行。

莉薩已經朝著忍者教室的方向移動中。

『知道了，大家一起去吧。』

我把集合地點告訴大家後，跟小玉和波奇一起溜出了忍者教室。

「「「吉姆札！亞布魯！」」」

跟夥伴們會合後，我們開始尋找魔窟的所在地。

雖然能透過地圖的空白地帶知道大致位置，但由於入口未必在能立刻找到的地方，於是我讓大家分頭尋找。

「我抓我抓我抓～？」

小玉撥開樹下的草，弄得臉和頭上滿是樹葉地找到了入口。

「波奇的鼻子這麼說的喲！這下面絕對絕對有入口喲！」

波奇以與生俱來的直覺挖出了入口。

「亞里沙，那邊！岩石和岩石之間有不自然的風在流動。」

「ＯＫ！我去看看！」

亞里沙用轉移確認狙擊手露露靠測風所發現，如同通風口般的魔窟入口。

「小希爾芙們，去找吧。」

——芙！

蜜雅用精靈魔法召喚的希爾芙分裂成無數個小希爾芙，以數量的優勢在附近搜索。不擅長探索的莉薩和娜娜則負責從旁輔助。

「莉薩，發現魔物，我這麼告知道。」

「好像棲息在魔窟裡呢。」

雖然偶爾有魔物和蝙蝠衝出魔窟，不過都被娜娜的理術和莉薩的魔槍給迅速殲滅。

我不斷重複每當夥伴們發現魔窟入口時，全速前往那裡使用「探索全地圖」魔法進行調查的過程。

「怎麼都找不到呢。」

「畢竟魔窟的數量很多嘛。」

已經搜索了超過三十個地方，還是一無所獲。

或許，他們離開了我的地圖範圍之外，雖然這種想法瞬間閃過我的腦海，但普通孩子應該沒有那種能力才對。

「搞不好被誘拐了……」

「誘拐？」

蜜雅聽見了亞里沙的喃喃自語。

「被『自由之光』的餘孽之類的！」

「如果是魔王信奉者，就算企圖拿孩子當活祭品來復活魔王也不奇怪。」

「禁止把幼生體當作活祭品，我這麼宣言道。」

「主人——」

莉薩表示同意，娜娜感到憤慨，露露看起來則是很擔心。

「還不一定是被誘拐喔。」

雖然的確有可能，但自從魔王「沙塵王」被討伐之後，我就沒看過魔王信奉集團「自由之光」的成員了。

不過由於這個國家到處都有魔窟——迷宮「魔神牢」的遺跡，他們能躲藏的地方非常充足。我覺得「自由之光」能在巴里恩神庇護的巴里恩神國形成龐大勢力，一大原因是魔窟的存在。

「喵！」

遠處的斜坡上窺探岩石裂縫的小玉突然抬起頭警戒周圍。

一個光點出現在雷達角落，是忍者教室的美女小姐。在原地稍微等了一會兒後，她便從岩地對面現身。

「你們半夜溜出教室，在這個地方做什麼呢？」

由於她與好幾顆閃光彈一起出現，所以看不清楚她的表情，但不愧是忍者教室的老師，呼吸沒有絲毫紊亂。

「我們在尋找魔法教室失蹤的孩子們。」

聽見我老實的回答，她小聲地說了句：「是嗎……」接著提醒我：「半夜跑到魔窟附近很危險喔。」

「不必擔心孩子們，已經把他們保護起來了。」

根據美女小姐的說法，似乎有輟學的孩子專用的祕密村落，這下能暫時放心了。

「為什麼教室的老師不說呢？」

「這是為了不讓學生們知道祕密村落的事。」

美女小姐回答了亞里沙的提問。

「為什麼要隱瞞？」

「如果祕密村落的事流傳開來，會出現不願努力半途而廢的孩子啊。」

所以不能讓孩子們知道有能夠逃避的地方，美女小姐如此說明。

「就算這樣……」

看來亞里沙還是不太能接受。

「讓我見見吉姆札和亞布魯，我想確認他們平安無事。」

「不可以，祕密村落的地點必須保密。」
「為什麼！我們不是學生而是老師耶？」
「是臨時老師才對吧？」
亞里沙和美女小姐互相瞪著彼此。
這個情況持續了一會，最後美女小姐投降了。
「……真是沒辦法。」
「那就——」
「但是，不能帶你們去祕密村落，這樣有違賢者大人的吩咐。」
亞里沙變得明朗的表情又再度浮現陰霾。
「我會請孩子們寫信給妳，這樣就行了吧？」
美女小姐看著亞里沙。
「如果這樣還不能接受，請妳直接找賢者大人交涉。」
「知道了，就這麼辦。」
面對聳了聳肩的美女小姐，亞里沙如此回答。
等賢者從聖都回來之後再通知亞里沙吧。

◆

「失蹤的孩子？」

「有喔，半途返回的孩子很多呢。」

隔天早上，向忍者教室的學生們詢問後，才知道這裡偶爾也會有孩子失蹤。

「明明以前很厲害，回來時又變得很普通了。」

「老爺爺老師說過那是因為**傲慢**。」

學生們接連回答了我的問題。

「吃完早餐還不快點去教練場集合！」

雖然還想再打聽一下，但孩子們在聽見老忍者的怒吼後連滾帶爬地衝出房間，話題也只好到此為止。

因為賢者沒有回來，今天的課程似乎也是由美女小姐來進行。

「今天的課程會用到藥。」

我們跟她學習了風遁之術用的迷眼粉和蠱惑之術用的魅惑藥等配方。但或許因為被波奇襲過胸，她並未指導迷幻藥的配方。

因為我早就知道這些技術，所以我一邊做出假裝上課的樣子，一邊透過戰術輪話跟夥伴們交換情報。

『——那邊也是嗎。』

『是的，主人。因為我來之前就已經不見了，所以沒有發現。』

『主人，盾班也有一人脫離，我這麼報告道。』

『露露那邊呢？』

『我這邊沒有——啊，雖然不算離開，但似乎有幾個孩子說要開路邊攤而決定畢業。』

雖然露露那裡很難說算失蹤，不過每個教室都出現了不少中途退出的孩子。

『說起來，萊特說他的朋友也失蹤了。』

『萊特？他為什麼會在亞里沙那裡？』

『他並沒有來找我商量。而是在休息時間時，正好看到他在到處呼喚朋友的名字。』

萊特少年意外地容易惹上麻煩，感覺他會被卷入麻煩事，有點可怕。

不過，這次的情況似乎是被帶去「祕密村落」，我想應該不會發生麻煩事。

當天並沒有收到孩子們給亞里沙的信，一直等到晚上賢者也沒有回來，因此也沒能直接跟他交涉。

「——呃。」

當我想趁半夜悄悄去調查祕密村落，在昏暗的房間內確認地圖時，發現美女小姐正躲在忍者教室的屋頂上。

畢竟昨天發生過那種事，應該是在擔心我們會不會又溜到魔窟去吧。

在我打算朝之前在往返塔的長距離奔跑時設置的刻印板使用歸還轉移時——

雷達上出現了做過標誌的光點。

——是前怪盜皮朋。

似乎是用拿手的短距離轉移過來的。

「唷，少爺。」

「晚上好，皮朋。」

我淡定地對直接出現在面前打算嚇我一跳的皮朋打了招呼，而他有點遺憾地說：「被發現了嗎……」

小玉似乎也發現了皮朋的接近，將看起來快睡著的臉埋在枕頭裡，只有耳朵朝我們豎了起來。波奇則是呼呼大睡地進入了夢鄉。

「那麼，你有什麼事嗎？既然追到這種地方來，肯定是有什麼要事吧？」

「別這麼著急，首先讓我道個謝。多虧少爺提供的資金，成功確保了位置不錯的分店用店鋪及倉庫。」

皮朋語氣開朗地說道。

哦，那還真不錯。得找機會以庫羅的身分稱讚皮朋才行。

「分店方面已經交給接替的那些人負責，不過我在辦雜事的時候聽到了可疑的傳聞。」

皮朋壓低音量悄悄地對我說。

「可疑的傳聞？」

「嗯，是『有才之士』村落裡的傳聞。」

「——這裡？」

「沒錯。」

皮朋表情認真地點了點頭。

「我是從一個差點死在巷子裡的男人那裡聽來的。他因為『轉讓才能』而被奪走『才能』，在礦山被強迫工作到死，所以逃了出來。」

「因為『轉讓才能』而被奪走『才能』，具體是怎麼回事？」

「誰知道，正當我想進一步追問的時候，他就被戴著黑頭巾的傢伙們殺掉了。那些人應該是這個國家的諜報員吧，身上穿著性能優秀的認知妨礙裝備。」

皮朋不甘心地說道。

「你剛才說的內容，似乎沒有提到『有才之士』的村落呢？」

「起初那個人在自言自語。不斷重複著『我不要回村落』、『聖女大人，請原諒我』、『無才的我沒有資格見聖女大人』之類的話。」

皮朋似乎是從「村落」和「才能」這幾個詞彙中聯想到「有才之士」的村落，才找到這裡來。

「所以你才專程來這裡告訴我嗎。」

我這麼說完，向提供情報的皮朋道謝。

雖然不清楚他怎麼知道我在忍者教室，不過，真是了不起的諜報能力。或許是個難得的人材。

「也不只是這樣啦，少爺有沒有什麼線索？」

「嗯？你還想繼續深究嗎？」

「我可是義賊耶？不對，現在是庫羅大人的手下，但是我看不慣弱肉強食的傢伙。」

皮朋先說：「雖然管不了所有人就是了。」接著半開玩笑地說：「畢竟要是操作才能的東西是太古的古代遺物，庫羅大人應該會來幫助人，如果是魔族搞的鬼就全部交給庫羅大人處理吧。」

「這樣啊——關於線索，我有個地方有點在意。」

我這麼說完，把失蹤後「半途返回」的孩子們，以及他們被保護在「祕密村落」的事告訴了皮朋。

「這一帶可沒有類似村子的地方哦？硬要說的話——」

「嗯，應該在魔窟的某個地方吧。」

我搶在皮朋之前說了出來。

「果然嗎——」

「難不成，你心裡有底了？」

「嗯，據說有人『看見了帶著護衛的馬車和載貨馬車，前往理應沒有任何城鎮或村子的荒野』，而且專挑沒有月亮的夜晚出發。」

「真是可疑。」

像是在說有什麼隱情似的。

「知道目擊地點在哪裡嗎？」

我將地圖攤在自己的床上詢問。

皮朋指出了有目擊情報的地點以及大略的移動方向。

我以這個情報為基礎檢查地圖的空白地帶。大約有三個地方吻合。

「有魔窟的地方是這裡、這裡跟這裡。」

「你真清楚啊……」

「我和勇者大人一起擊退魔王時，曾經看過畫有魔窟位置的地圖。」

「光是那樣就記住了這麼偏僻的魔窟？」

皮朋先顯得訝異，接著用若是沒有順風耳技能就無法聽見的音量小聲地說「不愧是能讓庫羅大人另眼相待的人物」。

「幫大忙了，這下我就能前去調查了。」

「那麼，我也一起去吧。」

我對一臉不情願的皮朋說：「誘餌也是必要的吧？」好不容易讓他同意讓我同行。

「那就走吧，好好抓住我。」

我們透過皮朋的短距離轉移來到有點距離的建築物屋頂。

到了這裡，在忍者教室屋頂監視的美女小姐應該也不會發現吧。

「少爺，你也打算帶那些小鬼一起去嗎？」

我因為皮朋這麼說往腳邊一看，發現小玉抱著我的腿，擺出簡單的敬禮姿勢抬頭看著我，旁邊跟著睡眼惺忪的波奇。小玉似乎察覺我們打算進行轉移，把波奇也一起叫了過來。

「不必擔心，如果是這兩個孩子，沒問題的。」

聽我這麼說，皮朋只是聳聳肩就接受了。

「這個人數沒辦法轉移到村落外，要在屋頂上移動囉。」

「系系系～？」

小玉跟在皮朋身後，我把揉著眼睛的波奇抱在腋下緊跟在後。

我在移動途中用空間魔法「遠話」把皮朋說過的內容告訴亞里沙，並傳達我們要去調查可疑地點的事。

『那樣的話，我和蜜雅也一起去！』

『這次只是偵察喔。』

『但是——』

如果發現了亞里沙所說的孩子們，先把他們救出來似乎也不錯。

『如果情況順勢演變成要救出被抓的人，亞里沙和蜜雅的魔法是必須的。到時候妳可以和其他孩子們一起過來嗎？』

『——我知道了，莉薩、娜娜還有露露由我來聯絡。』

和亞里沙的通話結束時，我看見皮朋躲進了屋頂的陰影處。

我們也跟著過去會合。

「這前面有監視網。」

皮朋輕聲說道。

「——監視網？」

「嗯，不光是為了防止入侵，似乎也在監視是否有人逃走。」

我之前有注意到村子晚上站哨的人很多，當時還以為是很接近魔窟的緣故。

皮朋用短距離轉移越過圍牆，在對面的窪地著陸。

「主人，要去哪裡喲？」

「機密任務～？」

「機密！喲！」

睡眼惺忪的波奇在聽見小玉的發言後完全清醒了過來。

看來「機密任務」這個詞引起了波奇的興趣，小玉和波奇互相擺出起跑姿勢顯示幹勁。

「要跑一段路了。」

皮朋在全力奔跑的空隙中穿插短距離轉移，我們三個則輕輕鬆鬆地跟在後面。

夜視能力良好的不只小玉，波奇的夜視能力也不算差，因此不需要照明。一旦眼睛習慣後，即便是**新月的夜晚**，也能依靠星光看清楚。

「應該在這附近……」

皮朋在涼御樹群生的山腰四處張望。

根據地圖情報，這附近應該有入口。

「分頭尋找吧。」

因為時機正好，我假裝尋找入口，並在附近的岩石下設置了「歸還轉移」用的刻印版。

「那裡，喲。」

用鼻子尋找氣味的波奇指著紅色岩石的根部。

因為入口經過巧妙的偽裝，光看外表看不出來。波奇似乎是用天生的嗅覺找到了被隱藏的魔窟入口。

「不愧是犬耳族，擁有不輸犬人的鼻子呢。」

「哼哼喲。」

受皮朋稱讚的波奇自豪地挺起胸膛。

皮朋制止了打算直接跑向入口的波奇。

「稍等一下，有陷阱喔。」

「交給小玉～？」

小玉悄悄接近，將陷阱解除。

我已透過地圖確認了入口沒有人監視。

「這邊的小不點也挺厲害的嘛。」

「喵嘿嘿～」

小玉害羞地笑了笑。

我和皮朋兩人在入口蓋上遮蔽物，讓小玉和波奇先走在前面，我們隨即跟了上去。

進到裡面後我立刻使用「探索全地圖」。

——找到了。

包括亞里沙說的兩人在內，有不少人在這裡。

雖然大多是「有才之士」村落的相關人員，但也有許多巴里恩神殿的神殿騎士和神官。

幸運的是其中不包含魔王信奉集團「自由之光」的人。因為自從先前的魔王討伐後都沒有見到過，我擔心他們的餘孽可能會潛伏在這裡，但看來只是我杞人憂天。

另外還有許多魔物。這裡棲息著許多魔窟內不曾見過的達米哥布林，有點距離的區域中還有利用達米哥布林屍體製作出來的僵屍和骷髏等下級不死生物。

後者似乎是由村落相關的死靈術士製造。

嗯，調查到這種程度就行了吧。

畢竟已經達成了原本的目的，於是我用空間魔法「遠話」向亞里沙報告。

『失蹤的孩子們已經找到了。這裡似乎就是「祕密村落」。』

『真的嗎？情況怎麼樣？』

『好像跟其他孩子一樣，正讓他們拿著練習用的木槍對靶子進行突刺訓練。』

我把通過空間魔法「眺望」調查到的情報告訴她。

『槍？那些孩子明明都是沒拿過比書還重的物體，瘦得跟豆芽菜一樣的小孩耶。』

『感覺不像自願的，或許是被「祕密村落」的人們強迫他們進行訓練吧。』

『不是受到保護嗎？那個女忍者是這樣說的吧？』

我同意亞里沙的疑問。

『或許是想發現他們不同的才能也說不定……』

『因為不清楚具體情況，我會去當面問清楚。』

『嗯，拜託了。』

畢竟說不定是孩子們自願參與訓練的。

——喵喵喵。

擔任斥候的小玉在前方比了個手勢。

那是報告有身分不明的人接近的意思。

我結束了與亞里沙之間的通話，為了解決眼前的狀況展開行動。

當我比出要小玉「躲起來」的手勢後，她立刻一躍並貼在天花板上。這是美女小姐今天在忍者教室教的招式，似乎立刻被小玉拿來用了。

而嘗試模仿小玉的波奇則是差點撞上天花板，所以我用時常發動的「理力之手」幫了她一把。

我和皮朋則躲進了左右的岩石後方，畢竟我們的體型要是貼到天花板上感覺會被發現。出現的似乎是兩名提著燈籠的神殿騎士。

「看來工廠很順利啊。」

「——工廠？」

「就是指那些傢伙，看起來很像提升等級的工廠吧？」

提升等級的工廠？是類似經驗值工廠那樣的嗎？

由於我很在意騎士們說的話，所以專心聆聽著內容。

「那也是多虧了哥布林的養殖，真是佩服賢者大人的深謀遠慮啊。」

「嗯，剛得到尼爾波谷那種難吃蔬菜的時候，還以為是找那些賤民的碴，沒想到哥布林吃了尼爾波谷後居然能以好幾倍的速度增加。」

我曾經在巴里恩神國的村子看過名為尼爾波谷的蔬菜。

看來那個蔬菜和希嘉王國的加波瓜一樣，擁有能夠提升達米哥布林繁殖速度的效果。

「而且殺掉的哥布林屍體還能變成僵屍和骷髏，反覆壓榨。」

也就是說增殖的達米哥布林和不死生物是用來進行力量式升級的。

讓孩子們進行槍術訓練，也是為了安全地進行力量式升級嗎？

「魔物竟然連死後都不得安寧，我總算明白死靈術士為什麼會被人討厭了。」

「……據說也用了意外身亡的人和自殺者的遺體喔。」

「那單純只是謠言，聖女大人和賢者大人不可能做出這麼不人道的行為。」

「是啊，你說得對。」

「那當然。」

否定的神殿騎士豪邁地發出笑聲，聊起謠言的神殿騎士也跟著笑了出來。

在這裡的他們似乎也和村落裡的人們一樣，非常仰慕聖女和賢者。

「好了，不快點就來不及了。我們可是有前去迎接參加『轉讓才能』儀式的神官和武官的重要任務啊。」

新的詞彙出現了。

不對，皮朋問出的話裡面也有「轉讓才能」這個詞。

好像是「因為『轉讓才能』而被奪走『才能』」這句話？

「嗯，我知道。」

「不用在意。那些人是為了我們這種守護國家的武官和教導人們的神官——換句話說是為了奉獻給天選之人而努力的啊。」

這句話說完後，沒有再聽到神殿騎士的聲音。

我在想他們說的「才能」會不會是指技能。如果剛才的對話內容是真的，那就代表他們擁有讓目標的技能「奉獻」給自己的手段。

「少爺，你怎麼想？」

確認神殿騎士們走遠後，皮朋低聲向我問道。

「最後說的『奉獻給我們』這部分很可疑。不過可以確定的是，想要逃出村落的人都會被強迫在這裡勞動。」

我們沿著神殿騎士們出現的方向走去，當遇到交岔路口，我就利用「理力之手」發出聲音，或用「腹語術」技能捏造對話，藉此誘導帶頭的皮朋前往目的地。

「這裡就是經驗值工廠？」

我從岩石的縫隙俯瞰著底下的空洞，喃喃自語地說著。

「看起來只是在和魔物戰鬥吧？」

正如皮朋所說，我們眼前是一群人正在安全的位置用槍攻擊關在牢裡的達米哥布林們。

「力量式升級～？」

小玉歪了歪頭。

這狀況看起來確實是那樣。

「雖然很多人看起來是被迫這麼做的，但也有些人樂在其中呢。」

我將意識集中在順風耳技能上，聽見了數名男女一邊喊著「要讓技能萌芽！」、「獻給聖女大人！」、「不能再讓賢者大人失望」一邊欣喜地把槍刺向達米哥布林。

不過，大部分的人都只是一副兩眼無神的表情，機械式地刺出手上的槍。

後來聽說「讓技能萌芽」這句話，好像是從變回種子的技能會再次發芽成長的思想中誕生的詞彙。

「感覺有個怪味喲。」

波奇用鼻子聞了一下小聲地說。

「達米哥布～？」

「不是達米哥布喲，有股奇怪的藥臭味喲。」

波奇說著「那裡」並往那個方向指。

那裡有張桌子，桌上放著某個瓶子。AR顯示讓我得知瓶子裡剩餘的藥物真面目。

——魔人藥。

那是一種能讓使用者變得容易升級並暫時性的強化體能，是在希嘉王國被嚴格禁止使用的危險藥物。這種藥一旦使用過度，會因為副作用導致人體的一部分變得跟魔物一樣。

如果AR顯示正確，這瓶魔人藥似乎是出自希嘉王國。備註上的作者名是曾經在迷宮都市賽利維拉擔任太守代理的索凱爾手下做事的煉金術士，所以絕對不會錯。看來從貿易都市塔爾托米納走私的藥似乎都流到了這裡。

「——呃。」

皮朋透過短距離轉移前往瓶子旁邊，然後抓著瓶子返回這裡。

雖然是看準守衛移開視線的瞬間去拿，但這樣對心臟不好。

「少爺，這玩意兒是魔人藥啊。」

皮朋鑑定了瓶中殘留的液體小聲地說。

「必須通知庫羅大人——」

「你有聯絡庫羅大人的手段嗎？」

我有把空間魔法式的簡易通信裝置交給越後屋商會的幹部。

「我是沒有，不過來這邊設立分店的小姑娘應該會有才對。」

「那麼，能幫我轉告嗎？如果是庫羅大人，應該會一起救出那些被強制勞動的人吧？」

雖說有點繞遠路，但我也不能在皮朋面前以「佐藤」的身分展現超乎常人的力量。

「明白了，那麼，暫時回地上吧，少爺你們先回『村子』去。」

「不，我們要去找被抓住的熟人。」

既然沒有被虐待，應該不必急著救他們出去，但我不能把亞里沙和蜜雅的學生丟在會使用魔人藥的團體裡不管呢。

「那我也一起去吧。」

「可以嗎？」

「嗯，比起少爺你們強行救人，還是由本大爺用華麗的竊盜技術把那些熟人救出來比較不會引起騷動。」

皮朋直截了當地說道。

「謝謝你，幫大忙了。」

我們在皮朋的帶領下，開始尋找孩子們被綁架過去的地方。

當然，是用之前誘導他前往經驗值工廠相同的方法，讓他帶我們前往槍術的練習場。

「有水的氣味喲。」

波奇在移動途中用鼻子聞了聞，說出了這樣的話。

這前面的大空洞似乎有水源。

「水池～？」

「這個大小會是地底湖嗎？」

有一群人正在地底湖畔汲水。

雖然巴里恩神國到處是沙漠和荒野，地下卻有豐富的水源。

只要挖掘深井似乎就能解決各地用水不足的問題，不過總感覺下次會因為取水的重勞動而引發問題。

「出發了，少爺。」

在皮朋的催促下，我們沿著地底湖的道路前進，來到了槍術練習場。

◆

由於稍微繞了遠路，抵達的時候槍術練習剛好結束了。

「——今天的修練到此為止！快回宿舍！」

在一名看似教官的鬍鬚男這樣怒吼後，學生們發出了歡呼聲。

我們跟蹤了返回宿舍的學生們，由於預定最優先救出的亞里沙和蜜雅的學生們走在很前面的隊伍裡，因此難以在移動中跟他們接觸。

所謂的宿舍似乎是共同住宅。

房間中間放置了一口大鍋子，學生們手上拿著碗，裝了像湯一樣的東西開始吃了起來。

從味道上來看，好像是尼爾波谷的湯。

「少爺，換上這個吧。」

皮朋不知道從什麼地方得到了學生們穿的破爛衣服。

衣服似乎沒有好好洗過，味道很臭。

「小玉的呢～？」

「沒有波奇的份喲？」

「妳們太顯眼了，只有少爺的份。」

似乎也沒有皮朋的份。

「只要穿上它，就能混進那個集團了吧？」

皮朋說完眨了眨眼。

算了，這是沒辦法的事。我捏著鼻子換上衣服，悄悄地混進學生中。

發現了亞里沙和蜜雅的學生——吉姆札和亞布魯。

「好難吃。」

「快吃，亞布魯。不吃的話逃走的時候就沒力氣了。」

「逃得出去嗎？」

我靠近了正聊著這種話的他們。

「當然逃得出去。」

「你是誰？」

「沒看過你耶。」

或許因為我突然搭話，導致他們有了戒心。

「我不是可疑人士，是你們的老師拜託我來的。」

「老師？」

「鬍鬚不倒翁？還是歐斯底理老太婆？」

這是老師的綽號嗎？

不管怎麼說，歐斯底理老太婆不會是亞里沙或蜜雅吧。

「不是喔。」

「那就是自大的亞里沙？還是精靈大人？」

看他們已經想到亞里沙和蜜雅，於是我點了點頭。

「為什麼她們兩人會？」

「我們明明不是好學生……」

「對她們而言，你們都是重要的學生喔。」

「「……老師。」」

兩人感動到淚眼汪汪的。

在我差不多要帶走兩人的時候，入口處吵鬧了起來。

「儀式的時間到了！接下來被神官大人選中的人將會去參加儀式！」

似乎有幾名神官以及大量的士兵走進了房間。

擁有人物鑑定技能的神官們注視著每一位學生進行篩選。神官們挑選的都是技能數量超過一個的孩子。

我要幫助的吉姆札和亞布魯兩人都有技能，因此我為了方便跟他們一起行動，操作了資訊欄的等級和技能的情報，讓數值看起來跟周圍的人差不多。

因為皮朋離我有點距離，我的技能和等級變化的事應該沒有暴露。

「你跟你，還有你。」

在吉姆札和亞布魯之後，我也被帶出了房間。

「怎、怎麼回事？」

「你們要去參加儀式。」

神官冷淡地回答了吉姆札的提問，接著馬上帶頭走了起來。

「難道說，我們的才能回來了？」

「明明之前那麼努力修行都沒有回來耶？」

「那個槍術訓練真的有效啊！」

「看來不是故意找碴呢。」

「懷疑賢者大人和聖女大人果然是錯的。」

兩人跟著人群前進，一臉興奮地聊了起來。

是錯覺嗎，他們看起來很開心。

「你們知道是什麼儀式嗎？」

「嗯，知道。畢竟已經參加第二次了嘛。」

「我們要去參加『轉讓才能』的儀式。」

亞布魯點頭，吉姆札回答。

看來，馬上要舉行「轉讓才能」儀式了。

能不浪費力氣調查真是太好了，是嗎？

「你們看起來很開心啊，已經不打算逃走了嗎？」

「因為我們的『才能』回來了嘛？」

「嗯，我們會想從教室逃走，是因為無論怎麼訓練『才能』都回不來，還以為被賢者大人和聖女大人欺騙了。」

「畢竟這裡的訓練雖然很可怕，但好像是有意義的。」

他們就這麼接受了。

雖然吉姆札和亞布魯兩人現在擁有的，並不是魔法系的技能而是槍技能和迴避技能，不過現在的我並未公開自己擁有鑑定技能，因此很難說明清楚。

就與他們兩人一起參加儀式，再看準時機向他們說明或逃走吧。

轉讓才能

「我是佐藤。朋友看完職業選手的比賽後，曾經說過『想要他的才能』。就算知道才能並不代表一切，或許自己羨慕的心情已滿溢而出了吧。」

「肅靜！給我肅靜！」

我們被帶到的寬闊大廳裡有許多人擠在一起。

四周稍微挑高，應稱作觀眾席的地方站著一排身穿光鮮亮麗儀式用服裝的神官們，以及穿著儀式用鎧甲的神殿騎士們。

正面有一座身穿巫女服的巨大銅像，ＡＲ顯示為「聖女像」。

一起潛入的小玉、波奇和前怪盜皮朋，正躲在聖女像上方的通風口看著這裡。因為小玉和波奇不停向這邊揮手，於是我比了個「躲好」的手勢。

「接下來將要進行『轉讓才能』的儀式。」

身穿與賢者相似服裝的男人在台上宣言。

賢者似乎沒有來到這裡。

「在聖女大人蒞臨之前，我先說明儀式的步驟。」

本以為會沒有任何說明直接開始，原來還是有事前說明的。

「接下來，你們各自持有的『才能』將會透過聖女大人獻給神明。」

看來真的有轉移技能的手段。

第一次接受儀式的人躁動了起來，而周遭經歷過兩次以上的人聽起來似乎在打圓場。

「獻上才能的人技能會暫時消失，不過無需擔心。只要努力修行，技能就會再次回到自己手中。」

那是因為，就算技能真的被刪除，只要繼續累積經驗就能學會新的技能嘛。

「第一次參加的人想必會產生『這有什麼意義』的疑問吧。」

同意他這個說法的人此起彼落地點頭。

看到那一幕，臉上充滿優越感的應該是參加第二次以上的孩子吧？

「有些事物只有在失去才能——也就是技能的狀態下才能看清。」

站在台上的主持人看著下面的人們這麼說。

他那依序看著每個人眼睛的模樣，像是習慣演唱會的偶像似的。

「只要在沒有技能輔助的狀態下修行，你們就能發現自己的不足。」

此時突然咚地一聲聚集了所有人的視線，大概是主持人踩腳了吧。

真是講究的演出。不愧是擁有「演講」、「同調」和「演奏」技能的人。

「再次獲得『才能』時，想必你們將會察覺自己發揮的『才能』比至今更加出色吧。」

莊嚴的音樂突然響起，差點被他說的話吸走了注意力。

簾幕對面好像有樂團在待命。

——好了。

雖然話題有點長，但他們擁有刪除當事人技能的手段，那位主持人感覺也不像在說謊。

畢竟只要修行就能學會技能，透過讓技能無效來重新認知技能的輔助效果到底作用在哪方面，似乎真的能幫助自身更深入理解技能。下次嘗試把技能無效化試試看吧。

——哎呀，不對。

重點不在那裡，而是「奉獻」的才能上哪去了。

如果跟我一樣只是把技能變為「無效」的狀態倒是沒什麼問題，但要是擁有搶奪技能的人在——

——每位騎士不僅擁有不少獨特技能，而且沒有不必要的技能。一定有依照嚴厲的戒律進行修行吧。

腦海裡浮現了討厭的記憶。

那是前往聖都的旅途中遇到神殿騎士們時察覺的事。

現在回想起來，就算重新搜索，他們所有人——都沒有任何對騎士的任務派不上用場的技能。

仔細一想，這樣可以說很異常。

低等級的暫且不論，但即使是希嘉王國的聖騎士們，每項技能都有用的人屈指可數。

我想他們恐怕是把不需要的技能獻給聖女，然後再讓聖女把需要的技能轉讓給他們。

此時突然掀起的歡呼與吶喊聲妨礙了我的思緒。

「「「是聖女大人！」」」

「「「聖女大人來了！」」」

看來，聖女登場了。

「快到了，開始詠唱。」

「知道了，我一定會把魔女解決掉。」

順風耳技能聽見了危險的對話。

「衛兵！在那裡！有人打算使用魔法！」

台上的騎士指著說出危險發言的人們。

他似乎擁有魔力感知技能，大概是感覺到了詠唱時上昇的魔力吧。

「「打倒魔女！」」

拿著武器的男人們衝了出去，魔法師持續進行著詠唱。從詠唱的咒文來看應該是大範圍攻擊魔法「火焰暴風」。

因為不能放著不管，於是我朝魔法師伸出了時常發動的「理力之手」。

「「保護聖女大人！」」

在場的人們抓住魔法師將其壓倒在地，面對拿著武器的男人也勇敢地撲上去，就算渾身是血也憑藉人數優勢壓制了對方。

彷彿為了保護聖女，完全不顧自身安全一樣。

話說回來，我明明操作了「理力之手」，台上那個擁有魔力感知技能的人卻沒有發現，難不成是因為沒有釋放出多餘的魔力才沒被注意到嗎？

當暴民被帶走，受傷的人被神聖魔法治好後，儀式再次開始。

「「聖女大人——！」」

從簾幕另一頭靜靜地現身的，並不是我在聖都巴里恩的聖女宮遇到的老聖女，而是一名年輕的女性。

「那就是聖女大人嗎……」

ＡＲ在她身邊顯示出來的名字是「靜香」。很明顯是日本人的名字，可是她並沒有轉生者都有的技能或獨特技能，髮色也是亮麗的黑色。

她戴著有許多小花圖案的面紗，穿著白底藍色的聖女服。容貌在面紗的遮擋下看不清楚，身高和娜娜差不多。體型並不算纖細，但也不能說是豐滿，應該說普通。

雖然她的等級有五十，但技能只有「神聖魔法：巴里恩教」。從等級來看，技能實在太少了。

難道她也透過「轉讓才能」的儀式把不需要的技能「獻給」其他人了嗎？

——哎呀。

隨著察覺危險技能的些許反應，我用手接住了某個飛過來的東西。

是一顆包著紙的石頭。從飛過來的方向來看，應該是皮朋扔出來的。

不過依照情境，我倒是希望飛來一個風車。

包著的紙好像是一張紙條，我將紙從石頭上解開來看。

上面寫著「小不點看到聖女大人突然變得很慌張」。

抬頭一看，發現小玉甚至忘了手勢，只顧著不斷揮手。

我再次確認聖女的狀況，並沒有奇怪的地方。不過，不能忽視小玉的直覺。即使察覺危險技能沒有反應，但接下來應該會發生什麼事吧？

雖說很想用空間魔法「遠話」向小玉確認，但是那麼做可能會被持有魔力感知技能的人發現。

作為備案，我把時常發動的「理力之手」伸到會場各處以備不時之需。順便也把煙霧彈和催淚彈先放進儲倉的暫存資料夾裡吧。

感覺也事先準備幾張用來向皮朋下達指示的紙會比較好。

「獻上才能的人們啊，依照順序前往聖女大人的面前。」

爭先恐後的人們遭到了神官和衛兵的訓斥。

他們真的知道向聖女「獻上才能」，代表的是「轉讓技能」嗎？

最前面的男性跪在聖女面前。

同時舞台上出現散發劇烈光芒的魔法陣。

「非常出色的才能。你真的很努力。我為你的修練感到驕傲。」

聖女用文靜的語調說著，並將手放在男性的頭上。

——技能從男性身上消失了。

但並未出現在聖女的技能欄上。

我環顧四周，發現技能移動到了隨侍在聖女身後的神官身上。

看來這個「轉讓才能」的儀式，是轉移他人技能的儀式沒錯。

問題在於這件事是如何做到的。聖女的技能只有「神聖魔法」，看起來也沒有詠唱咒文，也不像是發動了保留的魔法。

從這裡看不太清楚，但這件事是由儀式場的魔法陣完成的可能性很高。

從皮朋那邊再次飛來石頭。

上面寫著「不阻止儀式真的好嗎？」。

雖然我直到剛剛都有這打算，可是周圍的人似乎並非被強迫獻上技能，而是自己主動獻出去的。

雖然場面有點過於狂熱，但看起來不像被人下了催眠術。

只從探索地圖的情報來看，這個國家並不存在擁有「精神魔法」技能的人。不久之前在魔王信奉集團「自由之光」中倒是有一個，不過那傢伙已經被處刑了。

由於支援或主辦這場儀式的賢者應該和「自由之光」是敵對關係，所以這裡的人被精神魔法洗腦的可能性很低。

快速釐清情況後，我假裝向皮朋那裡丟石頭，用伸到他身邊的「理力之手」前端將附有紙條的石頭丟下去，上面寫著「暫時靜觀其變」。收到紙的皮朋看起來有些不服，但他沒有拋下波奇和小玉獨自行動。

「你們也去排隊。」

我們在整理隊伍的神官催促下，排進了聖女的隊伍中。

為了以防萬一，我排在吉姆札和亞布魯前面。

「咦？貴族大人？」

「——萊特？」

不知為何，應該留在「有才之士」村落裡的萊特少年站在我的前面。

「你為什麼會在這裡。」

「俺是被賢者大人叫來的。」

「賢者——大人跟你見過面了？」

「還沒呢。俺是因為高層的人叫俺來參加儀式才過來的，但就算聽了剛才的內容，俺還是沒搞懂呢。」

我邊聊邊和萊特少年換位置。

畢竟像他這種稀有的先天性技能，感覺就算經過修行也很難再次取得。如果是他本人自願倒是還好，但我不能讓未經過他本人同意就奪取技能的事情發生。

『主人，不好了！』

亞里沙傳來遠話。

『剛才確認後，發現萊特不見了。而且我們——不只我和蜜雅，連莉薩小姐和露露那裡也有同教室的孩子說接到了傳喚。傳喚的人好像是賢者，說不定你那邊也會有事發生。』

——糟糕。

忘記把「轉讓才能」儀式的事情告訴她了。

我警戒四周，幸運的是沒有被魔力感知技能擁有者發現。既然如此，回覆她們應該也沒關係吧。

我一邊環顧四周，一邊將我和萊特少年已經會合，以及儀式的事告訴亞理沙。

『真是的！報連相可是基本耶！』（註：報連相是指報告、聯絡、商量，是日本公司工作的基本常識）

『抱歉抱歉，要是在「轉讓才能」儀式上有發生什麼事，我再告訴妳。』

『就說不要進行潛入調查這種危險——』

「你是下一個。」

在通話途中輪到我了，於是我對亞里沙這麼說後走到台上。

直到剛才還看不清楚的魔法陣，現在看得一清二楚。似乎是利用刻在台上石板的魔法陣和光魔法製作的複雜積層型魔法陣。

我一邊解讀魔法陣，一邊朝聖女走去。

看起來像召喚系的魔法陣，但詳情不太清楚。該怎麼做才能用這個魔法陣奪走技能呢？

「獻上才能之人啊，請來這裡。」

聖女用平穩的聲音說道。

我透過面紗看見了她的外貌。雖然不算美女，但容貌十分清秀。由於隔著面紗，她又低著頭的緣故，看不到眼睛的顏色。

「你是第一次吧。」

她的語氣不像是疑問，而是像在確認的感覺。

難不成她記得每一個獻上技能的人嗎？

「等級三，要奉獻經驗稍嫌不足呢。」

「那就只奉獻『才能』吧。」

擁有鑑定技能的神官悄悄地對聖女說。

「你同意成為我的眷屬嗎？同意的話請回答『是』。」

當她說完這句話的同時，我的眼前浮現了一個AR顯示的視窗。

＞要成為魔王「靜香」的眷屬嗎？〔yes／no〕

——魔王！

她的稱號中沒有魔王這個詞彙。

而且她身上也沒有配戴能夠瞞過我的「盜神裝具（贗品）」。

利用詳細探索地圖仔細調查她身上佩戴的道具時，發現了一個名為「魔神契約」的可疑道具。看來今後不光是盜神，也得把魔神納入搜索範圍了。

「怎麼了？」

聖女不解地詢問道。

光從那紫色的瞳孔來看，她看起來完全不像魔王。

但是很遺憾，現在的狀況不允許我懷疑。

於是我展開了行動。

『亞里沙，我遇到魔王了，孩子們交給皮朋，魔王由我來處理。』

在通知亞里沙之後，我在給皮朋的石頭紙條上寫著帶萊特少年、吉姆札還有亞布魯立刻逃離的指示。

我同時也用石頭紙條向小玉下達指示，緊接著她從妖精背包拿出煙霧彈，和波奇兩人一同扔了起來。

配合兩人的煙霧彈爆炸的瞬間，我從事先伸到各處的「理力之手」前端拿出放在儲倉中的煙霧彈將其引爆。

台上瞬間煙霧迷漫。當然，整個會場也是。

「這是怎麼回事！」

「快把聖女大人帶到安全的地方！」

我比從四周跑過來的人速度更快地一把抓住聖女——不對，魔王的手臂直接使用「歸還轉移」。

◆

「——這裡是？」

魔王靜香一臉平靜地看著四周。

這裡是距離剛才那個魔窟很遠的某個無人的岩石地角落。

「也就是說我是被戴著假面的你抓過來的？」

她向變身成勇者無名的我確認道。

她和前陣子討伐的「沙塵王」不同，跟「狗頭古王」一樣理性。這樣的話說不定不用廝殺就能解決。

「如妳所料。」

「你是誰？」

「我是無名。」

「無名是指沒有名字？像尼莫船長那樣？」

我向進行對話的魔王伸出了「理力之手」，從她身上拿走了「魔神契約」。

她的狀態欄頓時揭曉。

果然，這個似乎是用來偽裝狀態欄的道具。

「——咦？」

魔王靜香提起裙子確認腳踝。

應該是注意到魔神契約消失了吧。

「明明是**絕對**拿不下來的……」

魔王靜香似乎正對某件事感到訝異，不過比起那個，得先確認情報。

性別正如她的外表是女性，原本的種族是「長耳族」。年齡是二十四歲，非常年輕。

等級還是無庸置疑的五十級，稱號有「聖女」、「魔王」、「虛假的聖女」、「獻身者」和「家裡蹲」這五個。

普通技能只有「神聖魔法」，也沒有天賦。獨特技能是「眷屬化」和「轉讓」這兩個。就是用這個獨特技能來進行「轉讓才能」的吧。

沒有任何戰鬥系技能，雖然獨特技能可說是非常適合製造軍隊，但不適合直接戰鬥。

說老實話，她應該是我至今為止遇到的魔王中最弱的。

她的狀態「疾病：憂鬱」和「疾病：胃潰瘍」讓人有點在意，但現在暫時放在一邊吧。

「魔王靜香。」

「為什麼會知道——是嗎，原來你就是勇者。」

說到一半察覺到理由的魔王靜香閉上了眼睛。

魔王靜香先是有些猶豫地低頭咬著下唇，接著脫掉面紗和假髮慢慢地站了起來。

她的紫色長髮在夜風的吹拂下隨風飄揚。

「——我做好覺悟了。」

魔王靜香張開雙手。

「你是來殺我的吧？」

浮現陰沉笑容的魔王靜香緩緩地閉上了眼睛。

「殺了我吧……如果可以，盡量別讓我太過痛苦就好了。」

喂喂，妳這是想自殺嗎？

「我不打算殺妳。」

「明明是個勇者？」

「勇者未必一定要殺死魔王。」

魔王靜香聽了我的話，只回了一句「是嗎……」之後閉上了嘴。

「但是，我還是死掉比較好。」

「為什麼？」

「因為我是從信徒那裡奪走技能和經驗值的邪惡魔王，就算我是受到了無法違抗的命令，這罪過也不會消失。」

「受到命令？——誰的？」

「很抱歉，我不能說。」

「看來那個人對妳很重要呢。」

聽我這麼說，她的反應變得很強烈。

「不對！我絕不可能認為那傢伙很重要！」

她眼睛充血，呼吸混亂地否定著。

剛才那種虛幻的感覺像是假的一樣。

「那傢伙假裝和藹可親地接近我，然後用『Geass』束縛了我！」

只有詛咒的部分是用英語說的。

「妳口中的『Geass』是指強制技能嗎？」

「是的，一定沒錯。那傢伙在跟某人說話時講過那個詞彙。」

為了讓她冷靜下來，我從道具箱拿出整套桌椅，並請她品嘗溫暖的藍紅茶和烘焙點心。

「像個魔術師一樣呢。」

魔王靜香有點傻眼地小聲說著。

「……真好吃，好久沒有覺得東西好吃了。」

真希望妳別說出這種像是爆肝末期的我會說的話，會讓人湧現親切感。

『主人，你跟魔王的戰鬥已經開始了？』

亞里沙的空間魔法「戰術輪話」傳了過來。

『沒有，感覺可以和平地談話解決。』

『什麼嘛～雖然是不幸中的大幸，但這麼一來就不需要讓大家一起跑出村落了。』

既然連接距離沒那麼長的「戰術輪話」能夠通話，表示亞里沙她們已經來到附近了。

『緊急～通報～？』

『追兵的人有很多喲。』

負責前往儀式會場救出萊特少年他們三人的小玉和波奇發出求救信號。

『那真是麻煩了呢。主人，我們去幫小玉和波奇。』

『皮朋也在一起，小心點喔。』

『ＯＫ，我知道的啦！』

亞里沙傳來的通話中斷了。

「這讓我回想起轉生前，在咖啡和餅乾的陪伴下埋首於興趣中的生活。」

在我眼前悠閒地喝著藍紅茶的魔王靜香小聲地說著。

「如果妳不介意喝沙珈帝國的咖啡。」

「這個世界也有咖啡嗎？」

魔王靜香驚訝得瞪大眼睛。

「這個味道和以前常喝的即溶咖啡一樣，總感覺很放心。」

或許是咖啡的香氣和味道打開了她的心扉，她一點一滴地聊起了自己的身世。

她跟剛才略微說的一樣，被持有「強制」技能的幕後黑手控制，再透過獨特技能「眷屬化」把聚集在「有才之士」村落的人化為眷屬，然後再利用獨特技能「轉讓」將成為眷屬的人們的經驗值與技能轉移到幕後黑手及其部下身上。

「其實我很不願意從那些真心信賴我的人身上奪走技能和經驗值，轉交給那些空有家世和血統的蠢貨們……我做的事就像壓榨人的幫兇啊。」

見到她咬緊的嘴唇流下了鮮血，我以手帕幫她按住傷口，並用治癒魔法進行治療。

「尤其轉移同為轉生者的獨特技能更是討厭。雖然得到技能的人似乎沒事，但失去獨特技能的人虛弱到奄奄一息。像年幼的大吾跟小千夏，因為精神失去平衡，只能在修道院進行療養……」

她緊握的拳頭呈現白色，上面還滲著血，應該是被指甲刺傷的。或許魔王靜香有自殘傾向也說不定。

「因為環境充滿壓力，導致我又是胃痛又是成為魔王的，尋死的念頭不知道想過多少次了。如果沒有被Geass禁止自殺，我大概早就上吊了吧。」

就算妳把胃潰瘍和魔王化相提並論……

不過光聽她這麼說，我猜她魔王化的主要原因不是壓力，而是過度使用獨特技能導致魂之器受損的緣故。要是每次都對那麼多人使用獨特技能，會變成那樣也很正常。不過，壓力可能是壓垮駱駝的最後一根稻草吧。

——哎呀，因為太專心聽魔王靜香講話，忘記確認了。

「有幾件事想請教一下。可以嗎？」

「嗯，只要我能夠回答，想問什麼都可以。」

魔王靜香用變溫的咖啡潤了潤嘴。

「束縛妳的『Geass』條件是什麼？」

「有好幾個，因為那傢伙在我身上下了好幾道Geass來束縛我。」

魔王靜香這麼說完，把自己還記得的Geass相關條件告訴了我。

「不能說出那傢伙的真實身分、必須依照那傢伙的命令行動、沒得到允許不能離開『聖女房間』、不能離開這個國家、與獨特技能以及轉讓才能相關的事，大概就是這些。」

「數量確實很多呢。」

「那傢伙就是這麼謹慎。」

魔王靜香不愉快地說道。

她似乎發自內心地厭惡幕後黑手。

我等她情緒平復，接著提出下一個問題。

「妳說過獨特技能也能轉移，是將誰的技能轉移給誰了呢？」

「是從那傢伙找到的轉生者身上，也就是優作先生、大吾還有小千夏三個人。而轉移的對象我不能說，因為被Geass禁止了。」

我用地圖搜索了一下，發現優作先生在進行儀式的魔窟裡，但沒有發現大吾和小千夏。

既然說是在修道院療養，可能是在我沒有確認過的巴里恩神國都市吧。

總覺得用萬靈藥能治好大吾和小千夏，看在同鄉的分上，等這件事結束之後再去找他們兩個並幫忙治療吧。

「可以把他們三個擁有的獨特技能相關內容告訴我嗎？如果詳細內容不行，只說數量也可以。」

「對不起，我不能說跟獨特技能數量相關的話。」

「札札里斯法皇的獨特技能也是妳轉移的嗎？」

「對不起，我不能說跟獨特技能轉移給誰相關的話。」

果然得不到答案嗎……

既然轉生者有三個人，那麼獨特技能至少也有三個以上。就算札札里斯法皇和霍茲納斯樞機卿擁有的獨特技能是從他們身上轉移過去的，也還有一個技能。

換個方式問吧。

「妳有將沙塵王眷屬化，或者對他使用『轉讓』嗎？」

「不，兩邊都沒有。雖然那傢伙有叫我把沙塵王眷屬化，但是遭到拒絕沒有成功。」

那麼，也就是說她沒有把獨特技能轉移到沙塵王身上。

換句話說，巴里恩神國裡的某個人隱藏著獨特技能。

我全速運轉灰色腦細胞（註：英國推理作家阿嘉莎．克莉絲蒂筆下的神探赫丘勒．白羅常以此表示自己的頭腦擁有優秀的洞察力），思考怎麼問才能得到自己想要的答案。

墮落的聖人

「就算被人稱作聖職者，卸下身分之後要不是充滿欲望的俗人，就是看不清現實的夢想家。當然，我並不打算對那些人說三道四。畢竟他們都會成為我偉大野心的墊腳石——賢者索利傑羅說。」

「賢者大人！大事不好了！」

我才剛從影子出來，便見到部下驚慌失措地朝我跑來。

而在知道理由後，我不禁大叫出來。

「聖女被抓走了！」

因為應付法皇而遲到的緣故，抵達魔窟儀式會場的我收到了意料之外的壞消息。

「是的，潛伏在天花板附近的賊人扔出煙霧彈，趁亂抓走了聖女大人。」

「親衛隊到底在做什麼！」

「實在非常抱歉。雖然我們在煙霧彈炸裂的同時趕過去，但在不到幾秒的時間內聖女大人就忽然從會場消失了。」

聖女——魔王靜香的存在，是完成我的霸道所不可缺少的。

每當她離開有著萬全防護的「都市核房間」時，我都會準備多到不行的護衛專家以及優秀的魔法師。

沒想到會這麼輕易地被人先下手為強……

「在現場的人呢？」

「擁有『才能』之人在進行身體檢查後，已經讓他們回到圍欄裡。為了接收『才能』而聚集過來的貴人們也都集中在一個地方待命。」

「搜索情況呢？」

「包含親衛隊在內的大半衛兵都派出去搜尋了。」

「親衛隊之外的人也派出去了？」

這些蠢貨——

「是、是的。因為小的認為人數越多越好。」

「抓走聖女的人可能混進那些人之中離開，把所有人叫回來點名！」

「明、明白了！」

親衛隊隊長匆忙地跑了出去。

「賢者大人，賊人是否擁有空間魔法或影魔法之類的轉移手段呢？」

「雖然有這個可能性，但是帶著人進行長距離轉移並不是件容易的事。」

能在幾秒鐘內抓住聖女並進行轉移的高手，就算找遍廣大的巴里恩神國也只有我而已。

不對，還有一個人——

我的腦中浮現出潘德拉剛卿帶在身邊的小姑娘的臉。

雖然用優秀的妨礙認知裝備嚴密地隱藏著，但我透過從魔王靜香那裡搶來的「能力鑑定」，成功看穿那個小姑娘擁有「空間魔法」的事實。

既然是等級超過五十的魔法師，就算練就了平時用的火魔法之外的魔法也不奇怪。

「往『有才之士』的村落——」

正準備派遣親衛隊時，我打消了念頭。

擁有小姑娘的潘德拉剛卿是個不可輕視的對手。雖然表面上只是一群由平庸的老好人小鬼與女人小孩組成的團體，實際上卻是一群能跟勇者他們以及梅札特一起討伐魔王的高手。

那些藉由聖女轉移技能與經驗值速成的親衛隊，想必不可能對付得了那些傢伙吧。

「——不，那邊由我來處理。你們去調查誘拐聖女的犯人有沒有混進搜查隊裡，以及從這裡逃往城鎮的可疑人士。」

接到命令的親衛隊隊長簡短地答覆後便跑了出去。

我喝光從道具箱拿出來的魔力恢復藥後，用「影渡」魔法朝著「有才之士」的村落移動。

「呼……」

每當從影子裡回到原本的世界，身體就會產生彷彿堆積許多疲勞的感覺。

「……這種距離實在不想反覆進行轉移啊。」

由於魔力快要消耗殆盡，因此我再次喝光了一瓶魔力恢復藥。

如果連續喝太多會出現中毒症狀，得小心點才行。

我從作為轉移基準的辦事處私人房間衝出，在屋頂上朝忍者教室奔跑。在這種結構錯綜複雜的村落移動，在屋頂上奔馳比起騎馬來得快。

在屋頂上跑著，我發現了在遠處忍者教室屋頂上躲藏的女忍者。

「既然她還在監視，代表潘德拉剛卿他們沒有行動嗎？」

我曾經命令那個女人監視潘德拉剛卿一行人。

「狀況如何？」

「賢、賢者大人。」

可能是因為我阻斷氣息接近的緣故，被人從背後接近的女忍者顯得很狼狽。身為忍者卻失去冷靜真是可悲。

「潘德拉剛卿他們呢？」

「今天好像安分地就寢了。」

女忍者充滿自信地回答著。

「——今天？昨天發生了什麼？」

「啊，是的。他們不知道什麼時候溜了出去，在塔附近的魔窟搜尋著已經送往『轉讓才能』的『礦山』裡的人們。」

「是察覺到了嗎……」

才沒幾天就被發現了，該說不愧是祕銀冒險者嗎。

「請放心。他們似乎相信了我隨便編的說詞，今天很老實地就寢了。」

「是嗎——」

正如女忍者所說，從敞開的窗口可以看到潘德拉剛卿他們身體一動也不動地陷入沉眠。

——身體一動也不動？

「賢、賢者大人？」

我無視後方女忍者狼狽的聲音並奔馳在黑暗中，直接衝進了本該在睡覺的潘德拉剛卿的房間。

不發出腳步聲地著陸，並確認潘德拉剛卿的臉。

「——唔，居然是人偶？」

不僅是潘德拉剛卿，兩個隨從小姑娘也被換成了人偶。

而且，這些人偶相似到令人吃驚。這樣的人偶放在陰暗的房間內，女忍者沒有發現也很正常。

「賢者大人，真是非常抱歉。這次的失態——」

「道歉之後再說，我去潘德拉剛卿的隨從所在的魔法教室看看。妳去確認其他隨從的狀況。」

我打斷了做出低頭謝罪這種不合理行徑的女忍者，向她下達應該優先執行的任務。

接著不等她回應便跳出窗外，趕往魔法教室。

「果然，不在嗎……」

這方面倒是如我所料，轉生者的小姑娘和精靈都不在那裡。

「那麼，抓走聖女的就是潘德拉剛卿他們嗎……」

……為了什麼？

那還用說。當然是為了利用聖女——魔王靜香的獨特技能替希嘉王國製造出最強的軍隊。

不——或許是潘德拉剛卿打算創造屬於自己的軍隊奪取希嘉王國也說不定。

『你看起來正在忙的樣子焉。』

在即將陷入沉思的我耳邊，傳來了帶著獨特語調的聲音。

附近的陰影處一道綠色的影子搖晃著，異形的盟友從裡面冒了出來。

「綠大人！」

我用結界和幻術製造牆壁，向締結盟約的綠色上級魔族搭話。

「聖女——魔王靜香被抓走了。為了讓計畫能順利進行，無論如何都要回收靜香。希望綠大人也助我一臂之力。」

如果是神出鬼沒的綠大人，想必會知道潘德拉剛卿的位置吧？

雖然我寄託了僅存的希望，但綠大人的回答是無情的。

「沒用焉。」

「——沒用？難道綠大人知道些什麼嗎？」

「我會來這裡是因為感知不到**魔神契約**了焉。」

「契約？難不成，魔王靜香的『魔神契約』被拿掉了？」

「沒錯焉。」

綠大人表示肯定。

魔神契約是在魔神牢遺跡深處找到的道具，與「盜神裝具」相同，甚至能夠瞞過勇者的鑑定。

裝備了魔神契約的人將會受到無法擺脫的致死詛咒所束縛。綠大人曾說過，若是強行取下「魔神契約」，裝備者的靈魂會被撕裂，契約本身也會化為黑霧消失。

「你的意思是，魔王靜香已經死了？」

……怎麼會這樣。

這過於沉重的事實，使我眼前一片漆黑。

那個女人是我統治世界的計畫裡不可或缺的人材。

就算讓魔神牢填滿瘴氣並解開封印，透過復甦的「災厄軍團」將現在的支配機構一掃而空，如果沒有能夠解決失去利用價值的災厄，並讓我統治世界的人材，再怎麼做也無濟於事。

正因為有魔王靜香的獨特技能，飽受虐待的我等一族才能成為支配者。

「真是甜美的後悔焉。」

「你感覺挺開心的嘛。」

聽到綠大人令人不愉快的聲音，即使知道沒用我也依然開口抱怨。

「當然焉，他人的不幸對我來說可是蜜糖的味道焉。」

我從毫不避諱地說著的綠大人身上移開視線。面對不順利的現況，懷著事情已成定局的想法讓自己冷靜下來。

「已經冷靜了焉？希望你至少能立誓復仇焉。」

——復仇？

對啊。魔王靜香不可能會自殺。

因為我用「強制」技能禁止了那個女人自殺。雖然是透過「複寫模仿」技能抄來的劣化版「強制」，但我同時並用了精神魔法，她絕對無法自殺才對。

「你知道她是被誰殺掉的嗎？」

「哎呀呀，你這是在測試我焉？」

綠大人用問題回答了我的提問。

殺死魔王靜香的犯人是我也認識的人物——

「你的意思是，從魔王靜香身上取下魔神契約的人是潘德拉剛卿嗎……」

「不可能有其他人選焉。他在迷宮都市面對實力強過自己的魔族也是正面挑戰焉，那個少年就算對魔族和魔王持有強烈的恨意也不奇怪焉。」

實在很難想像那個濫好人潘德拉剛卿會對紅顏薄命的魔王靜香痛下殺手，不過聽完綠大人的情報後，我重新開始思考。

憎恨會改變一個人。要是對魔族和魔王帶有很深的恨意，就算不受外表迷惑，直接討伐對方也沒什麼好奇怪的。

而且，潘德拉剛卿跟他的同伴是擁有那種力量的……

「看來是把內鬼帶來這個村落的我自討苦吃了。」

我用一句話結束反省，將視線轉向興致勃勃地看著這邊的綠大人。

「你要是不稍微煩惱一下就沒意思了焉。」

興趣還是一樣這麼低俗。

「接下來怎麼做焉？要替被殺的聖女復仇焉？」

綠大人露出如同蛾眉月般燦爛的笑容。

見到他的表情會有種內心的憎惡被煽動的感覺，綠大人果然也是與人類水火不容的魔族啊。

「復仇等之後再說。」

雖然為了將來確實必須報復，但依循情緒進行復仇太沒有效率了。

「首先必須決定今後的方針。」

我從綠大人身上移開視線，陷入了思考。

原本的計畫是預計從轉生者的小姑娘身上奪走獨特技能，然後創造出代替沙塵王的新魔王。

但是既然失去了魔王靜香，即使說那項計畫被迫延期了也不為過。

讓轉生者的小姑娘化為魔王是可能的，不過要綁架受到潘德拉剛那小子保護的小姑娘，並將其澈底魔王化不僅步驟繁多還不一定能成功。

不，需要魔王的前提是為了解除魔神牢的封印。就算讓「災厄軍團」復活，等那些軍隊失去價值後，如果無法準備好能將其排除，並在之後協助我統治世界的人材就沒有意義了。

「看來必須暫時延後解除魔神牢的封印了……」

「那我就為難了焉。」

「——綠大人？」

綠大人的臉突然逼近。

「還有一件事要跟你說焉。」

蛾眉月般的笑容變得更加深沉。

「聖都現在，正在發生有趣的事情喔焉。」

「——有趣的事？」

我懷著不好的預感瞪著綠大人。

我很清楚每當綠大人笑得很開心時，都不會有什麼好事。

「讓你看看焉。」

綠大人將手按在我的額頭上——

◆

「嗚喔喔喔喔喔喔喔喔喔喔喔喔喔喔！」

大量影像流進了我的腦中，感覺自己快被大量情報給淹沒了。

『首先是這個焉。』

綠大人的聲音穩住了我那即將失去的意識，將其收束在一個影像中。

「——法皇大人是假貨？」

「沒錯，聽說已經被魔族掉包了。」

勞工階級的男人們在城裡的某個角落聊著荒唐無稽的謠言。

「怎麼可能會有那種蠢事！」

「說得沒錯！法皇大人可是待在擁有巴里恩神的神聖結界保護的大聖堂裡啊！」

「就是說啊！魔族怎麼可能進得去！」

雖說是勞工，但也不可輕視。

他們知道的事情比聖職者們想像得更多。

「你們忘記了嗎？」

「忘記什麼？」

「之前魔王不是突破結界襲擊了大聖堂嗎！」

聽到這句話，男人們停止了反駁。

「是那時候被掉包的吧？」

「可、可是，法皇大人在那之後也替我們進行了治療儀式吧？」

「你確定？再仔細回想看看。」

聽到別人這麼強調，男人們陷入沉思。

「這麼說來！前陣子的治療儀式中途就結束了耶！」

「應該只是法皇大人身體不適吧？」

「不對！以前也有中斷過，但這次別說治好，反而不斷出現身體變差甚至倒下的人。」

是法皇的獨特技能失控那天的事嗎……

雖說是荒唐無稽的謠言，但只要包含部分事實就會導致可信度增加。必須盡快擴散能將其抵消的謠言才行。

『這邊也很有趣焉。』

視角隨著綠大人的聲音切換。

「我，看到了。法皇大人在進行治療儀式的時候，發出的不是勇者大人的那種藍色光芒，而是紫色的光芒。」

「你在說什麼啊？治療儀式的時候不是一直是漂亮的藍光嗎。」

「這是真的！之前我在最前排看了儀式，儀式剛開始吹起了風，布幕後的法皇大人身體發出了紫色的光芒！」

不妙……居然有目擊者。做大事必須小心謹慎，必須盡快滅口才行。

「說起來，那天的治療總感覺很奇怪。」

「這麼說也是，我家祖母好像是從那天開始昏迷不醒。」

「難不成，那個謠言是真的嗎？」

「那個謠言？」

「你不知道嗎？就是法皇大人被魔族掉包的謠言。」

又是，這個謠言嗎。

這種擴散程度大到有點不自然。

「難道有幕後黑手嗎……」

『正確焉。』

視角再次切換，變成流傳法皇被魔族掉包的男人正在和戴著兜帽的某人對話的場景。

「謠言已經散播出去了。」

「幹得好，接下來煽動人群去大聖堂集合。」

「喂喂，饒了我吧。我可不想被神殿兵抓住或被神殿騎士砍啊。」

「那方面由我們來控制。你就盡可能煽動，再找個適當的時機溜之大吉就行了。」

從兜帽男手上拿到錢的男人召集同伴，開始煽動人群。

不妙啊……

我正準備轉動身體時，發現自己無法認知自己的身體。

「綠大人，快解除魔法。我必須回聖都一趟。」

沒辦法移動身體，也不能用無詠唱發動魔法。

這下無論是解析綠大人的魔法，還是強制解除都辦不到。

『不必擔心焉。這個影像是過去的事。就算你慢慢欣賞，在現實世界也只是一瞬間的事焉。』

綠大人這麼說道，放出了下一個景象。

「「「拯救法皇大人——！」」」

「「「驅除魔族——！」」」

相信謠言的民眾湧向大聖堂。

「「「打倒冒充法皇大人的魔族——！」」」

「「「殺死魔族——！」」」

「「「幹掉殺人犯——！」」」

民眾們雙眼發紅地瞪著大聖堂，不斷地叫囂怒罵。

其中也包含小孩和老人。

「那個是——」

——長大了要成為神官，幫法皇大人的忙。

甚至連父親被法皇治好，帶著天真無邪的表情說過那種話的少年，也出現在那群暴民之中。

其中也不乏在治療儀式向法皇道過很多次謝的熟面孔。

……真是愚蠢。

我不屑一顧地看著那些吃裡扒外的民眾。

「「「打倒冒充法皇大人的魔族——！」」」

正當我觀望的期間，暴民的人數逐漸增多，事情越鬧越大。

「……這是怎麼回事。」

即使有煽動者，這樣也太奇怪了。

『精神魔法是煽動必不可少的焉。』

綠大人說話的同時，視角移動到煽動民眾的兜帽男眼前。

「——居然、是我？」

仔細一看，那名長得跟我一樣的煽動者嘴上塗著綠色的口紅，指甲和眼角染成了綠色。

我曾經見過那傢伙，是綠大人的擬體。

「你背叛我了嗎，綠大人！」

當我發火的瞬間，影像戛然而止。

我立刻逼近眼前的綠大人。

「你說這什麼話焉。我的目標從一開始就是解除魔神牢的封印焉，我只是實行了最有效的做法焉。」

「——你這傢伙！」

我在憤怒驅使之下朝綠大人使出了光系的上級攻擊魔法「破魔光劍」。

強烈的光劍將綠大人的身體劈成了兩半。

——好輕。

「失手了嗎！」

『真是可怕，還好準備了擬體才得以九死一生焉。』

「胡說八道。」

綠大人的氣息逐漸變淡。

看來被他逃走了。

「總有一天我會跟你算這筆帳。」

我在黑暗中留下這句話，朝大聖堂使用了影渡。

◆

「「「打倒冒充法皇大人的魔族——！」」」

在大聖堂前化為暴民的群眾以要淹沒一切的氣勢推向神殿兵和衛兵們。

也有些神殿兵與衛兵加入了群眾一方。

「不光是神官，連祭司也……」

雖說被精神魔法煽動，但這就是在冠有神之名的國家教導民眾的那些人的真實模樣嗎……

因為太過醜陋，我訝異到合不攏嘴。

「——賢者大人？您不是在後方擔任指揮嗎？」

其中一名部下在發現我後跑了過來。

看來，這傢伙也受到了綠大人的「擬體」迷惑。

「那是假貨，在那之後接到的指示全部作廢。」

「什、什麼！——這下不好了！同伴中有人為了做出貢獻前去刺殺聖下了！」

「聖下由我來保護，你去將剛才的話告訴其他人，把煽動民眾的人們排除掉。」

「遵命。」

我目送部下衝進群眾中，然後用影魔法召喚三頭「影獸」。

「你們去解決掉躲在群眾後方冒充我的傢伙。」

影獸們發出一聲吼叫，潛入群眾的影子之間展開行動。

我並未看到最後，而是直接用「影渡」魔法趕往法皇的身邊。

「——這裡也是嗎？」

祭司和神官們圍著法皇的房間。

法皇的房間被神聖魔法的結界封住，因此我只能從自己的房間移動過去。

「「「嗚哇啊啊啊啊！」」」

「「「呀啊啊啊啊啊啊！」」」

尖叫與慘叫聲從房裡傳了出來，打開的大門另一端發出了暗紫色的光芒。

「有人！有人變乾屍了！」

「是魔族！果然傳聞是真的！」

「來人啊，快把梅札特大人！把聖劍使叫來！」

滾到房間門口的祭司們讓其他人陷入了恐慌。

我踏著地板跑上牆壁，朝著法皇的房間衝進去。

「怎麼會這樣。」

有好幾名祭司和主教乾枯而死，而另一邊的法皇則是被拔出劍的神殿騎士所包圍。

法皇抱頭摀住耳朵縮在房間角落發著抖。

看來精神不穩定的法皇受到親信們逼迫，導致獨特技能「萬物治癒」的力量反轉失控。

「等一下！聖下不是魔族！」

為了不刺激到神殿騎士們，我慢慢地朝他們走了過去。

雖然想用精神魔法讓法皇平靜下來，但張設在房間裡的神聖魔法結界會讓魔法失效，但也不能用魔法破壞消除結界。如果那麼做，可能會讓神殿騎士失控動手。

「該等一下的人是您。」

「——梅札特閣下！」

麻煩的傢伙在最差勁的時間出現了。

對現在的法皇來說，神殿騎士梅札特擁有的聖劍布爾特剛過於危險。

「我會讓聖下冷靜下來。」

「我不會讓您前往魔族身邊。您有和魔王共謀抓走法皇大人，並且讓魔族假扮法皇大人的嫌疑。」

我無視梅札特強行朝法皇跑了過去。

「我說過不會讓您過去！」

伴隨著梅札特的怒吼，背後傳來一股熾熱。

轉身拉開距離的我，眼裡映照出的聖劍沾滿了血跡。

看來我的背後被梅札特砍了一劍。沒想到我這件用脫皮的下級龍皮做內襯的長袍會被劈開……聖劍果然不可小覷。

「……索、索利傑羅。」

法皇發現我之後，如同死人般搖晃晃地站起身，踏出不穩的步伐走了過來。

「不、不許動！」

「敢抵抗的話就殺無赦！」

其中一名神殿騎士因為害怕，拔劍砍中了法皇。

雖然傷口似乎很淺，但法皇卻露出備受打擊的表情流下淚來。

——糟了。

法皇的身體冒出了黑色瘴氣。

「給我滾開！梅札特！」

「你在那裡好好看著魔族現出真身吧。」

我用治癒魔法治療聖劍帶來的傷害。雖然想用瞬動穿過梅札特身邊，但是在眾多戰場浴血奮戰過的梅札特並未輕易讓我如願。

「現出真身了！」

「你這魔族！可惡的魔王爪牙！」

「我、我是、我是、我是啊啊啊啊啊啊啊啊啊！」

——嘖。

法皇身上噴出瘴氣，身體逐漸變得怪異。

「……太遲了嗎。」

事情變成這樣就沒辦法了。

我扔出煙霧彈，並穿過梅札特砍斷煙霧彈所洩出的煙霧，在他攻擊過來前潛入影子中。

就算聖劍使再怎麼厲害，也不可能追進影子裡。

我透過影子窺探著法皇的情況。

「索、索利、傑——羅喔喔喔喔喔喔喔喔喔喔喔喔喔喔喔喔！」

法皇的身體宛如黏液般瓦解，衣服甚至逐漸與身體融為一體，冒出了奇妙的突起和皺紋，體積也越來越龐大。

他的身體噴出漆黑的霧氣，不斷變化的身體表面閃爍著雷電般的暗紫色光芒。

唯獨頭部保留著法皇的樣貌。

——HZOOOBBBLZY。

魔王札札里斯發出了剛誕生的第一聲哭喊。

暗紫色的光芒像法衣般覆蓋著魔王的身體，如同波紋般向周圍擴散。

「這是……」

接觸到波紋的人們發出了臨終的慘叫聲，一個接一個乾枯死去。

這應該是獨特技能反轉之後的力量吧。

『可惡的……魔族！』

梅札特的叫聲透過影子傳了過來。

高等級的神殿騎士們也被吸走了生命力無法動彈，連受到聖劍布爾特剛保護而逃過一劫的梅札特也陷入虛脫狀態跪倒在地。

「沒想到連聖劍使都能無力化，以剛誕生的魔王來說挺能幹的嘛。」

雖然和預想的不一樣，不過既然已經魔王化那就沒辦法了。

比起為這種狀況感到難過，還是有效地利用魔王化的札札里斯吧。

「為了不浪費魔王，果然應該優先解除魔神牢的封印嗎……雖然讓背叛我的綠大人稱心如意讓人很不快，但要是就這樣袖手旁觀，潘德拉剛一行人和希嘉王國的勇者將會找上門來。」

位於影子另一端的魔王結束巨大化，體型變大到突破大聖堂天花板。

「潘德拉剛那邊只要我暗殺掉那三名遠距離攻擊手，其他人就會跟梅札特一樣被魔王解決吧。問題是希嘉王國的勇者，雖然大魔王『黃金豬王』和邪神『狗頭古王』都被他打倒的事很令人懷疑，不過他應該具備了足以讓人這麼說的實力吧。」

至少希嘉王國有人能夠打倒被魔王靜香極盡強化，堪稱完成形的霍茲納斯樞機卿。

我看向四周，魔王札札里斯仍然在「天空大廳」宛如發脾氣的小孩子般大鬧。僅存的些微法皇樣貌令他顯得更加醜惡。

「盡是給我添麻煩。」

我用「影渡」移動到魔王的耳邊，離開影子在魔王耳邊低語。

幸運的是，我利用靜香收集的耐性技能似乎有好好運作，虛脫感沒有預料中那麼強烈。

「聖下。聽得見我的聲音嗎？」

「索、索利、傑——羅喔喔喔喔喔喔喔喔喔喔喔喔喔喔喔喔喔喔！」

他還記得我嗎。

「我該乳何似好！」

而且，竟然還相信著我。

——真是愚蠢。

不過，這份愚蠢還挺可愛的。

「來吧，聖下。去外面向那些愚蠢的民眾傳達神的愛吧。」

我通過終端機連接都市核，準備好能夠使用「強制」技能的環境。

數座由光芒形成的魔法陣照亮魔王的腳邊，在空中展開的積層型魔法陣像柱子般包圍住魔王。

「好了，聖下，我們去外面吧。只有將那些與神敵對的愚蠢背叛者們賜死，才能讓他們理解神的愛。」

我同時使用強制技能和精神魔法，植入了讓魔王無法忤逆我的命令。

「索、索利、傑——羅喔喔喔喔喔喔喔喔喔喔喔喔喔喔喔！」

——HZOOOBBBLZY。

魔王粉碎大聖堂的牆壁滾到了廣場上。

「可惡的魔族！總算現身了啊！」

「怪、怪物啊啊啊啊啊啊啊啊！」

「快逃啊啊啊啊啊啊啊！」

擠在廣場上的人群看見魔王撞破牆壁的身影後嚇得四處逃竄。那些想正面挑戰的愚蠢傢伙，在面對魔王壓倒性的巨大身軀後也立刻扔掉劍逃走了。

「聖下。將那些與神敵對的愚蠢背叛者們賜死吧，那樣才是為愚蠢之人賜予神的愛。」

「愛、哀啊、神德愛啊啊啊啊啊啊啊啊啊啊啊啊啊啊啊！」

——HZOOOBBBLZY。

魔王受到我的催促，發出了暗紫色的光芒。

沐浴到魔王釋放的波動，人們接二連三地變得乾枯。

「光是站在這裡就能為人們帶來平等的死亡嗎……不愧是魔王……」

雖然殺人得到的經驗值很少，但如果將這塊土地上的眾多人口全部虐殺，感覺能夠打造出勇者也贏不了的無敵魔王啊。

「這是……」

因為魔王放出的波動而變得乾枯的人們，逐漸化為渾身染成暗紫色，看起來既像不死生物又像奇美拉的異形模樣。

異形的眷屬──紫祈者們像剛出生的小雞一樣跟在魔王身後。牠們大多都失去了人的姿態，變異成被稱作魔族或魔物也不為過的噁心模樣。

「真是方便的軍隊啊，也用精神魔法煽動這些傢伙吧。」

我對紫祈者們施展精神魔法煽動他們之後，前往都市核的房間。

目的是為了讓民眾無法逃走而設置積層結界來封鎖聖都。暗地裡操縱法皇意志所得到的副王之位終於有意義了。

雖然會失去大量聖都的魔力，不過這樣一來無論誰都無法逃脫的魔王狩獵場就完成了。

做好全部準備的我來到大聖堂外面。

「神德愛啊啊啊啊啊啊啊啊啊啊啊啊啊！」

魔王只顧著在大聖堂前的廣場不斷吼叫，紫祈者們也只是漫無目的地在四周徘徊。

四散的神殿兵和神殿騎士們逐漸聚集，開始從廣場邊緣繞路展開包圍。廣場外附近的屋頂上則似乎聚集了許多好奇心旺盛的人。居然連有生命危險都不知道，真是無藥可救。

「要是我沒下達指示，連殺人都做不好嗎——」

我用風魔法讓聲音傳到魔王耳邊。

「聖下。請將那些與神敵對的愚蠢背叛者們賜死，這樣才是神的愛。」

「愛啊啊啊啊啊啊、神德愛啊啊啊啊啊啊啊啊啊啊啊啊啊啊啊！」

——HZOOOBBBLZY。

魔王放出了暗紫色的波動，開始朝街上移動。

急劇擴散的波動傳到了外圍的建築物，變乾枯的人們摔落至地面。雖然附近的民眾立刻聚過去打算救治墜落的人，但墜落的人變成了紫祈者，開始對周圍的人展開殺戮，又將其化為新的紫祈者。

「真是相當有效率的眷屬啊。」

數量增加的紫祈者追趕著民眾，四處破壞建築物的光景讓那裡看起來就像地獄一樣。

「——填滿吧、填滿吧、填滿吧。讓冠有愚神之名的聖都充滿恐懼、絕望和死亡，那將會化為瘴氣填滿這片土地。」

設置在聖都各處的咒怨瓶和邪念壺也馬上會填滿吧。

我用影子移動，降落在魔王的肩膀上。

突然有道白色的身影擋在面前——

「——現身了嗎，希嘉王國的勇者。」

真正的聖人

「我是佐藤。曾經聽說人的本性在瀕臨極限的時候才會初次展現出來。雖然不清楚自己在那時會是什麼德性，但是如果可以，希望是能讓家人感到驕傲的自己。」

「能看見聖都了！」

我們反覆施展歸還轉移，前往幕後黑手賢者索利傑羅所在的聖都。

已經讓萊特少年和魔法教室的兩人在安全的地方避難，而魔王靜香則是在得到她本人同意後，保護在我用複合魔法「海市蜃樓」喚出的都市中。要是因為這樣違反「不准離開國家」的詛咒就麻煩了，於是我用留在魔黃杖上的最後一次「詛咒」加以抵銷。

另外，進行救出作戰時跟我們一同行動的皮朋說完「我收到了庫羅大人的指令。接下來我會按照自己的想法行動」後就離開了。當然，下達指令的人是我。目的是要他去確保「轉讓才能」的實際情況以及幕後黑手的證據。

「抵達——呃，大聖堂！」

遠處就能看到大聖堂嚴重崩塌，呈現半毀狀態。

「主人，都市周圍被設置了障壁，我這麼告知道。」

「好像是來自都市核的結界呢。」

我一邊巡視都市外圍一邊回答娜娜。

「主人，大聖堂附近有什麼東西！」

正如露露所說，大聖堂前的廣場出現了巨大的魔物。

『愛啊啊啊啊啊啊、神德愛啊啊啊啊啊啊啊啊啊啊啊啊啊啊！』

巨大的魔物仰望天空發出了哀嚎般的咆哮，背對大聖堂開始搖搖晃晃地走著。

我調查了那個魔物並吃了一驚。

「──竟然是，魔王？」

詳細情報被AR顯示在魔王的旁邊。

「主人，那個是──」

「嗯，是魔王化的札札里斯法皇。」

起初我甚至不敢相信AR顯示的情報。

根據地圖情報，大聖堂前的廣場出現了大量名為紫祈者的魔王眷屬，似乎已經陷入了混戰狀態。

沒想到狀況竟然在這麼短的時間內惡化到這種地步。

「我去對付魔王，魔王的眷屬就拜託妳們了。」

我迅速向夥伴們傳達狀況後，變成勇者無名並用閃驅前往魔王的上方，接著用天驅降落到魔王面前。

◆

「——現身了嗎，希嘉王國的勇者。」

抓著魔王耳朵的白衣人——賢者這麼說道。

因為他穿的不是平時的黑色衣裝，而是宛如主教般的白色法衣，所以我沒瞬間認出來。

賢者是個不可小覷的對手，趁現在給他附上標誌吧。

「你是誰？為什麼會跟魔王在一起？」

「假面的勇者——雖然身材相似，但不是潘德拉剛的聲音啊。」

哎呀，被懷疑了呢。

『主人，我們換裝完畢了。』

『知道了。被殺掉的人好像也會變成眷屬，所以也要小心遺體喔。』

亞里沙用「戰術輪話」聯繫了大家。我向她們傳達了注意事項，順便為了能確認夥伴們的情況，事先施展了空間魔法「眺望」和「遠耳」。

「——是眷屬們嗎，那些白銀鎧甲我有印象。潘德拉剛在那邊嗎？」

「潘潘他們也在這裡嗎？還是老樣子，容易被捲進麻煩事的孩子們呢。」

我借助詐術技能假裝自己是別人。

雖然仔細觀察會發現少了一個人，不過要掌握混戰中四處奔波的前衛陣容和藉由亞里沙的轉移不斷改變位置的後衛陣容應該很難吧。

——察覺危險。

「破魔光劍！」

賢者未經詠唱施展的光魔法被我用閃驅迴避。

他用的居然不是擅長的影魔法，而是光魔法。如果察覺危險技能沒有生效，可就慘了。

「躲開這招了嗎——聖下，請給愚蠢之人下達神明的制裁吧！」

——HZOOOBBBLZY。

在賢者的催促下，魔王發出了咆哮。

魔王體內流動著暗紫色的光，接著全方位地放射出與光芒相同顏色、類似波動的東西。

『大家！快迴避！』

我在察覺危險技能產生反應的同時警告夥伴們，接著用閃驅移動到安全區域。

在大聖堂前的廣場上色彩鮮艷綻放的花朵和樹木，一碰到波動就變成紅褐色枯萎了。

波動的有效範圍似乎比想像中狹窄，在遠遠還碰不到夥伴們的位置就消散了。

明明在魔王身旁，賢者卻沒受到波動的影響，看來是魔王刻意不讓波動影響到他。

「又閃掉了嗎！你的獨特技能看來有著兼具迴避和移動的效果。但不是瞬間移動。該說是縮地的空中版嗎？不，比起那個——」

明明在戰鬥中，賢者卻開始了考究。

這傢伙似乎是個天生的研究員。

「勇者啊！再使用一次給我看！」

「咦——才不要咧。」

「既然你說不要，我就逼到你使用為止！」

賢者掀開披風拿起法杖。

雖然看起來很像之前那把鑲有影石的法杖，但這次的法杖上鑲有好幾種不同的屬性石，看來似乎能使用許多種類的魔法。

「聖下，請對那個人用神聖的波動！」

——ＨＺＯＯＯＢＢＬＺＹ。

魔王似乎完全受到賢者的支配，再次放出了暗紫色的波動。

我用與剛才相同的方式進行迴避。

「**看到了！我看到了**，勇者！」

賢者好像非常想觀察閃驅，用有些興奮的語氣高興地說道。

他眼中帶著令人在意的淡紫色光芒。

「那真是太好了。」

「嗯，已經夠了。我**看得**非常清楚。」

賢者不斷強調自己看到技能的事。

就算看到了，但我想閃驅也不是想用就能用得出來。

「使出其他能力吧，勇者！把你的獨特技能展現給我看吧！」

「咦——才不要咧。」

再說閃驅又不是獨特技能。

「聖下，請用神聖的波動！」

——ＨＺＯＯＯＢＢＢＬＺＹ。

在賢者的命令下，魔王再次將暗紫色的波動放射到身體周圍。

「不過，無論用幾次都打不中我的——」

「理力縛鎖。」

當我用閃驅進行迴避後，動作停下的瞬間身體被拘束了。

賢者似乎用了術理系的束縛魔法。剛才的光魔法也是，看來賢者能夠使用無詠唱或詠唱廢棄。

「聖下！縮小波動！」

收到賢者不再使用敬語的指示，魔王的波動變得纖細狹窄，延長了射程。

波動如同長槍的槍尖向我逼近。

期間內為了避免我掙脫，還不斷地用新的理力縛鎖將我包住。

「如果不想死就展現能力給我看，勇者！」

「——才不要呢。」

我手臂一揮，破壞了理力縛鎖，用閃驅迴避了波動的槍尖。

這次是往前迴避。

「影縛。」

就算對迫近眼前的我感到驚訝，賢者沒有發出多餘的呻吟並宛如撒網般的放出影子。

「——哎呀，好險。」

我從儲倉取出聖劍迪朗達爾將影子斬碎。

——賢者消失了。

他似乎趁我被遮住視線的瞬間躲了起來。

根據地圖標誌一覽的情報，他現在的位置是「不存在地圖的空間」，因此肯定是躲在影子裡沒錯。

「你以為這樣就能逃得掉——」

「索、索利、傑——羅喔喔喔喔喔喔喔喔喔喔喔喔喔喔喔喔！」

本想尋找前往影子空間的痕跡，由於卡車般大小的拳頭揮了過來，我便用閃驅迴避。

迴避後我試圖再次尋找痕跡，卻被魔王釋放的瘴氣和波動的殘渣抵銷，變得難以分辨。

——HZOOOBBBLZY。

或許學到了只是亂揮是無法命中的，這次魔王將波動如同河豚的刺般伸向四面八方。

——HZOOOBBBLZY。

——HZOOOBBBLZY。

——HZOOOBBBLZY。

魔王不斷地放出波動的針。

而且每次針放出的位置都會變換，非常用心。

「反正，不管來幾次都打不到我的——嗚喔！」

趁著我停在空中的瞬間，透明的斬擊突然襲來。

——是賢者。

我憑藉察覺危險技能的通知進行閃避，閃不掉的則用聖劍迪朗達爾擊退。

賢者的攻擊並沒有就此結束。他從地表附近的陰影處射出了數十支術理魔法「追蹤箭」，當我迎擊「追蹤箭」的時候，從其他建築物的陰影處出現了風魔法「刀刃暴風」以及雷魔法「電擊暴風」朝我襲來。

「所以說，打不中啦。」

我用閃驅迴避，並感覺到背後有氣息而回過頭去。

「黑暗吸收。」

視野陷入一片黑暗，空中的立足點消失了。

看來，他用暗魔法「黑暗吸收」把我浮在空中的立足點給中和了。

「理力縛鎖。」

雖然他想用術理魔法抓住我，但我早已不在那裡。

在他藉由某種技能發現我的位置而抬頭的同時，我用閃驅衝進賢者懷裡，朝他打出一掌。

但是賢者卻從我眼前消失了。

不對，是賢者**使用了閃驅**。

渾身纏著紫光的賢者頭上飄浮著八個紫色光球，其中一個散發著明亮的光輝。

雖然感覺像魔王的獨特技能，但他並沒有獨特技能。

我已經確認過他沒有裝備「盜神裝具」或其他類似的偽裝道具一事。

「難道被你偷走了嗎？」

「沒有偷。只是**模仿**罷了。」

「——模仿？那是什麼意思？」

難不成，他藏有跟我在優沃克王國的迷宮遺跡中得到的魔黃杖一樣，能夠複製技能的道具嗎？

「就是字面上的意思。比起那個，快讓我看能力，勇者。」

「又來這套？」

看來他也很想學習閃驅以外的能力呢。

「聖下！不必手下留情也無須慈悲，對這名冒充勇者的騙子下達審判吧！」

「索、索利、傑——羅喔喔喔喔喔喔喔喔喔喔喔喔喔喔！」

——HZOOOBBBLZY。

魔王朝我放出和先前完全無法相比的強烈波動。

賢者也同時對我施展了「黑暗吸收」和「理力縛鎖」的魔法。

雖然用目測單位配置就能輕易迴避，但要是被他學會就麻煩了。能在全世界隨意移動的恐怖分子實在太危險。

「願有光。」

畢竟是宗教國家，所以我試著說出有點宗教感的台詞。

我用閃光魔法阻擋視線，接著施展術理魔法「魔法破壞」消除了賢者的魔法。

本來打算用閃驅迴避魔王的攻擊，但由於魔王受到閃光的影響而摀住臉趴在地上的緣故，沒能攻擊到我。

「咕喔喔喔喔喔喔喔喔！」

我見到了邊慘叫邊變乾枯的賢者沉進影子裡的身影。

看來魔王忘了顧慮賢者，使他近距離受到波動的影響。根據地圖情報，他陷入了「衰弱〔重度〕」的狀態，這是因果報應呢。

因為得到了些許喘息的機會，我開始確認夥伴們的情況。

『禁止對平民出手，我如此告知！』

『不許欺負弱者喲！』

娜娜和波奇正在保護民眾不受魔王眷屬——紫祈者的攻擊。

『沒有值得一戰的對手呢。』

『瞄準，射擊。』

紫祈者主要由莉薩和露露解決。

『莉薩小姐，下個轉角往左。露露，搞定那邊之後狙擊從三點鐘方向的紅色建築物陰影處出現的眷屬。蜜雅，小希爾芙呢？』

『輔助中。』

亞里沙透過空間魔法引導夥伴們，蜜雅則將精靈魔法召喚出來的小希爾芙們當成自己的部下般使喚，一邊輔助娜娜和波奇，一邊誘導人們避難。

或許是大顯身手的夥伴們給了我勇氣，巴里恩神國的人們也不像一開始那麼混亂，而是變得能井然有序地對抗紫祈者了。

照這個情況看來，那邊交給夥伴們應該沒問題吧。

◆

「聖下！」

下方傳來了耳熟的聲音。

低頭一看，坐在轎子上的老聖女不知何時出現在魔王的面前。轎子的周圍似乎也有不少巫女小姐。

老聖女以外的人們害怕得臉色蒼白並冷汗直流。

見到巨大魔王的威壓感以及樹木和花園的枯萎狀況，有這種反應是理所當然的。態度冷靜的老聖女反而不普通。

「撒龍鱗粉！」

「「「是，聖女大人！」」」

巫女小姐們撒出含有魔力的龍鱗粉，在一行人中戴著眼鏡的神官用風魔法將粉末朝魔王吹了過去。

閃耀著藍色光芒的粉末飛到魔王身邊，飄盪於趴在地上的魔王的臉附近。

確認到這件事後，老聖女舉起了鑲有藍色寶石的神聖法杖。

「──幼神淨光。」

老聖女結束詠唱，唸出神聖魔法的發動句後，放出宛如波紋的清淨藍色光芒，和魔王周圍飄浮的龍鱗粉起了化學反應，形成強烈的聖光覆蓋住魔王。

『神德愛啊啊啊啊啊啊啊啊啊啊啊啊！』

受到聖光照射的魔王發出慘叫，從身體冒出的漆黑煙霧逐漸散去。

雖然發出慘叫，但魔王的表情開始變得安詳。老聖女施展的應該是能夠驅除魔王瘴氣的淨化系最上位魔法。

「聖下！」

「……蕾安。」

「聖下！叔叔大人！還記得我嗎！」

老聖女淚流滿面地喊著。

真厲害，失去理智的魔王似乎變得稍微清醒了，感覺身材似乎也縮小了一些。

「……蕾、安。」

魔王不斷重複同樣的話。

蕾安這個名字大概是老聖女被賜予尤・巴里恩之名前的名字吧。

「再詠唱一次！絕對要讓叔叔大人恢復原樣！■■……」

「……啊啊……蕾……安。」

露出溫柔表情的魔王慢慢地閉上了眼睛。

再這樣下去或許能夠解除魔王化——這個想法被一句不識趣的話語打碎了。

『聖下！橫掃眼前的傢伙！』

賢者像擠出來般的聲音不知從哪傳了出來。

「索、索利傑——羅喔喔喔喔喔喔喔喔喔喔喔喔喔喔喔喔！」

——HZOOOBBBLZY。

魔王的身體冒出了與其意志無關的暗紫色光芒，朝著老聖女她們釋放了凶惡的波動。

——不會讓你得逞哦？

我用閃驅衝進魔王和老聖女等人中間，緊急展開堡壘防禦。

「咕嗚嗚嗚嗚嗚嗚嗚！」

比想像中更難承受。

雖然我認為這招能讓大部分攻擊無效，但魔王的波動浸透了堡壘，逐漸從我的身體奪走生命力和精力之類的東西。

「蕾啊、蕾、蕾欸、蕾啊啊啊啊啊啊啊啊啊啊啊安！」

我回頭一看，老聖女蹲在轎子上。

雖然大部分都被我擋住，不過似乎還是有些餘波傳到後面去了。

「「「聖女大人！」」」

「沒、沒事。再、再一次、詠唱！」

即使手扶在轎子上且汗流浹背，老聖女再次開始詠唱被中斷的魔法。

『聖下！橫掃一切————！』

「索、索利、傑——羅喔喔喔喔喔喔喔喔喔喔喔喔喔喔喔喔喔喔喔喔！」

——HZBBBBBBBZ。

賢者大吼大叫地命令魔王排除老聖女，但魔王卻像在抗拒似的不斷搖頭。

暗紫色的光芒在流經魔王身體時彷彿快斷電的螢光燈般閃了一下，便模糊地消失了。

或許是因為反抗了賢者的命令，魔王的眼睛和耳朵流出了暗紫色的液體。

魔王的狀態變成了「詛咒／違反」，看來，魔王受到了賢者的詛咒束縛。

「你這傢伙……竟敢違抗我的命令。」

賢者吃力地發出充滿憤怒的聲音。

這樣下去可不妙，必須找出賢者的所在地並把他跟魔王分開。

我將所有注意力集中在耳朵上。

『魔王札札里斯！』

多餘的聲音消失，唯獨賢者的聲音聽得一清二楚。

『這是你主人的命令！』

地圖自動打開，開始在立體顯示的畫面中縮小範圍尋找目標。

『反轉了你的——』

目標的標誌變成了鎖定狀態。

——找到了！

我用閃驅移動，藉由龍牙鍍層的龍爪短劍中寄宿的「貫穿一切」之力，強行撬開了次元縫隙。

「怎、怎麼可能——」

衰弱狀態的賢者似乎發動了「影鞭」，但在他的技能展現十足的威力前，我先一步發出的大量「追蹤暈眩彈」擊垮了賢者，將失去意識的他炸飛到影子深處。

「糟糕，做過頭了。」

賢者的身影消失在影子的另一端。

算了，反正賢者會使用影魔法「影渡」，等他醒來應該就會回來了。現在比起他，更重要的是魔王。

我在老聖女和魔王之間降落。

「你是什麼人！」

「雖然你好像有跟魔王交戰，但不准再繼續靠近聖女大人。」

老聖女的隨從們事到如今才問我是誰。

他們似乎沒有看見我使用聖劍的光景。

畢竟我用堡壘防禦保護他們的時候，也無暇顧及那方面嘛。

「沒關係——」

與激動的隨從們相反，老聖女用平靜的語氣制止了他們。

「——因為這位大哥哥是勇者大人。」

「勇者大人？」

「這位是希嘉王國的勇者大人嗎！」

因為老聖女的一句話，隨從們將我當作勇者。

「我會制住他，淨化就拜託了。」

「嗯，知道了。」

老聖女像個孩子般點點頭，隨即開始詠唱。

大概是賢者的詛咒還殘留著，魔王不斷扭動身體試著掙脫，不過被我強硬地壓制住了。

「——■幼神淨光。」

結束詠唱的老聖女唸出了神聖魔法的發動句。

雖然魔王身上冒出的漆黑煙霧被藍光的洪流衝走，可是立刻又從他體內冒了出來。

不過即使如此似乎也有效果，魔王的身體縮小了一圈。

「再來一次！」

「聖女大人，已經沒有龍鱗粉了。」

「就算沒有也要做！」

老聖女聽了隨從的哭訴，像鬧脾氣的小孩子一樣原地跺著腳。

「用這個吧。」

「龍鱗粉？」

「我還是第一次見到這麼充滿力量的龍鱗粉。」

「這樣的話一定可以！」

我把儲倉大量存放的龍鱗粉分給隨從們，她們顯得非常亢奮。

「謝謝你，勇者大人。」

我對高興的老聖女點了點頭，守望著她的詠唱。

「——■幼神淨光。」

老聖女的神聖魔法吹散了魔王的瘴氣。

「……蕾……安。」

魔王恢復了些許意識。

感覺只要不斷這麼做，就能讓他恢復理智。

為了輔助老聖女，我解放了平時封印著的精靈光，幫忙淨化瘴氣。
「……勇……者。」
因為感覺魔王好像在叫我，我便用天驅來到他面前。
他用在理智和瘋狂之間搖擺不定的眼神注視著我。
「怎麼啦，法皇猊下。」
「……沙、了……我……」
沙了我——「殺了我」嗎？
「……趁、窩……還……輕……醒……」
趁我還清醒嗎。
不愧是立於冠著巴里恩神之名的國家的頂點，沒想到就算變成了魔王，也想藉由自裁封住災難。
比起持有聖人稱號的我，他的人格更符合聖人這個名號。
「……敗托、了……」
魔王——不，法皇向我懇求著。
雖然聽過殺死對方才是救贖之類的說法，不過我認為只要用老聖女的魔法驅除瘴氣後再使用萬靈藥，應該不必殺了他。

「……沒……時……剪了……」

沒時間了嗎？

「你是指哪方面的時間？」

話才問到一半，我便明白了理由。

法皇的身體開始崩壞，而且還從發生崩壞的部分開始冒出了暗紫色的波動。

「……斯……控……」

斯控，是失控嗎！

這樣下去的話，感覺在將法皇體內的瘴氣驅逐殆盡前，他的「魂之器」會先碎掉。

「我不會讓你失控的。」

我從儲倉中拿出下級萬靈藥撒在法皇身上。

但法皇的身體依舊持續崩壞，只是身上的瘴氣變淡，身體稍微縮小了而已。

「藥效會優先驅除瘴氣嗎！」

——可惡。

對於事情被自己猜中這個事實，我在內心發出咒罵。

老聖女即使魔力快要用盡，仍為了拯救法皇而不斷使用淨化。

魔法的效果似乎開始變差了，法皇不知何時昏了過去，肉體也在縮小了三公尺左右就不再發生變化。

「——還沒！絕對要救聖下！」

我將魔力轉讓給不肯放棄的老聖女，鼓舞快要放棄的自己。

把他當作魔王討伐以外的方法絕對存在。

「要相信聖女大人！」

「支撐聖女大人！」

隨從們互相鼓勵。

那些話讓我注意到了一件事。

聖女——魔王靜香。

如果是她，或許能夠打破這個狀況。

『靜香——』

我向被保護在海市蜃樓都市裡的靜香進行遠話。

『這是什麼？從哪裡傳來的？』

『這是空間魔法的「遠話」——當作類似手機的東西就行了。』

『啊，還以為是誰的聲音，原來是你啊。有什麼急事嗎？』

靜香用開朗的語氣說著。

看來她是電話聊天時性格會改變的人。

『札札里斯法皇魔王化了。』

『白鬍子的老爺爺嗎？』

『嗯，我希望能消除他身上的獨特技能，妳能把他化為眷屬嗎？』

只要除去導致法皇「魂之器」毀壞的原因，說不定萬靈藥就會有效了。

雖然沒救到沙塵王，但這次我一定要救他。

『我想應該可以。因為曾經成為眷屬的人，要再度眷屬化會比較簡單。』

我有點擔心她這句話會不會違反賢者的詛咒，不過從靜香的反應來看似乎沒問題。

『那麼，待會我把人帶過去，麻煩妳消除了。』

『明白了。不過，獨特技能要轉讓給誰？我自己已經裝不下了，所以需要有能夠轉讓獨特技能的對象。』

其實對象是誰都可以。不過就算是再怎麼有用的「萬物治癒」，連法皇這樣的人都會魔王化，我想不管轉讓給誰都很危險。

而且發生問題時我又未必在附近，我不想讓夥伴拿著那麼危險的東西。

再怎麼說，跟亞里沙和迷宮下層的轉生者一樣，能夠駕馭獨特技能的人很稀有。

『我隨便抓隻蟲子過去吧，那樣也可以吧？』

『……可、可以是可以，但那樣真的好嗎？』

『嗯，沒問題。』

雖然不浪費的想法很重要，但現在我想鼓起勇氣將其處理掉。

「——■幼神淨光。」

老聖女在發動神聖魔法的同時倒在轎子上。

「「聖女大人！」」

看來她太過勉強自己而昏了過去。

「接下來交給我吧。」

我低聲對老聖女說完，隨即帶著法皇朝魔王靜香等待的海市蜃樓都市使用「歸還轉移」。

「靜香，我來囉！」

「我已經準備好了喔。」

地上畫著類似魔法陣的東西。

沒想到她居然在我帶法皇過來前的這段時間做好了準備，實在幫大忙了。

「沒有意識是不行的呢，能叫醒他嗎？」

「雖然會有點粗魯——」

總覺得用雷魔法會致死，於是我用威力低落的雷杖發出電擊讓他醒來。

「嗚喔喔喔喔喔喔喔喔喔喔喔喔喔！」

雖然法皇因為疼痛驚醒而大鬧，但被我透過壓倒性的等級差壓制住了。

「老爺爺，看著我。」

「……聖……女……」

「果然，不記得我的名字呢。」

法皇朝靜香伸出顫抖的手，由於擔心法皇無意識地引起事故，我便用「理力之手」抓住了他。

「我叫靜香。成為我的眷屬吧——」

靜香主動靠近，握住了法皇龐大的手。

「——眷屬化。」

紫色的光芒閃爍，從握住的手流向法皇。

「啊啊啊啊啊啊啊啊啊啊——」

法皇的表情變得放鬆，突然開始咳嗽起來。

伴隨著咳嗽，濃到肉眼可見的瘴氣如同黑煙般沐浴在靜香身上。

「——嗚。」

沐浴到瘴氣的靜香發生了變化。

她的犬齒發出聲響變成了獠牙，修剪得很整齊的指甲也伸長了十公分以上，散發著危險的光輝。

瘴氣似乎會引發魔王化。

要是連靜香都失去理智就不好了。我發出仍然解放著的精靈光，用好幾個聖碑在周圍擺了一圈，並且模仿老聖女一行人灑出含有魔力的龍鱗粉來中和瘴氣。

「謝謝。雖然我的身體也會被灼傷，但比持續被瘴氣籠罩好多了。」

靜香邊流著汗邊說。

「老爺爺的眷屬化成功了。可是，他的狀態比預料中還差，這樣下去的話就算轉讓獨特技能也會馬上死掉。」

「沒問題。等到移除『神之碎片』後，我會用萬靈藥進行治療。」

「萬靈藥？那傢伙明明說過在人界幾乎不流通的耶？」

「我有獨自的管道。」

我將從儲倉中拿出來的營養補給劑遞給看起來十分疲勞的靜香。

她毫不猶豫地將其一口氣喝光，好幾次嗆到咳嗽。

「這個真有效耶，真希望同人展截稿前的修羅場也有這個呢。」

我無視靜香的自爆，等待她調整好呼吸。

「那麼，正式開始吧。真的要移給蟲子嗎？」

「嗯，認真的。」

我把轉移到這裡前抓到的甲蟲（聖甲蟲）遞給靜香。

「因為我不太想碰，麻煩你就那樣拿著——不對，要是不小心搞錯把獨特技能轉讓給你就危險了，能幫我用什麼東西固定一下嗎？」

我按照細心的靜香所說，隨便找了根樹枝插在地上，然後用棉線把甲蟲綁在上面。

「呼——」

靜香集中精神，把手指按到法皇和甲蟲身上。

「——轉讓。」

參雜著黑色的紫色光芒在靜香的身體流竄，然後光芒流過雙手將法皇和甲蟲包覆住。

「咕嗚嗚嗚！」

「啊啊啊啊啊啊啊啊啊啊啊！」

靜香流出冷汗，法皇也露出痛苦的表情不斷掙扎。要是直接觸碰可能會妨礙到「轉讓」，所以我用「理力之手」按住了他。甲蟲也從剛才開始不斷發出很吵的聲響。

法皇的身體冒出接近漆黑的暗紫色沉澱物，穿過兩者的手流到靜香身上。
她的耐力值以驚人的速度下降，魔力值也以肉眼可見的速度不斷減少。
「咕嗚嗚嗚嗚——嗚嗚，好痛啊啊啊啊啊啊啊啊啊啊啊啊啊啊！」
獨特技能的轉讓似乎會伴隨著疼痛，她正受到劇烈的疼痛折磨。
什麼忙都幫不上的我，只能緊張地守望著他們。
「嗚嗚嗚嗚嗚——還差，一點點。」
靜香咬緊牙關，腹部不斷用力。
「嘿唉唉唉唉唉唉唉唉唉唉唉唉咿！」
鼓足氣勢將沉澱物流進甲蟲體內。
從剛才開始一直發出噪音很吵的甲蟲，邊發出聲音邊逐漸巨大化。
同時從一級一口氣升到了五十級。
甲蟲的稱號變成「魔王」，原本空白的名字處寫上了「魔王甲蟲」的字樣。雖然是系統自動決定的，但這命名真隨便。
甲蟲的下腹位置噴出了黑色霧氣。
再這樣下去感覺會對靜香和法皇造成不好的影響。
我在魔王甲蟲背後打開了海市蜃樓都市的出口，將牠驅趕到外面去。

「札札里斯法皇就拜託妳了。」

我說完後把萬靈藥交給靜香，接著從魔法欄中選擇「暈眩彈」射向魔王甲蟲。

雖說魔王應該對下級魔法有完全的耐性，不過好像不會連衝擊波也無效化，它還來不及站穩就被轟了出去。

魔王甲蟲在空中張開翅膀飛了起來。

「雖然把你當成祭品很抱歉——」

我在心中向甲蟲道歉，接著連續使用爆裂魔法「爆裂」破壞了魔王甲蟲的魔力障壁。

——ＳＺＣＡＢＢＢＲＺＡＢＥ。

魔王甲蟲發出咆哮，開始朝四周散播暗紫色的波動。

我在從儲倉中取出的魔弓上架好注入過多魔力的聖箭，接著用「加速門」魔法創造出一百二十枚加速陣。

「——毫無痛苦地沉眠吧。」

伴隨著我這句人類本位的呢喃，超加速的聖箭直接射穿了魔王甲蟲。

彷彿雷射光的藍色光束一直延伸到新月天空的盡頭，將擺出威嚇姿勢的魔王甲蟲轟得灰飛煙滅。

巨大的聲響迴盪在遙遠的空中，不久後附近便被寂靜包圍。

『混帳——反對把我推來推去～』

我找出一邊抱怨一邊飄到空中小小的暗紫色光芒，用神劍一擊將其消滅。

>打倒了「魔王甲蟲」。

>獲得稱號「蒼穹射手」。

>獲得稱號「魔王殺手『魔王甲蟲』」。

>打倒了「神之碎片」。

我透過AR顯示在視野角落的紀錄確認完全討伐。

再次向魔王甲蟲獻上默哀後，我回到了海市蜃樓都市。

◆

「我回來了。」

「——噫！」

我舉起手向凝視著這邊的靜香打招呼，結果她害怕得退了好幾步。

「有那麼可怕嗎？」

「嗯、嗯。就算只是暫時的，但也是魔王……沒想到你那麼輕易地打倒它。」

不知道是我用輕鬆的語氣提問，還是多虧技能「交涉」或「解釋」之類的補助效果，靜香即使聲音顫抖著還是普通地和我說話。

「你真的是勇者？」

「什麼意思？」

「對、對不起！我這麼說沒有惡意！」

明明只是隨口問問，還是有點嚇到了她。

「在被囚禁前，我讀過不少以史實為基礎的勇者與魔王的故事。但是，從來沒見過能像那樣瞬間打倒魔王的故事耶。」

靜香一邊注意措詞一邊講述理由。

「那麼，妳認為我的真面目是什麼？」

「大概是神的使徒或神本尊——又或者是化為人形的龍族？」

想像力真是豐富。

「猜錯了。我只是個普通人。」

「——**只是個？**」

明明是再正常不過的事實，靜香似乎無法接受。

比起那個——

「札札里斯法皇好像平安無事啊。」

「是你給我的萬靈藥生效了吧。」

法皇仍然處於昏睡狀態，不過貌似已脫離危險狀態了。

「妳也喝一下比較好吧。」

我從儲倉拿出下級萬靈藥遞給她。

雖說聖碑阻止了近一步惡化，但獠牙和指甲似乎會很礙事。

「可以嗎？」

「雖然這個跟法皇用的不一樣，只是下級萬靈藥。」

雖然靜香猶豫了一會，但在被我指出「獠牙和指甲不會礙事嗎？」之後，她稍做遲疑地向我道完謝便喝了下去。

獠牙脫落後長出了新的牙齒，紫色的指甲脫落並長出了整齊的新指甲。

「——你要嗎？」

把獠牙和指甲收集起來的靜香將它們遞給了我。

「——要來做什麼？」

「不需要嗎？那傢伙都說這些會是好素材，總是高高興興地回收呢。」

賢者還收集了嗎……

要是放著不管被奇怪的傢伙濫用就不好了，於是我將其保管並封藏在儲倉裡。

儲倉內的危險道具越來越多了。

『主人，你那邊怎麼樣？』

『法皇已經變回人類了。』

雖然身材比原本大上一圈，但希望能夠別在意那種程度的誤差。

『太好了，所以這邊的眷屬才突然不動了呀。』

那邊的騷動似乎也告一段落真是太好了。

但是，亞里沙接著表示事情還沒結束。

『雖然那樣很好，但現在大聖堂感覺要引起騷動了。』

賢者坐鎮在大聖堂的「天空大廳」，聖劍使梅札特則是正率領神殿騎士團朝那裡趕去。

『既然這樣，去幫梅札特大人比較好呢。我馬上回聖都。』

我這麼說完便結束了通話。

「不好意思，法皇可以交給妳照顧嗎？」

「嗯，可以是可以，但是留他在我身邊沒關係嗎？」

靜香指著自己用隻字片語主張「我是魔王」。

「因為妳值得信賴。」

畢竟她看起來也不像會暗中算計的人，還會因為被迫做出非人道行為導致胃痛和引起憂鬱症，我不認為她會危害處於昏睡狀態的人。

「嗯——知道了，我會盡力不讓你後悔相信我的。」

靜香語氣有些生硬地別開視線。

側臉看起來紅通通的，她似乎很害羞。

「那麼，拜託妳了。」

我關閉了海市蜃樓都市的出口，朝聖都使用「歸還轉移」。

接下來要和賢者這個幕後黑手做個了斷。

賢者和愚者

「世界上存在少數的賢明之人和許多的愚笨之人。對自己的愚蠢有自覺的人，只要得到學習機會還是可以獲得才智吧。不過，沒有比認為自己很聰明的愚笨之人更難應付的人——賢者索利傑羅說。」

「……回來了嗎。」

從落在大聖堂天空大廳的影子中爬出來的，是滿身瘡痍的賢者索利傑羅。

「雖然稱不上平安無事，但似乎避免了在影子的遠方迷失。」

他拖著身體坐上位於天空大廳的法皇座位。

「這世界總是無法讓人稱心如意啊……」

倚靠著椅子，賢者思考著。

（利用魔王解除魔神牢封印的計畫被沙珈帝國的勇者阻止，當作傀儡的法皇因為綠大人背叛不僅被迫魔王化，還被希嘉王國的勇者給消滅。）

肉體的傷自不必說，精神面的疲勞也宛如沉澱物般堆積在他的身體。

（最重要的是計畫的關鍵，聖女——魔王靜香被解決掉實在是一大損失。）

賢者伴隨著悔恨深深地嘆了口氣。

「即便如此，也比在屍橫遍野又被燒毀的村子時好多了……」

賢者仰望夜空，自言自語地說道。

（這個國家還有很多我的支持者。只要集合那些人，應該就能掌握這個國家，並當作稱霸世界的踏腳石。）

賢者的雙眸再次燃起了野心之火。

此時他聽見了在走廊奔跑的腳步聲。

「那群蠢貨這麼快就找上門了嗎……」

賢者的視線朝入口處看了過去。

「總算找到你了，索利傑羅！」

衝進大聖堂天空大廳的，是巴里恩神國地位僅次於札札里斯法皇的多布納夫樞機卿。

「竟敢坐在屬於法皇猊下的座位上，這是何等不敬！」

身為聖劍使的神殿騎士梅札特也跟在樞機卿之後出現。

因為受到魔王化的札札里斯法皇反轉的獨特技能而變得虛弱的他，也透過祭司們的神聖魔法和魔法藥強行使自己恢復到能夠行動的狀態。

不過或許身體狀況還不算良好，他是藉由部下的幫助登場的。

「大家！包圍他！」

兩人身後湧進了大量的神殿騎士和實戰派的神官，將坐在法皇座位上的賢者索利傑羅團團包圍。

要和曾與勇者以及梅札特一同討伐沙塵王的賢者交手，神殿騎士和神官們顯得很緊張。

「真慢啊，樞機卿。你來得太慢了。」

將有點陰森的壺放在膝蓋上的賢者，一邊把玩著壺一邊說道。

他拿著的是邪念壺，賢者用這項咒具回收了由法皇所散播的瘴氣，以及聖都的人們生成的瘴氣。

「索利傑羅！真正的聖下在哪！」

「──真正的？你的眼睛是裝飾品嗎？**那個**就是真正的法皇。是為了回應貪婪愚民們無窮無盡的願望，不斷消磨靈魂的下場。」

賢者語氣有些寂寞地低聲說道。

「那、那麼聖下真的成了魔王？」

樞機卿喃喃自語著，周圍的人也開始有了動搖。

「哼。誰會相信你的一派胡言。比起那個，魔王在哪！既然勇者已經不在了，魔王將由聖劍布爾特剛的使用者，也就是我梅札特來驅逐！」

梅札特拔出聖劍，展現藍色光輝給同伴看並將劍尖指著賢者說道。

「那是不可能的。」

「你說什麼！我梅札特大人沒有不可能！」

「都說了不可能，魔王札札里斯已經不在了。」

「什麼？已經被趕到聖都外了嗎！」

賢者俯瞰著無法正常交談的梅札特嘆了口氣。

「不在這個世上了，已經被希嘉王國的勇者無名給討伐了。」

賢者表示雖然並未親眼見到那個瞬間，但他僅透過短短幾次交手就看穿那個勇者並非省油的燈，至少，不是剛魔王化的新魔王能戰勝的對手。

「勇者！」

梅札特大聲喊道。

「可惡的勇者！又從我這裡搶走了討伐魔王的功勞嗎！」

賢者冷冷地眺望著憤慨不已的梅札特。

「真是愚蠢……你和勇者根本沒得比。」

賢者把邪念壺收進道具箱，接著站了起來。

「你說什麼！不過是個將聖下變成魔王的叛徒，竟然敢愚弄我！」

他無視激動不已的梅札特，看向樞機卿。

「多布納夫，跟我聯手吧。所有的名聲和利益都歸你，我來當你的後盾——」

「——好讓你解除魔神牢的封印嗎？」

自己的企圖被看穿的賢者對樞機卿瞪大了眼睛。

「你以為我不知道嗎？畢竟都自稱賢者了，想必覺得自己以外的人都是傻子吧。」

「像你這種程度的傢伙不准談論我！」

「那麼讓我繼續說吧。等魔神牢的封印解除，世界毀滅後，你肯定企圖讓自己所窩藏的名為聖女的轉生者，用被詛咒的獨特技能製造最強的軍團，讓自己掌握整個世界沒錯吧？」

被人用言外之意表示「你也就這種程度吧」的賢者，面容因憤怒而染成紅黑色，額頭浮現出血管。

「看來你不懂得隱藏表情呢。原來平時總用兜帽遮住臉，不是為了隱藏猿人的身分，而是為了避免被人看穿自己的想法嗎？」

賢者憤怒地發出沉吟。

「再問你一次。服從我，多布納夫。只要你肯——」

「——我拒絕。而且已經足夠了。」

「足夠——難不成。」

當賢者察覺到的瞬間，他腳下冒出了藍色的清淨光芒。十幾層、二十層的積層型魔法陣在賢者周邊出現，逐漸形成堅固的結界。

「儀式魔法！你在樓下集結了神官嗎！」

「現在才發現嗎。為了分散你的注意力，虧我特意和梅札特一起來呢，真是無趣。」

「這種程度的結界！」

雖然賢者想無詠唱釋放以術理魔法和暗魔法為首的破壞結界魔法，但都還來不及發動就被取消了。

「沒用的。這原本就是用來封印魔王，由巴里恩大人賜予的術式。憑你區區一介猿人，怎麼可能粉碎得了上千名神官一起編織成的儀式魔法。」

樞機卿用冷淡的語氣說道。

結界內的魔法陣如同齒輪般驅動起來，將結界折得越來越小。

「你這傢伙——」

賢者咬牙切齒地顯露出憤怒的表情。

如果現在停止抵抗，賢者會連同包覆他的結界一起被放逐到次元狹縫並受到永恆的折磨，這是他透過知識得知的事。

「既然魔法沒有用——」

賢者將都市核的終端從懷裡拿了出來。

「■都市內轉移。」

接著舉起終端這麼詠唱，但他的身體始終站在原地不動。

「你已經沒有權限了。我已經把你當作叛徒檢舉，能夠推翻檢舉的只有我的上位者，也就是行蹤不明的聖下。」

樞機卿說明了理由，看來他不想承認法皇已經死了。

「上位者？上位者就在這裡！■免罪！」

賢者舉起終端，為了消除刻在狀態欄上的罪狀唸出了都市核的指令，然而終端只是閃了一下，沒有發生任何變化。

「怎麼可能！為什麼！身為副王的我，應該比你這個樞機卿更上位才對！」

「你太小看聖下了。聖下在任命你為副王後，也把我作為副王登錄了。」

雖然樞機卿早就發現法皇並不是考慮到萬一賢者背叛的狀況，而是因為老好人思維才把賢者和樞機卿提拔到同個階級，但他並未把這件事告訴賢者。

「沒能看破聖下的心底，還被自己的弟子背叛。你的人望，只不過是通過邪門歪道建構起來的空中樓閣罷了。」

「我被弟子背叛了？怎麼可能！」

「雖然不知道你是用了精神魔法還是魅惑才讓弟子服從，但你太小看歧視主義者的偏見和厭惡感了。那些人即使精神被侵蝕，卻仍舊蔑視身為猿人的你啊。你的所有計畫，都是那些弟子告密的。」

「那群可惡的叛徒！」

賢者帶著憤怒的表情痛罵。

「哼，你恨自己的無德吧——[redacted]誅伐。」

樞機卿拿出都市核的終端，用來自都市核的雷擊射向結界裡的賢者。

「原來能夠從結界外自由攻擊裡面的人的嗎——」

賢者說到一半彷彿察覺了什麼似的停了下來。

「——這裡能看見外面，外面也能看見內部，也就是說光能夠自由進出嗎。」

「用光魔法是白費力氣，魔法對那個結界可不管用。」

樞機卿對試圖找出方法突破現狀的賢者毫無慈悲地宣言。

「用不著你說，我早就知道魔法不管用了。既然光能通過，就說明這個結界也並非完美無缺！」

「那又怎麼樣！■誅伐！」

樞機卿朝充滿自信的賢者發出了第二記雷擊。

賢者用暗魔法將其接住，繼續自言自語地說：

「既然是借用神明力量的結界，那麼用神之力打碎為止——」

帶著些許藍色的紫色光芒流過賢者的身體，接著頭上出現八顆紫色光球。

「讓你們見識一下獨特技能『複寫模仿』的真髓。」

賢者擺出了類似空手道的架勢。

「消耗六號插槽，將我的拳頭賦予『最強之矛（沒有無法貫穿之物）』。」

八個紫光球的其中一顆爆裂飛散，賢者的拳頭隨即寄宿了藍色光輝。

「那、那是勇者隼人的！」

賢者對露出驚訝表情的樞機卿不屑一顧地揮出拳頭。

帶著藍色光輝的拳頭與結界激烈碰撞，綻放出藍紫色的光之波紋。

「結界啊，粉碎吧！」

均衡在賢者發出帶有強烈氣勢吶喊的同時瓦解，構成結界的龐大魔力逆流，澈底摧毀了天空大廳。

天花板崩塌，一旁堪稱國寶的彩色玻璃上描繪的神話也碎了一地。地板被掀起，強烈的魔力風暴將樓下構成結界的神官們吹得東倒西歪。

「梅札特，擊敗他！■聖戰、■王鎧、■王劍！」

「哦哦哦，渾身充滿力量！」

都市核之力注入了騎士梅札特的體內，讓才剛脫離衰弱狀態的他變成一名戰士。

「這樣的話，區區一、兩個咒術師——」

騎士梅札特帶著泛起藍光的聖劍布爾特剛，用瞬動逼近賢者。

「——天威滅閃。」

接著用肉眼難以捕捉的速度發出必殺技，砍向賢者的脖子。

在場的每個人都預見了賢者的頭被砍掉並飛到空中的光景。

但是——

「太慢了。」

本應被斬首的賢者卻出現在騎士梅札特的頭上。

賢者渾身纏著紫色光芒，頭上飄浮著七顆紫色光球，其中一顆散發著明亮的光輝。

「■誅伐。」

樞機卿朝賢者發出雷擊。

「沒用的。」

當雷擊抵達時賢者早已消失，他伴隨著紫色光芒出現在樞機卿身邊，搶走了他手上的都市核終端。

身上冒出紫色光芒的賢者立刻出現在其他地方。

「嗯，『扒手』技能偶爾還是有用的。」

賢者用土魔法「綠柱石筍」將終端破壞，接著像在報復剛才的遭遇似的，用雷魔法「雷電」將樞機卿擊倒在地。

「竟敢對樞機卿猊下！」

連意圖偷襲所放出的「天威滅閃」，也被賢者用宛如瞬間移動般的速度閃開了。

「這就是希嘉王國神出鬼沒的勇者所擁有的力量。能打倒豬王和狗頭，也是多虧了這個名為『閃驅』的能力嗎。」

賢者在喃喃自語之餘避開了騎士梅札特的猛攻。

「就憑你還不夠格當我的對手。」

他用土魔法「綠柱石筍」限制騎士梅札特的移動路徑，接著預測他的行動施展暗魔法和影魔法的組合技，奪走他的魔力和生命力。

「快去幫梅札特大人！」

「「「是！」」」

神殿騎士們衝進了梅札特和賢者之間。

「有點麻煩，讓你們跟樞機卿一起變成焦炭吧。」

賢者跳上空中，將從道具箱裡拿出的法杖舉了起來。

樞機卿察覺了賢者的想法，於是一邊反覆施展都市核的防禦魔法，一邊以快摔倒的氣勢衝向出口。

「事到如今，別以為能逃得掉——」

賢者法杖上的火晶珠發出鮮豔紅光，在法杖四周捲起鮮紅的火焰。

法杖周圍的火焰彷彿在加深騎士們的絕望似的逐漸變大。

那是足以讓在場所有人相信死亡即將到來的破滅象徵。

「——火炎地獄。」

賢者隨著發動句將法杖伸向前方的瞬間，宛如開啟地獄鍋爐般的業火朝騎士們逼近。

正當不知道該往哪逃的人們背後受到業火灼燒前——

◆

「——休想得逞，我這麼告知道。」

一道伴隨白銀光輝衝進來的影子大聲喊出「堡壘防禦」。

十幾二十層的積層型魔法障壁瞬間展開，將「火炎地獄」擋下。

龐大的熱量與堡壘防禦互相對抗，熱輻射燒灼著白銀的騎士——娜娜。

「有點難受，我這麼申告道。」

回應娜娜的是同樣身穿白銀鎧甲的少女們。

「隔絕壁！」

「方陣～？」

「喲！」

空間魔法式的障壁隔斷了熱輻射，獸娘們的三面拋棄式防禦盾方陣將「火炎地獄」推了回去。

「瞄準，射擊！」

狙擊槍瞄準了飄在空中的賢者射出子彈。

「嗚喔！」

賢者的防禦障壁勉強來得及擋住那顆子彈。

但卻沒能化解從障壁觸及肩膀的衝擊，使他當場翻了好幾圈。

「水劍山。」

在賢者腳下發出的水魔法受到「火炎地獄」的高溫導致瞬間氣化──引發水蒸氣爆炸，把賢者炸上了天空。

因為這出乎意料的發展，蜜雅露出了像搞笑漫畫般的驚訝表情。

「樞機卿猊下，您沒受傷吧？」

向跟不上事態急轉直下地發展的樞機卿搭話的，是身穿白銀色鎧甲的佐藤。

「傷勢沒有大礙。比起那個，潘德拉剛卿不是暫時棲身在索利傑羅的村子嗎？」

「是的，我在那裡得知了賢者大人的企圖，因此前來阻止。」

佐藤向暗示詢問自己是否站在賢者那邊的樞機卿表明了自己的立場。

「果然出現了嗎，潘德拉剛！」

被炸飛的賢者在施展了數次防禦魔法和支援魔法將自身完全強化後降落到地面。

或許是水蒸氣爆炸的威力比預料中來得大，賢者穿的法衣變得破爛不堪。

「看來『不見傷』並非浪得虛名啊……沒想到承受了我的『火炎地獄』還能毫髮無傷呢。」

賢者一口氣喝完上級魔力恢復藥之後小聲地說。

「不過，你能持續到什麼時候？就算是能與魔導王國拉拉基自豪的『天護光蓋』匹敵的鐵壁防禦障壁，想必需要付出對等的代價。就算擁有『賢者之石』也無法多次使用。」

雖然賢者試圖擾亂，但年輕的佐藤臉上絲毫不見任何動搖。

「難不成，多少次都能——不，應該不可能。只要不是把『賢者之石』扔進爐子裡燒的愚蠢行為，那個防禦頂多只能用一、兩次，既然如此勝利就是我的囊中之物。」

聽到聖樹石爐受到侮辱的佐藤，沒有露出表情只在內心苦笑。

「您能不能老實投降呢？雖然時間短暫，但我不太想殺死自己的老師。」

「哼，虛張聲勢也要有個限度。比起那個，你從儀式場抓走的聖女怎麼樣了？已經殺掉了嗎？」

「聖女？我救出來的是認識的孩子們。庫羅大人的部下正好在場，聖女大人可能被他救走了吧？」

「——庫羅？」

「他是勇者無名大人的隨從。」

「又是希嘉王國的勇者嗎。」

佐藤的詐術技能凌駕在賢者的洞察力之上。

「——聖女大人？你應該沒讓聖女大人受傷吧？」

樞機卿抓住佐藤的肩膀搖晃道。

在佐藤開口解開誤會前，「天空大廳」出現了新的混亂因子。

「小多，我沒事啦。」

現身的是坐在轎子上的老聖女。雖然她為了把札札里斯法皇從魔王變回人類，力量使用過度而昏了過去，不過似乎在隨從們的努力下恢復並趕了過來。

而小多好像是多布納夫樞機卿的暱稱。

「聖女大人！」

目睹老聖女平安無事的樞機卿高興地叫了出來，但又立刻變為驚愕。

本該浮在空中的賢者瞬間出現在老聖女身後，並將她的隨從們打飛出去。

「——呀！」

「不准動，潘德拉剛！」

全身冒出紫光的賢者用短劍抵著老聖女的喉嚨。

並在這麼說的同時，將老聖女拉進了防禦障壁之中。

這麼一來，不管佐藤的能力有多優秀，在他擊碎防禦障壁奪走短劍前，賢者會先一步割開老聖女的喉嚨吧。

「這是『脫命咒劍』，是在沙珈帝國的吸血迷宮裡找到，惡名昭彰的短劍。會對砍中的人下死亡詛咒，以及注入比許德拉毒素更加劇烈的神經毒。無論用何種魔法藥都沒有辦法救治，最凶惡的暗殺道具。」

賢者刻意沒有提到用萬靈藥就能保住一命的事實。

這是因為身為迷宮探索者的佐藤手上可能有萬靈藥。而且，他的預測是正確的。

「看來形勢逆轉了啊，要投降的是你們。」

賢者打開道具箱，從裡面拿出十個左右的項圈隨手扔出去。

「這難不成是——」

「沒錯，這是『隸屬項圈』。如果想救聖女的命，就自己戴上這些項圈。」

賢者得意洋洋地說道。

「墮落到這種地步了嗎，索利傑羅，給我放開聖女大人！」

「條件我已經說了，用你們的自由交換聖女的命！」

「救、救我，小多。」

被粗魯對待的老聖女向樞機卿求助。

「聖女大人！咕嗚嗚嗚嗚，沒有其他辦法了嗎……」

神殿騎士們從賢者身後悄悄靠近，卻因為碰到賢者展開的劍刃結界而倒在血泊之中。

樞機卿表情苦澀地來回看著「隸屬項圈」與老聖女。

此時，佐藤也偷偷使用「理力之手」悄然接近，但受到賢者的結界阻礙無法干涉。雖然沒有表現在臉上，但佐藤似乎也在拚命尋找能打破現狀的方法。

不知是否察覺了佐藤的想法，小玉慢慢地朝賢者走了過去。

「——小玉。」

而佐藤發現了這件事。

小玉走到「隸屬項圈」前面停下腳步。

「聰明的孩子，自己來戴項圈嗎？」

她拿起項圈，抬頭望著賢者。

「賢者老師，不能欺負弱小～？」

「妳在說什麼？」

「不能欺負弱小，要幫助有困難的人，賢者老師說過～？」

賢者回想起自己曾在忍者教室說過「優秀的能力是為了幫助並引導弱小的人而存在的，切記別沉浸在力量之中」這句話，被佐藤換了個說法講給小玉聽。

「哦，那時候說的話嗎？」

「系。」

小玉和賢者注視著彼此。

卻因為被賢者的氣勢壓倒而變得淚眼汪汪。

「波奇也認為不能欺負弱小喲！不可以卑鄙喲！」

波奇跑到孤軍奮戰的小玉身邊說道。

「卑鄙？那麼我問妳，這麼多人圍攻一個人難道不卑鄙嗎？」

「啊，喲！」

被用正當理論反駁的波奇顯得不知所措。

「既然這樣，一對一戰鬥就行了！」

「嗯，代表戰。」

亞里沙和蜜雅走到波奇旁邊。

「居然是代表戰？妳以為同樣能使用無詠唱就能贏我嗎，小姑娘。」

「不對，不是我。」

「那麼，是據說能與希嘉八劍匹敵，用魔槍的小姑娘嗎！」

亞里沙搖了搖頭。

「現場還有比我更強的人在。」

「不、不是我。」

被莉薩否認後，賢者朝露露看了過去，但她也搖搖手表示否定。

「當然，也不是我，我這麼告知道。該出場了主人，我這麼宣言道。」

娜娜移動到樞機卿的前面，讓擔任護衛的佐藤可以自由行動。

「原來是你，只有靈活度的戰士，別以為光靠魔法道具的力量就能對抗我。」

「我不打算跟您對抗。而是要澈底擊敗您。」

聽到這不符合佐藤風格的強硬發言，以亞里沙為首的夥伴們紛紛露出笑容。

「真是愚蠢。」

紫色光芒流過賢者的身體，他頭上出現了七個紫色光球。

其中一顆光球熄滅後，賢者朝亞里沙喊道。

「轉生者的小姑娘！看看我的等級吧！」

「等級？等級怎麼了——九十九級！」

亞里沙的臉因驚訝而扭曲。

其他人也一樣露出了驚訝的表情。

不對，佐藤先擺出一副不置可否的表情，隨後才又裝作一臉訝異。幸好這件事沒有被在場的任何人發現。

「沒錯。既然我現在脫掉了偽裝，達到人類成長極限的我是無敵的。」

「為什麼——你應該沒有戴『盜神裝具』才對！剛才的紫色光芒就是祕密所在嗎！」

「好奇心真是旺盛啊。」

見到佐藤難得大喊，賢者覺得很有意思地露出笑容。

「答案是『沒錯』。正如你所料，我用獨特技能『複寫模仿』複寫了『盜神裝具』的效果維持在身上。」

「這個獨特技能太作弊了吧。」

亞里沙不甘心地咬著嘴唇。

「雖然技能一旦解除就必須重新複寫，不過只要把大聖堂寶物庫裡的『盜神裝具』拿出來就行了。畢竟那個裝具可是在魔神牢遺跡找到的物品中最有用的。」

賢者這麼說完後，眼神輪流掃過隊伍．潘德拉剛的成員、神殿騎士們以及樞機卿。

「那麼為了避免出現不識趣的闖入者，讓我封住你們的行動吧。」

「影、影子突然！」

「船到橋頭自然直～」

「啊哇哇哇喲！」

「唔。」

人們腳下的影子瞬間竄了上來，轉眼間就將眾人綁住。

雖然像小玉和莉薩那樣動作敏捷的人成功逃離了影子，但除此之外的所有人都被影子綁起來變得無法動彈。而像波奇一樣靠天生的反射神經不斷地避開，卻因為絆到腳被抓到的可說是例外。

「喵。」

「——糟了。」

雖然兩人不斷閃避，最後還是被不斷從影子中出現的觸手給綁住。

「那麼，開始決鬥吧。」

賢者釋放了老聖女，用沒有拿著脫命咒劍的另一隻手拿出鑲有屬性石的常用法杖。

「這次不會抓人質了吧？」

「哼，跟只有四十五級，只不過靈活了點的你一對一，不需要採取那種手段，我需要警戒的只有那個小姑娘。」

「不用擔心，我不會出手的啦。」

亞里沙並未使用空間魔法逃脫，而是聳了聳肩。

在兩人閒聊的時候，小玉邊「嗚喵喵」邊用影石粉末的忍術試圖解開綁住自己的影子，但似乎賢者的魔法對影子的支配力占了上風，她的想法難以實現。

「放馬過來，潘德拉剛。」

「那麼失禮了——」

佐藤沒有拔出腰上的妖精劍，而是撿起掉在腳邊的槍和石頭。

「——我上了。」

接著刻意做出宣言，再用堪稱快速球的驚人速度扔出石頭。

賢者的身影消失。

帶著紫光的賢者突然從佐藤身邊出現——誇張地跌倒在地上翻滾。

在賢者跌倒掀起沙塵後沒多久，折斷的槍也一起掉在地上。那把槍直到剛才為止還在佐藤的手上。

「怎、怎麼回事——」

不清楚發生什麼事的賢者環顧四周，在見到斷槍和空手的佐藤後，才發現自己是被佐藤的槍給絆倒了。

「——是看穿我的軌道了嗎？」

雖然賢者感到震驚，但立刻用常識否定了這個想法。

「不對，不可能。從勇者無名身上複製的技能等同縮地，能夠在肉眼來不及看清的瞬間結束移動，不可能經過盤算把我絆倒。」

或許沒聽見賢者的自言自語，佐藤並沒有特別發表意見，只是撿起別的槍揮了幾下確認手感。

發現賢者正不解地看著自己，佐藤露出彷彿在說「這次您請」的表情招了招手。

「你這傢伙，把自己當強者嗎！」

被小看的賢者激動了起來。

他將法杖收進道具箱，反手拿起短劍。

賢者似乎打算在擦身而過的時候用短劍砍傷佐藤讓他立刻死亡。

「你就為自己的傲慢付出代價吧。」

賢者的身影消失，從遠離佐藤的側面出現，接著又立刻消失。

重複幾次後，正當所有人跟丟賢者所在位置的瞬間，佐藤背後傳出了物體破裂的聲響。

「喵！」

「Ouch，喲！」

被長槍底座擊中心窩的賢者彎成弓字形，兩眼翻白。

槍尖刺穿大理石的地板陷了進去，槍身隨即瀕臨極限攔腰折斷，跟賢者一起滾過佐藤的面前，猛然撞上最近的柱子後停了下來。

撞到柱子的瞬間，塗在上面的灰泥剝落下來，連接地面的部分漫起塵土，向旁觀者傳達那撞擊力道有多麼驚人。

「應該說要好好看路嗎？」

佐藤看著賢者小聲地說。

「究竟發生了什麼事？」

「原以為是看到潘德拉剛卿把槍插在地上，回過神來才發現索利傑羅莫名其妙地撞了上去耶？」

一般人似乎不清楚發生了什麼事。

「真不愧是主人。」

「主人把賢者先生的動作看得一清二楚呢。」

莉薩和露露等幾位用肉眼觀察賢者動作的夥伴稱讚起佐藤。

或許撞擊的場面對小玉和波奇來說很有衝擊性，她們露出一副似乎很痛的表情。

「真是驚人的絕技。」

「是怎麼預測出索利傑羅的位置呢？」

聖劍使梅札特讚嘆地說出口，樞機卿則開口提問。

「畢竟賢者大人出招非常合理，所以很好預測。」

佐藤一副沒什麼大不了的態度說道。

這句話要是被賢者聽到，他可能會因為太過屈辱而大發雷霆。

「嗚嗚嗚嗚……」

牆邊傳出了細微的呻吟聲。

「佐藤。」

「主人，敵人還在活動中，我這麼告知道。」

「明明以高速公路上正面衝突的氣勢撞上去，真虧他還活著。」

蜜雅和娜娜發出警告，亞里沙則用只有佐藤才聽得懂的說法訝異著。

因為是以超過音速的超高速猛撞上去的，如果沒有好幾層的障壁，就算是槍柄那端也肯定會貫穿腹部才對。

佐藤用能與瞬動匹敵的速度衝了過去，將妖精劍抵在恢復意識的賢者脖子上。

「分出勝負了，可以這樣說嗎？」

賢者拒絕了一臉笑意的佐藤遞出的魔法藥，從自己的道具箱裡拿出魔法藥一飲而盡。

「……偶然不會有第二次，沒想到你是防守反擊型的戰士啊。也就是說，你擅長後發制人嗎——」

賢者咳了幾聲，用沙啞的聲音說道。

就算是魔法藥，似乎也無法立刻完全治好心窩被打中的衝擊。

賢者稍微沉思了片刻後，扔掉魔法藥的空瓶開口道。

「——**比賽**是你贏了，潘德拉剛。」

「「「太好了！」」」

「主人的勝利喲！」

「Good fight～？」

聽到賢者認輸的發言，夥伴們發出了歡呼聲。

空瓶畫出弧線掉了下去。小玉基於貓耳族的習性，用眼睛追著瓶子的軌跡。當瓶子摔碎的瞬間，白色煙霧瞬間擴散。

「喵！」

小玉還來不及發出警告，躲在柱子後面的神官服男子悄悄地從後面靠近佐藤，用賢者掉落的短劍刺向佐藤的背部。

「——主人！」

亞里沙用無詠唱釋放的空間魔法，瞬間吹散了煙霧。

眼前是佐藤被倒下的賢者延伸的影之槍以及從背後襲來的短劍刺中的身影。

「不可以從後面刺人喲！」

「主人～」

波奇大聲喊道，小玉用忍術解開了影觸手的束縛逃了出來。

「這樣下去可不行。」

亞里沙用空間魔法逃離了影觸手的束縛，而娜娜則用理術的魔法破壞擺脫影子的拘束。

莉薩和波奇也用蠻力掙脫，露露則用女忍者看了都會嚇得臉色發白的柔軟性舉槍射穿構成影觸手的弱點逃了出來。

「唔。」

娜娜幫助唯一無法靠自己掙脫的蜜雅逃離，眾人一起朝佐藤跑了過去。

這是在見到佐藤有危險後，短短幾秒內發生的事。

另一方面，襲擊佐藤的暗殺者——

「——怎麼可能！」

在見到短劍尖端被佐藤用手指夾住後驚訝地不得了。

在煙霧中，身為暗殺者的自己發出的攻擊被對方頭也不回地華麗接下，面對這精湛至極的技巧，他只能啞口無言。

「你的敗因是太注重身後了。」

確認影槍刺中以佐藤的額頭和心臟為首的十幾個部位之後，賢者小聲地說。

「那倒不至於。」

見到佐藤仍然冷靜地說著話的賢者失去了言語。

接著，發現本該被影槍刺中的地方完全沒有流出血來，體悟到自己的失敗。

「——你這傢伙也會用影魔法嗎？」

「不會，這是多虧了小玉教我的忍術，還有您給的影石。」

佐藤將手上的影石粉末展示給賢者看。

背後的暗殺者放開了手上的短劍拿出其他手裏劍，但佐藤也沒有回頭。

那是因為——

「忍忍～」

「突——喲！」

小玉用忍術引起的暴風將男人轟飛，波奇追上去用身體撞昏了他。

莉薩抱起在地上滾了兩、三圈的波奇，用魔槍把男子釘在地板上。

蜜雅在遠方開始了詠唱，露露舉起狙擊槍，娜娜則舉盾將重要人物們保護在身後。

「真是優秀的部下啊。」

「都是令我驕傲的夥伴。話說回來，您還不打算投降嗎？」

佐藤抵在賢者脖子上的劍紋絲不動，這麼詢問道。

「不想殺人的威脅毫無意義。既然用劍抵著我，那就做好殺死我的覺悟。」

被說到痛處的佐藤一臉困擾地搔了搔被頭盔包覆著的臉頰。

「賢者老師，投降吧～」

小玉走到賢者面前，用純真的眼神訴說著。

「沒錯喲！勝負已分喲！」

波奇也在遠處聲援小玉，佐藤跟夥伴們則是守望著他們兩個。

「妳要我放棄一切投降？」

「系。」

小玉點了點頭。

「愚蠢——」

「喵嗚嗚。」

賢者抓住毫無防備地抬頭看著自己的小玉的頭盔（衣領），把她拎了起來。

「——我對你們說的漂亮話，都是為了自己。」

賢者如此斷言，並繼續說道。

「那都是為了操縱蠢貨的謊言。弱者會被吞噬，無法抵抗的人會被蹂躪，這就是這世界的真理，是只有強者才能得到一切的殘酷世界。」

聽到賢者無理的發言，小玉的眼角浮現出淚水。

眼淚只不過是對弱者的憐憫，他這麼斷言後將小玉撞飛了出去。

「世界並不完全是這樣喔。」

佐藤在空中接住了小玉，拭去她的淚水。

「主人說得沒錯！根本沒必要聽壞人的辯解！」

「嗯，膚淺。」

「是的，蜜雅。他是個放棄的愚者，我這麼斷言道。」

亞里沙用刻薄的語氣認定了賢者的為人，蜜雅和娜娜跟著附和。

其他夥伴也同意了她們的發言。

「哼，我可沒時間奉陪你們這種跟小孩一樣天真的理想。」

賢者的身體流動著紫色光芒。當他看見伸出的手臂前端指甲硬化，皮膚變成紫色後，便把手臂藏進了袖子裡。

不知道是連續用太多次獨特技能，還是重現勇者獨特技能的緣故，賢者的身體似乎逐漸地變成怪物，作為使用超越容器力量的代價。

「你要抵抗到最後嗎？」

「那當然，而且——」

他頭上的六個紫色光球中的其中一顆爆開後，佐藤的背後出現了由暗紫色光芒構成的反射光鱗。

「——我可不會向即將死去的人投降！」

佐藤頭也不回地後仰，閃過了逼近頭部的反射光鱗。

並直接後空翻將反射光鱗踢飛，脫掉背上的斗篷擋下賢者打算追擊釋放的雷擊。

「剛才那是沙塵王的獨特技能嗎——還剩五個，其他到底還藏著什麼樣的能力呢？」

明明面對著實力比自己更強，還擁有魔王與勇者能力的對手，佐藤的表情卻看不見絲毫恐懼。

不僅如此，甚至展現出絕對強者的風範。

「不見傷！你到底是什麼人！」

賢者一邊與佐藤拉開距離一邊吶喊。

「為什麼能避開我的所有攻擊！」

那聲音裡隱含著藏不住的恐懼。

「必、必須在這裡只把你解決掉才行——」

賢者瞪著佐藤說道。

「——勇者無名。」

愚者的下場

「我是佐藤。雖然在現實中壞人未必會惡有惡報，但至少希望故事裡的壞人能夠迎來符合他們的結局。我認為看見窮凶極惡的壞人迎來破滅的結局也算一種宣洩。」

「——勇者無名。」

雖然我因為身分被賢者看穿而表露出訝異，但技能等級達到上限的「無表情」技能老師完美地替不中用的我掩飾了表情。

我想肯定是一副傻眼的表情吧。

無法否認自己因為見到賢者用獨特技能複製了閃驅後，無法掌握能力而掉入陷阱實在很有趣，導致做過頭了。

由於我早就用空間魔法「眺望」的俯瞰角度確認了出現在雷達上的暗殺者，所以能輕鬆應付，並且也能預測賢者會配合暗殺者發動擅長的影魔法進行攻擊，因而勉強能應付。至於嚇出一身冷汗的事得保密才行。

「勇者無名？希嘉王國的勇者無名嗎！」

「假面勇者的真面目原來是潘德拉剛子爵嗎！」

巴里恩神國的大人物們驚訝地叫了出來，我用「眺望」的其他視角確認到夥伴們正一臉蒼白地看著彼此。

『怎、怎麼辦啦主人！』

亞里沙透過「戰術輪話」擔心地問道，我則回了句「不必擔心」。

接著用一副「聽不懂你在說什麼耶？」的表情看著賢者。

「——勇者無名大人？你說我嗎？」

「少裝傻！要說誰能夠玩弄立於人族頂點的我，除了勇者，只有神或神的使徒而已！」

賢者一臉胸有成竹地怒吼著。

或許是對我有所警戒，他將反射光鱗設置在自己和我之間。

是錯覺嗎，每當賢者發出怒吼，嘴角都會冒出類似漆黑霧氣的東西。

畢竟他一直連發獨特技能，希望不是魔王化的預兆……

「您太看得起我了。況且您說勇者無名大人的話，就在那——」

我迅速讓儲倉裡的替身人偶換上勇者無名的衣服，將它與魔力充填完畢的鑄造聖劍一起在「天空大廳」崩塌的天花板對面拿了出來。

這或許是自迷宮都市賽利維拉以來，第一次將確認裝備用的人偶當作替身也說不定。

『《起舞吧》，光之劍！』

我用腹語術技能讓人偶發出吶喊，接著用「理力之手」讓十三把聖劍飄浮在人偶身邊。

雖然明顯和光之劍不同，但應該足以瞞過沒有見過真正聖劍的人們。

畢竟，雖然是自製的，但那十三把也都是真正的聖劍。

「什麼！」

賢者在見到浮在空中的無名人偶後瞪大雙眼，接著將不知從哪裡拿出的兩個紅色與紫色的安瓶給咬開。

那是在樞機卿的宅邸見過的致死性禁止藥物——將魔人藥濃縮的廢魔人藥，以及高濃度魔力活化劑等兩項神祕藥品。

「慢著，賢者！您想死嗎！」

我將「理力之手」伸向賢者，但他四周的暗魔法障壁卻將其擋了下來。

「喵！」

小玉的手裏劍破壞了其中一個安瓶。

「瞄準，射擊！」

接著露露射出的子彈射穿了剩下的另一個瓶子。

妳們兩個，幹得漂亮。

「可惡，居然把我的殺手鐧——」

賢者「嘖」了一聲將瓶子的殘骸扔掉，為了報復朝小玉和露露發射了十幾支理槍。

小玉迅速地躲開，亞里沙則是用空間魔法「隔絕壁」保護露露。

必須將賢者的注意力轉到我身上才行。

『放心吧，魔王已經被我解決，被抓的札札里斯法皇也救出來了。目前將他保護在安全的地方喔。』

我用腹語術從人偶無名身上發出聲音。

一邊操縱人偶無名，一邊用佐藤的身分監視眼前的賢者還真累人。

雖然因此導致我晚了一步才發現有個身穿神官服的男子接近賢者，但我並不想找藉口。

「賢者大人，現在正是使用**那個**的時候焉。」

「綠、綠大人！」

綠——穿著神官服的男子手上的指甲和嘴唇染成綠色，腰帶和靴子也是綠色的。

他的模樣與我過去在迷宮都市賽利維拉見到，被稱為「綠貴族」的波布提瑪前伯爵受到綠色上級貴族操縱時極其相似。

「使用神喚焉！」

綠神官喊道。

——神喚？

那是去年年底，霍茲納斯樞機卿在希嘉王國王都用來召喚「魔神產物」所使用的獨特技能名稱。

難不成賢者也模仿了那項獨特技能嗎？

——不妙。非常不妙。

當時是在神劍及小光她們的幫助下才勉強解決。

但現場沒有小光和天龍，要是賢者使用了「神喚」，巴里恩神國將會遭受嚴重的打擊。

「綠大人，那是不可能的。現在的我用了太多次獨特技能。要是現在使用，有很大的可能性會敗給神力，墮落成失去理智的魔王。」

「那樣的話沒問題焉，我有個好方法焉。」

嘖，多管閒事。

「不愧是綠大人！」

「用這個——」

能看到綠神官把手伸進懷裡。

「潘潘。」

我讓人偶無名發出指示，接著為了阻止綠神官的行動用瞬動接近對方。

「休想得逞！」

反射光鱗擋住了我的去路。

我將飄浮在人偶無名身旁的聖劍扔了過去，但只用「理力之手」扔出的聖劍無法排除反射光鱗，只能砸出裂痕。

「——魔槍龍退擊！」

如同疾風般高速衝過來的莉薩刺穿了反射光鱗，將其釘在柱子上。

看來她有好好運用重獲新生的魔槍多瑪。

我一邊向助攻的莉薩表示感謝，一邊揮出一掌排除了綠神官。

「綠大人！」

「大局已定焉。」

某個漆黑的東西刺中了賢者的背部。

那東西在我還來不及伸手就迅速化為黑霧消失，被賢者的背給吸了進去。

「咕喔喔喔喔喔——綠大人！難、難不成！」

「因為放在你的據點裡，所以幫你回收了焉。希望你好好利用——」

綠神官一踏地面跳了起來，頭部轉了一圈看著賢者說道。

「——成為出色的魔王焉。」

那句話剛說完，賢者的身體隨即噴出了黑霧，皮膚逐漸染成暗紫色。

「竟然敢算計我！你這個邪惡的魔族！」

這麼吶喊的賢者身體冒出了詭異的突起和尖刺，身形逐漸巨大化。

頭頂變得像戴了王冠一樣，浮在頭上的紫色光球都進入了那個凹槽裡。

「我可沒有背叛焉。因為看你害怕變成魔王不肯使用『神喚』，這是為了讓你能毫無顧忌地使用，從背後推了你一把焉。」

綠神官面不改色地說道。

AR顯示賢者的種族從「猿人」變成了「魔王」。

那傢伙使用的漆黑物體似乎是能促進魔王化的道具。

「亞里沙！快逃到安全範圍去！」

我焦慮不已地大喊著。

如果那個漆黑的物品能夠讓擁有「神之碎片」的人變為魔王……光是想到那種危險的東西可能被用在亞里沙身上就讓我背脊發涼。

就算是誤會，也不能讓亞里沙碰到那東西。

「潘潘，這裡交給我，你帶大家去避難吧。」

「我明白了！」

我和人偶無名演起獨角戲，並為了讓亞里沙能盡快前去避難，自己也開始疏散人群。

「果然，容器快要毀壞的狀況下，『魔神大人的加護』也很有效焉。畢竟正常情況會『適得其反』直接死去焉。」

綠神官的嘲笑聲傳了過來。

——容器快要毀壞的狀況下，「魔神大人的加護」也很有效焉。

那就是引發魔王化的條件嗎。

「綠大人啊啊啊啊啊啊啊啊啊啊啊啊！」

在我確認那件事的前一刻，綠神官就被巨大化的賢者給壓扁了。

賢者的肉體也朝著停下腳步的我覆蓋過來，我撿起倒在地面的幾個人並逃出「天空大廳」。

「綠大仁啊啊啊啊啊啊啊啊啊啊啊啊！」

魔王朝天怒吼。

『雖然我不否認自己邪惡焉，但我不記得有背叛過焉。利用魔王解除魔神牢的封印是既定事項焉。』

不知從哪裡傳來了用焉作為語尾的說話聲。

『好了，毀掉聖都吧焉。把幸福生活的人們打入絕望的深淵，是產生最濃厚瘴氣的方法焉。』

「綠達仁啊啊啊啊啊啊啊啊啊啊啊啊啊啊啊！」

魔王化之後的賢者喊聲逐漸增加違和感。

賢者——魔王索利傑羅像在遷怒般破壞了「天空大廳」，朝著大聖堂外面前進。

『主人！快點！』

『入口要被埋起來了！』

亞里沙和露露傳來通信催促我趕快離開。

『小玉，去幫忙～』

『波奇也幫忙搬運喲！』

『不可以，妳們兩個！』

莉薩似乎阻止了小玉和波奇。

『快！』

『主人，Hurry up，我這麼告知道。』

天花板像要蓋過蜜雅和娜娜的聲音似的塌了下來。
眼前的入口逐漸被堵上。
『接住！』
我這麼大喊，在「理力之手」的幫助下將扛著的人們往入口扔了過去。
並且用「理力之手」拍掉了有可能砸到他們的瓦礫。
『主人也快點！』
『我用「歸還轉移」，亞里沙妳們帶聖都的人去避難。』
說完之後，我也逃離了正在崩塌的大聖堂。
這下就能跟人偶無名交換身分了。

◆

「——那麼。」
我穿起從替身人偶身上回收的勇者無名裝備，飛到空中。
「大聖堂周遭高階神官們的房子都被摧毀了嗎……」
目前看起來很少有人員受害。

賢者——魔王索利傑羅用火魔法焚燒聖都，不斷從火魔法的業火所創造的深色影子裡伸出觸手橫掃建築物。

遠方的暴風牆掀起了黑煙和火焰，導致看不見對面。

『避難誘導怎麼樣了？』

『主人，我們被堵在外門，我這麼報告道。』

『其他的門好像也一樣。』

護衛著重要人物的娜娜以及在高處固守陣地的露露傳來報告。

該說不出所料嗎。

「勇嗚嗚嗚嗚嗚嗚嗚嗚者者者啊啊啊啊啊啊啊啊啊啊啊啊啊！」

魔王將高階神官們的住宅破壞殆盡後，發出怒吼朝著一般民房的方向開始移動。

『主人，在避難結束之前，你先讓魔王在大聖堂附近不要移動！光靠我的「長城隔絕壁」和蜜雅用迦樓羅製作的風結界，擋不住他的魔法！』

『知道了，這邊交給我。』

『魔王的等級已經變成一百一十級了，小心點喔！』

聽見亞里沙的警告才發現，魔王化的賢者的確從九十九級升到一百一十級了。

我回想起勇者隼人在魔窟深處打倒的沙塵王。

那傢伙的等級也是中途開始以十級為單位提升，雖然這傢伙升了十一級，但這點差距算是誤差吧。

「勇嗚嗚嗚嗚嗚嗚者者者啊啊啊啊啊啊啊啊啊啊啊啊！」

魔王彷彿失去理智般吶喊著。

雖然是跟魔王靜香交流之後才知道的事，瘴氣似乎會促進魔王化，於是我把精靈光完全展開，嘗試消除周邊空間的瘴氣。

「魔王！我在這裡！」

我朝著魔王的背部施展「冰雪暴風」。

因為火焰的緣故，這附近的氣溫變得很誇張，所以我試著在吸引魔王注意的同時順便降低溫度，但威力有點強過頭了。

早已避難完畢的高階神官宅邸區被冰雪覆蓋，沸騰的水道也全都結冰。

看來在都市內使用廣範圍型的中級攻擊魔法果然很危險。

「勇嗚嗚嗚嗚嗚者者者啊啊啊啊啊啊啊啊啊啊啊！」

魔王吐著白氣朝我釋放了落雷魔法，我用閃驅加以迴避。

雖然之前只見過他使用四元素魔法和影魔法，但現在看來，他幾乎網羅了所有魔法系列的技能。

「……威力真強。」

因為魔王化，攻擊魔法的威力也增加了。

要是光吸引對方注意，感覺遲早會因為流彈而出現傷亡。

「既然如此，把這傢伙帶到都市外面！」

為了抓住魔王進行「歸還轉移」，我用閃驅急速接近——但中途連忙停了下來。

『主人，怎麼了？』

『有陷阱。』

就跟我剛才做過的一樣，他的身邊布滿了專門對付閃驅急速接近的陷阱。魔王身邊充滿了由影魔法打造，細到肉眼看不見的影刃構成的網子，呈半圓球狀覆蓋著他。

如果察覺危險和偵測陷阱技能沒有提示的話就危險了。

算了，只要知道有陷阱存在就有辦法應付。

先用魔法破壞消除影刃的網子，接著再用閃驅——

在我即將衝進去時，反射光鱗朝我襲來。明明本來應該只有一個，現在卻不斷增加，開始在魔王周圍旋轉。

每當魔王身上冒出暗紫色光芒，裝飾在王冠上的五個紫色光球就會一個個增加，當變成八個時，會產生反射光鱗再一個個減少，接著不斷重複。

看來他是用「複寫模仿」複製自己放出的反射光鱗。因為這個緣故，覆蓋魔王身體的紫色光芒逐漸染上黑色。

我的精靈光宛如杯水車薪般沒有奏效。

「住手啦，賢者！再繼續使用獨特技能，就無法恢復原狀了喔！」

總覺得無名的語氣不太適合說服人。

「咕哈、咕哈哈哈哈哈哈哈——」

魔王朝著夜空發出嘲笑。

「——早揪為時已晚了。」

我用兩把聖劍擋開了遵從魔王意志，如同怒濤般襲擊而來的反射光鱗。

由於速度過快，在我動作停下時，其他攻擊魔法和妨礙魔法也襲擊了過來，使我難以採取其他行動。

雖然想告訴他還不算為時已晚，但要是呼吸亂掉，總覺得會來不及擊落反射光鱗。

『瞄準，射擊！』

藍色光彈穿過了反射光鱗的漩渦，命中了魔王的側面頭部。

拋棄式加速炮的威力似乎沒能射穿魔王的頭蓋骨，但即使如此還是讓我得到了重整架勢的空隙。

我用閃驅飛上天空。

『謝謝妳，露露，很棒的支援喔。』

『怎、怎麼會。我還差得遠呢。』

我微笑地看著受到稱讚顯得害羞的露露。

「勇嗚嗚嗚嗚嗚嗚嗚者者者啊啊啊啊啊啊啊啊啊啊啊啊啊啊啊！」

或許用了閃驅，魔王瞬間追了上來，就這樣直接把他帶離聖都吧。

我也用閃驅帶著魔王移動。魔王的閃驅移動距離似乎不長，於是我一邊為了讓他不跟丟而留意移動距離，一邊在夜空中繼續你追我跑。

「站啊啊啊啊住啊啊啊啊啊啊！」

魔王看準我停下的時機，放出了攻擊魔法。

移動的位置及附近炸開了好幾顆火球，還被冰雪暴風擋住去路，如同彈幕般的追蹤箭和雷擊追了上來。

雖然我全都透過軌道隨機的閃驅迴避掉了，但對方依然不死心地持續放出多采多姿的魔法攻擊。

魔王趁著魔法攻擊的空隙，以假動作使用反射光鱗朝我的腦袋砍了過來，但被我用閃驅躲開，並誘導反射光鱗用力撞上地面失去效力。受到牽連而慘遭切斷的涼御樹粗壯的樹幹猶如噴泉般噴出水倒了下去。

「勇嗚嗚嗚嗚嗚嗚嗚者者者啊啊啊啊啊啊啊啊啊啊啊啊啊！」

我透過閃驅迴避魔王放出的上級火魔法「火炎地獄」。

或許因為這次停了很久，他放出了強力的招式。接連不斷的攻擊雖然讓人覺得煩躁，但從地面看過來的光芒肯定很漂亮。不過像這樣魔法連發居然沒把魔力耗盡，看來魔王化之後魔力量提升了不少呢。

話說回來，想用閃驅互相追趕必須進行預判，實在很耗費精力。

都用火球吸引我的注意力了，拜託別在前面設置暗魔法陷阱啦。

「接下來──」

因為已經從聖都拉開了足夠的距離，我開始說服魔王。

雖然至今遇到的魔王只有討伐這個選項，但現在既然得到了魔王靜香這位協助者，就能摸索其他出路。

「賢者！現在也還不遲，捨棄『神之碎片』啦！」

「廢話少說喔喔喔喔喔！」

魔王發出怒吼後過沒多久，空中出現了三個魔法陣。

從中冒出了顏色類似森林迷彩，像飛龍的魔族。

「咕喀喀喀喀，沒用的焉。」

「得到魔神大人加護的碎片，已經澈底融入猴子的靈魂中了焉。」

「就算用憂鬱魔王的能力，也已經無可挽回焉。」

飛龍型的中級魔族開口煽動魔王。

從這些傢伙的語氣跟顏色來看，應該是綠色上級魔族的眷屬。

「背叛叛叛叛，眷屬屬屬屬屬屬屬屬屬！」

魔王放出的業火一擊消滅了一隻中級魔族，僥幸逃脫的另外兩隻一邊挑釁魔王，一邊往聖都的方向逃去。

看來這些傢伙是為了將魔王引回聖都而來。

『佐藤，魔族。』

『這邊也出現了。一擊就能打倒，我想應該是下級魔族。』

『波奇打倒了兩隻喲！』

在聖都引導人們避難的夥伴們接二連三地傳來發現魔族的報告。

我發動空間魔法「眺望」確認夥伴們的情況。

『不許殺戮，我如此告知了！』

『不准搗亂～』

娜娜阻止了外表看似仙人掌的魔族衝向民眾的舉動，那些刺蝟魔族們在小玉的忍術影響下紛紛變得動彈不得。

『幹得漂亮！之後交給我！』

『瞄準，射擊！』

莉薩跟露露逐一擊破了掉進陷阱、被影子束縛，或是被風影響偏離路線而撞進建築物的魔族。

『希爾芙們，保護。』

『休想得逞！絕對不會讓你們得逞的喔喔喔喔——！』

受蜜雅命令的小希爾芙們一邊保護民眾一邊進行疏散，變得異常亢奮的亞里沙則使用空間魔法爭取讓夥伴們趕到的時間。

想從這裡用魔法進行掩護有點遠，因此我決定相信夥伴繼續對付魔王。

「首先要解決這些礙事的傢伙。」

我從儲倉中取出魔弓，搭起兩支注入過多魔力的聖箭。

接著從魔法欄選擇「加速門」魔法，在聖箭前面創造一百二十枚魔法陣。

——要預測風向。

同時回憶起露露說的話進行調整，朝著魔族未來的位置釋放聖箭。

「光是快可追不上我焉——」

「我可是最會逃跑的焉——」

兩支聖箭劃出雷射般的軌跡，將魔族澈底消滅。

「勇嗚嗚嗚嗚嗚嗚者者者啊啊啊啊啊啊啊啊啊啊啊啊啊啊！」

魔王充滿幹勁地用閃驅撲了過來。

我可沒興趣跟纏繞著反射光鱗禮服的人跳舞。

稍微削弱他的幹勁吧。

懷著這種想法，我瞄準魔王停下動作的瞬間放出爆縮。

「咕啊啊啊啊啊啊啊啊啊啊啊啊啊啊啊啊！」

被正面擊中的魔王發出慘叫。

我一邊用閃驅在魔王身邊移動，一邊將虛假的火炎暴風、冰雪暴風及電擊暴風等魔法用來代替障眼法，並且善用能讓我處於俯瞰視角的「眺望」，不斷試著用反射光鱗難以反射的爆縮發起猛攻來打擊魔王。

在我的連續中級攻擊魔法攻勢下，瞬間澈底粉碎了反射光鱗。

由於魔王似乎擁有自我恢復技能，因此我嘗試進攻到勉強不會致死的程度。

過了一陣子，不斷發出慘叫的魔王也逐漸平靜了下來。

「差不多想放棄做魔王了吧？」

「明明成為超越人類極限的魔王，抵達了歷代魔王之中也是屈指可數的等級，為什麼對你不管用。」

魔王沒有回答我的提問，用變得有些流暢的語氣抱怨著。

不過等級差了不只一倍，這也是沒辦法的事呢。

「知道實力差距了吧？差不多該投降啦。」

「你說投降？不僅耗費一生準備的計畫在即將達成之前遭到妨礙，甚至在最後還要被敵人同情！我可不想忍受這種屈辱還要苟活！」

魔王吐出漆黑的瘴氣吐息發出怒吼。

「既然如此，就用最後的手段——」

——神喚嗎？

「要是敢用的話，我就不客氣地把你給解決掉囉？」

如果可以，我實在不想和獨特技能「神喚」召喚的「魔神的產物」交戰。

說老實話，讓封印在魔神牢的「**某種東西**」被解放，反而還比較輕鬆。

雖然不殺是我的基本原則，但並非絕對。

夥伴們的安全遠比這件事重要。

「只要能看見你焦急的模樣，就算拿這條命當賭注也無所謂。」

嗯～魔王變得自暴自棄了，似乎真的必須痛下殺手才行。

要是可以，實在很想避免跟能夠好好交談的對手互殺這種壓力龐大的事……

此時正在傷腦筋的我聽見腳邊傳來了熟悉的聲音。

「賢者老師～住手吧～？」

我往下一看，發現小玉從我的影子中探出頭來。

大概用了忍術，但畢竟不可能一直躲在我的影子裡，應該是憑藉天生的直覺沿著「戰術輪話」的線路跑過來的才對，是否能辦到則另當別論。

「妳來幹什麼。」

「說『對不起』然後投降吧～？」

小玉努力用自己不多的詞彙試圖說服魔王。

「我怎麼可能投降。」

「這樣下去賢者老師，會死掉～？」

「那又如何。任誰終究都有一死。靜香已經，死亡。鍛鍊妳的忍術也變得毫無意義。無法成為養分的妳，價值甚至不如路邊的垃圾。」

「喵～可是可是──」

就算因為魔王的粗暴言論而眼泛淚光，小玉依然不死心地說服著他。

之前他對小玉說那些話時，原以為只是為了欺騙小玉才假裝自己很壞，但從剛才的話來看，應該能判斷他只是個單純的惡人了。

「──賢者老師死了，小玉會悲傷～」

小玉噗嚕嚕地流下清澈的淚珠。

明明被人如此拒絕了，她依然不肯放棄魔王。

但是，真心未必能打動對方。

「那又如何？妳的眼淚沒有任何價值──不，既然等級超過五十，多少還是能得到經驗值吧。為了打倒那個自稱勇者的怪物，妳就成為我的糧食吧！」

魔王在小玉頭上降下了特大的落雷。

「喵～」

我用閃驅把小玉帶往安全區域。

她的背後出現像漆黑斗篷的物體吸收了落雷讓其失效。

那大概是小玉使用暗石粉末施展的忍術吧。

「意思是連雜魚都不讓我殺嗎……」

「所以都說了焉。如果想打敗這個規格外的怪物，只能用『神喚』焉。」

一隻小型的綠色蝙蝠在魔王耳邊悄悄地說。

那是綠魔族的擬體。我從儲倉拿出小光借給我的追夢紡織車，開始操縱絲線。

「只能那麼做了嗎。」

——不妙。

魔王快要被綠魔族的花言巧語給騙了。

「別妨礙我說服。」

我用追蹤箭將蝙蝠擊落。

「別衝動，用了神喚的霍茲納斯樞機卿已經變成鹽堆了哦？」

「別把我和連人類的極限都無法超越的霍茲納斯相提並論。」

「賢者老師，不可以～」

「吵死了！」

魔王揮出的手臂前端出現了火焰奔流，像要將我們吞沒一般襲擊過來。

我用「自在盾」擋開火焰，接著用「冰雪暴風」將其抵銷。

「喵！」

魔王的四周出現了巨大的球形防禦障壁。

而且好像還用勇者隼人的獨特技能「無敵之盾」強化了。

打算用那個爭取神喚的時間嗎。

「小玉，離遠點。」

我用縮地接近球形障壁，從儲倉中拿出試作版的龍槍進行攻擊。

藍色和紫色的光芒產生激烈碰撞，不久後貫穿了球形障壁。

「——不會吧。」

球形障壁的內部還有一層球形障壁。

魔王重複施展了好幾枚球形障壁，似乎每層都加上了由「複寫模仿」複製來的「無敵之盾」進行強化。

在不斷堆疊的球形障壁對面，魔王腳下出現了暗紫色的魔法陣。

那一定是「神喚」的召喚陣。

「小玉！來我身邊！把妳送回安全區域！」

我用試作龍槍不斷破壞球形障壁。

「可是～」

平時總是很聽話的小玉會這樣實在罕見。

「之後就交給我。」

「……系。」

我用單位配置把點頭答應的小玉傳送到友軍區域。

要是沒有配戴魂殼花環就用單位配置的事被發現感覺會惹亞里沙生氣，但現在情況緊急，希望她能原諒我。

因為光靠試作龍槍會來不及，所以我同時用了改造莉薩的魔槍多瑪時製作的，加上龍牙鍍層的龍爪短劍來提高效率。

——不妙。

暗紫色的光柱逐漸往天空延伸。

召喚進入了最終階段。

還有幾層——

「已經來不及焉，『神喚』已經完成了焉。」

我沒有停下破壞球形障壁的手，而是直接用雷射消滅了看似綠魔族的壁虎型擬體。

雖然切斷了好不容易放出的絲線，但這也沒辦法。

「還有一層！」

當眼前只剩下最後一層球形障壁時，障壁突然從內側爆炸消失無蹤。

光柱之中掉下了某種漆黑的物體，魔王朝著它伸出了手。

——好小？

小到能被魔王握在手裡。

而且很薄，看起來宛如漆黑的羊皮紙。

「……這、這是什麼啊。」

羊皮紙上冒出一座魔法陣，從中出現了一道看似女性的剪影。

『非常感謝您使用召喚系統——由於本區域處於服務區域外，因此將會取消您的召喚請求。請放心，本次召喚將不會收取任何費用。今後將會繼續努力擴充服務區域，還請諒解。』

女性的剪影以類似聲音合成軟體的聲音和語調，用神代語開始說起長篇大論。

我想這應該是魔神搞的鬼，但還是覺得這種像手機服務區的說法實在很奇怪。

但「魔神的產物」不會出現我倒是很開心。

「啊——果然失敗了焉。」

下級魔族運用轉移出現。

又是綠魔族的擬體。

「失敗是什麼意思！」

「就是字面上的意思焉，期待下一次焉。」

綠魔族的擬體用它短小的手拍了拍魔王的肩膀。

「下一次？神喚已經用掉了！我沒有下一次機會！」

魔王流著血淚氣得跺腳。

憤憤不平的他打算撕破羊皮紙，但無論用多大的力氣還是用爪子撕扯，依舊無法造成任何損傷。

「白費力氣焉，那東西附有不壞屬性焉。」

聽綠魔族這麼說，魔王將其揉成一團摔到地面上。

「啊——那麼做很不妙喔焉？」

「那是什麼意——」

魔王才問到一半，地面變得一片漆黑。

我反射性地用了閃軀，魔王似乎也想用閃軀，但卻因為腳陷入地面來不及拔出來，導致慢了一步。

——呃。

漆黑的地面冒出無數的手伸向魔王。

我透過察覺危險技能知道，那是能跟「魔神的產物」匹敵的不妙傢伙。

「嗚喔喔喔喔喔喔喔喔喔喔喔！」

雖然都只有剪影，人的手、獸的手、魚的鰭、蜥蜴的手、鳥的腳、昆蟲的腳，這類各種形式的手腳抓住魔王拖進地面。

「賢者！手伸過來！」

雖然他是個沒有拯救價值的人，但如果這傢伙死了會讓小玉悲傷。

魔王本想抓住我伸出的手，但卻在即將碰到時甩掉了我的手。

「不需要你的幫助！」

比起排除那些無數的手，魔王還是決定先把我甩開。

他用暗魔法甩掉了我的「理力之手」，同時為了不讓我靠近，用眾多攻擊魔法對我展開攻擊。

「我是超越人類極限的存在！我是賢者！我才是真正的賢者！賢者索利傑羅！」

雖然想用閃驅穿過攻擊魔法，但我也很清楚那是絕對趕不上的。

魔王在我眼前被無數的手腳抓住，陷入地面深處消失了。

漆黑的地面也彷彿退潮般變回了原本的黃褐色。

「企圖復興一族的猴子，下場真是可悲焉。」

綠魔族的擬體俯瞰著魔王消失的大地嘲笑著。

雖然我很想立刻把牠解決掉，但還有事要問。

「剛才的是什麼？魔王被帶到哪裡去了？」

「哎呀呀，語氣不一樣了哦焉？」

綠魔族故弄玄虛地在我周圍飛了一圈後，繼續開口。

「那是魔神大人留下的守衛焉。魔王如今在真正的『魔神牢』裡面跟其他囚犯一起享受地獄全餐焉。」

想要解除魔神牢封印的賢者，卻成了魔神牢的囚犯，實在諷刺。

◆

「這次就到此為止焉。」

綠魔族自顧自地說道。

「既然看守醒了過來，這一百年就無法靠近了焉。要是不小心接近，別說解除封印，反而會步上那隻猴子的後塵焉。」

雖然不清楚魔族的話有多少可信度，但從剛才的「手」來看，似乎並非全是謊言。

「這次算你的勝利焉。」

綠魔族彷彿在嘲笑我似的拍了拍手。

「不過接下來就不一樣了焉，下次會用數量和多線作戰來讓你露出破綻焉。」

「我也先告訴你，沒有下一次了。」

在綠魔族透過下級魔族的擬體出現時，我已經使用了追夢紡織車。

我操作絲線，以絲線前端極小的刻印板當作目標進行了「歸還轉移」。

身體與巨大魔法裝置結合的綠魔族頓時出現在眼前。

「你、你是怎麼找到這裡的焉！」

綠魔族大吵大鬧地打算爭取時間，但我不打算放過這個千載難逢的機會。

我在轉移前已經做好準備。

「將——」

用比光更快的速度揮出漆黑神劍。

「——軍了。」

說完勝利宣言（將軍）前，綠魔族的命運走到了盡頭。將巴里恩神國以及眾多國家引導至混沌的萬惡根源就此化為黑霧消失。

尾聲

「我是佐藤。雖然世界上有很多事經常不如意，但我認為只要身邊有家人和朋友，大多數情況都能跨越。不要鑽牛角尖，抱著正面的心情努力才是最好的呢。」

「這裡只能說是邪惡的巢穴啊……」

在ＡＲ顯示的紀錄確認綠魔族討伐完畢後，我才總算有空仔細觀察綠魔族的據點，而看過的感想就是剛才那句話。

用有著奇妙有機線條的金屬質素材做成的結構物充斥在廣大的空間裡。

與綠魔族連接的巨大魔法裝置似乎也因為失去綠魔族而損壞，如生物般急速腐朽瓦解。

「下級魔族有多少隻呢？」

我透過探索全地圖魔法得知了地圖內的敵人，並用「追蹤箭」和「光線」魔法殲滅。

位於視野角落的紀錄以驚人的速度開始跳出訊息。

或許已經將地圖內的敵人全部殲滅，滿足了「戰利品自動回收」的發動條件吧。

我稍微看了幾眼，發現這裡盡是些收集瘴氣的壺、裝飾品、召喚魔族的蛋，以及把人類變成魔族的短角和長角等亂七八糟的道具。創建一個綠魔族資料夾，把東西凍結在裡面吧。

確認不再跳出紀錄後，我來到外面。

「——領地外嗎。」

因為是歸還轉移能夠抵達的距離，我以為是在巴里恩神國內。

這裡好像是鄰接巴里恩神國南關門領的其中一個魔物領域。

「先把這裡破壞掉吧。」

畢竟可能會被其他魔族拿去利用，於是我一邊吸收鑄造聖劍裡注入的魔力，一邊連續發射高威力的爆裂魔法「爆裂」澈底破壞了地下結構物。

說不定往後會再來調查，為了保險起見，我將這個地方附上標誌。

只確認過地圖裡沒有類似的據點後，我回到夥伴們身邊。

◆

「——小玉。」

來到讓小玉避難的臨時據點後，抱著膝蓋的小玉突然抬起頭。

「主人～」

小玉在發現我之後搖搖晃晃地走了過來。

「賢者老師……不行了～？」

「賢者的話，被守衛抓進關魔神的牢獄裡了。」

小玉眼眶泛淚地這麼提問，我摸了摸她的頭並將事實告訴了她。

「喵～？」

小玉歪頭表示不解。

她似乎不明白我說的話是什麼意思。

「意思是他還好好活著。」

「喵！」

小玉擦了擦眼角抬頭看著我。

「還能再見面～？」

「嗯～不清楚呢。因為不能探監，在他出獄前都見不到了吧。」

「遺憾～」

雖然小玉很沮喪，但還是露出了笑容，我想這樣就好了吧。

『主人，小玉失蹤了，她在你那邊嗎？』

亞里沙傳來了「無限遠話」。這麼說來，「戰術輪話」好像在我跟魔王戰鬥時解除了。

『在這裡喔。放心吧，她沒受傷。這邊已經結束了，現在就帶她回去。』

『這樣啊，太好了。聖都的避難結束了，神殿騎士們正在調查都市內是否有魔族的餘孽。雖然有民眾受傷，但好像沒有出現死者。』

『那真是不幸中的大幸呢。』

『嗯，他們說遇到魔王大鬧還沒出現多少傷亡，一定是因為有神的加護，正在為巴里恩神和勇者獻上感謝的祈禱喔。』

真是符合宗教國家的反應。

『對了，如果回到聖都，你可以躲進大聖堂裡面嗎？』

『這倒是無所謂，但真是奇怪的要求呢。』

『樞機卿和那位聖女老婆婆一直說要去幫助救了自己的主人你，我怎麼講都不聽，還派了一支神殿騎士部隊前往大聖堂。』

老聖女應該是純粹的報恩，不過樞機卿可能是不希望交易相關的事情被人發現吧？

『知道了。那我在大聖堂等妳們。』

我結束通話，帶著小玉經過幾次「歸還轉移」返回聖都。

因為轉移地點距離大聖堂有段距離，所以我們從那裡披上放在儲倉裡的透明斗篷，用天驅前往大聖堂。

神殿騎士們都在調查大聖堂四周，我從破碎的圓頂部分進入，先找了個適當的時機用「偽裝」技能把衣服和臉弄髒，然後再和小玉兩人一起走到大聖堂外面。

「潘德拉剛卿！」

「主人！」

我已經知道亞里沙她們會來，但沒想到連樞機卿也一起來了。

「非常抱歉，讓大家擔心了。」

「沒事就好！要是讓救命恩人被活埋就太不像話了。」

樞機卿一副妄尊自大的樣子說道。

『雖然這麼說，但他從剛才開始就一臉拚命地命令部下們絕對要救出主人呢。』

亞里沙忍住笑意用遠話將這件事告訴了我。

看來，他似乎有點感謝我們中途介入他們與賢者之間的戰鬥。

「大哥哥。」

老聖女也坐著轎子趕了過來。

「聖女大人！聖都裡還很危險的呀！」

「沒關係啦，小多。神大人已經告訴我沒事了。」

等轎子降到地面後，老聖女稚嫩地發出「嘿咻」的聲音跳到地上。

「謝謝你，大哥哥。神大人要我向你轉達『謝謝』。」

老聖女朝著天舉起雙手的同時這麼說道，天上隨即降下如同雪一般的藍色光芒。

看起來跟勇者隼人討伐完魔王，以及回歸日本時巴里恩神降下的光十分相似。

「那是！」

「不好。」

或許也跟我有同樣的想法，亞里沙和蜜雅緊抱住我的腳。

我面帶笑容地撫摸她們兩人的頭。不管怎麼說，我想祂應該不會二話不說就把我送回日本吧。

——謝謝你。

充滿感謝之情的年幼聲音傳達到了內心。

Ｖ獲得稱號「巴里恩認可之人」。

>獲得稱號「巴里恩的證明」。
>獲得稱號「巴里恩的使徒」。
>獲得稱號「祝福：巴里恩神」。

看來，我在巴里恩神國的任務似乎結束了。

我依序觀看得到的各種稱號。

第一個姑且不論，第二個有點意義不明，第三個則是我沒有自己成為使徒的印象，真希望能刪除。而最後的祝福，我記得勇者隼人應該也有。明明在公都的特尼奧神殿接受洗禮時受到拒絕，在這邊卻很順利地得到了。

「哦哦……」

藍光消失後，一言不發地愣在原地的樞機卿他們終於有了動作。

「剛才的一定是巴里恩神的聖光！」

「巴里恩神親自對不是勇者的潘德拉剛子爵賜予了祝福！」

「這是新聖人的誕生啊！」

除了老聖女以外的人或許覺得很意外，神殿騎士們單膝跪地向天祈禱，樞機卿和其他神官們也流出感動的淚水獻上祈禱。

尾聲

「沒想到會由巴里恩神直接授予祝福啊！」
「必須慶祝聖人的誕生才行！」
樞機卿和他的親信顯得異常亢奮，扔下一句「得開始忙了」就離開了現場，神殿騎士們也跟著樞機卿離開。以特殊形式傳達巴里恩神神諭的老聖女似乎累得睡著了，於是隨從們讓她坐上轎子返回聖女宮。
等其他人都離開後，我們總算可以慶祝彼此的平安。
「小玉！不是教過妳不要擅自跑到別的地方去嗎！」
「就是喲！波奇非常非常擔心喲！」
「對不起～」
小玉在莉薩和波奇面前鞠躬低頭道歉。
「總算是恢復和平的感覺？」
「是啊。」
魔王的威脅已經消失，魔族應該也暫時不會出來找麻煩。
雖然巴里恩神國的復興肯定會花不少力氣，但我會在資材籌備和金錢方面提供協助，希望他們能好好努力。
這裡就交給在當地的人，我們決定去看看從「轉讓才能」事件中救出來的人們。

◆

「精靈大人！亞里沙老師！」

魔法教室的孩子們——吉姆札和亞布魯與蜜雅及亞里沙慶祝重逢。

「貴族大人！俺也在！俺是萊特！」

萊特少年從人群的對面向我們用力揮手，同時跑了過來。

「——萊特？」

附近有個人對萊特少年的名字起了反應。

雖然臉部被沒有修剪的頭髮和鬍子給遮住，但能略微看見的沙色皮膚，顯示出他和萊特少年一樣是沙人。

「萊特！」

那名男性擠開人群拚命地朝萊特少年的方向走去。

「咦？大叔是誰？」

「是俺呀！萊特——！」

男性伸手撥起頭髮說道。

「老爹！老爹——————！」

萊特少年像要爬到人群頭上似的，朝父親的方向跑去。

「老爹，真的是老爹——！」

「萊特！萊特——————！」

萊特少年與父親淚流滿面地抱在一起慶祝重逢。

見到萊特父親ＡＲ顯示的名字，讓我嚇了一跳。

「優作先生？」

「是的，沒錯。你是誰？俺有跟你見過面嗎？」

之前從萊特少年那裡聽說是叫尤薩克，但其實是叫優作。他是魔王靜香提過的其中一名轉生者。

雖然有些事想問他，但現在希望他好好享受與萊特少年的重逢吧。

「——少爺。」

我沿著聲音的方向回過頭，發現拿著一個大背包及兩個手提袋的皮朋。

「被強迫在礦山最下層區域工作的傢伙也已經救出來了。」

「謝謝你，皮朋。那是庫羅大人拜託你收集的犯罪證據嗎？」

「嗯，數量太多實在讓人困擾啊。」

「既然如此，這個借給你吧。」

我從萬納背包裡拿出小容量的「魔法背包」交給皮朋。

儲倉裡堆放著一大堆這種東西。

「哦，幫大忙了。」

「不必在意，畢竟這次我們也受了不少關照。」

反倒是在扮演庫羅委託任務時，應該用「物質轉送」魔法提供「魔法背包」才對。

「賢者那混蛋怎麼樣了？」

「他在大聖堂失控實在很麻煩，要是勇者無名大人沒有來幫忙的話就危險了。」

「勇者大人來了嗎？那就沒問題了。」

是錯覺嗎，總覺得皮朋對庫羅的忠誠度比起無名更高。

不過，兩個都是我，應該無所謂吧。

「那些參加了轉讓才能儀式的傢伙，大部分似乎都還相信著賢者那個混蛋喔？」

連在經驗值工廠裡被強迫工作的人中，也有些人仍然相信賢者。

畢竟賢者擁有精神魔法，我想應該是同時用了掌握人心的技巧來讓人們相信他的吧。

總而言之，在讓他們用餐和休息後，把那些對賢者死心以及尋求保護的人帶去最近的城鎮，有家可歸的人給他們回家的旅費，沒地方去的人讓西關門領的越後屋商會分店僱用就行了吧。

畢竟之後要創辦希嘉王國與巴里恩神國的貿易據點，工作機會多得是。

而關於那些還相信賢者的人，就讓樞機卿為首的巴里恩神國人們好好努力吧。如果放著不管，一旦出現冒充賢者繼承人的傢伙時，他們很可能會淪為犧牲品。

◆

「——靜香。」

當人們在夜營地安頓下來之後，我們前往了海市蜃樓都市。

「法皇的情況怎麼樣？」

「老爺爺已經睡著了。雖然還沒恢復意識，但呼吸很平穩，我想已經不要緊了。」

在一間屋子裡照顧法皇的魔王靜香回過頭來。

「那麼，那些孩子是？」

她指著入口處問道。

在那裡的是宛如圖騰柱般探頭看著我們的夥伴們。

因為她們身上穿著黃金鎧，看起來有點詭異。我吩咐她們在外面等待，大概很在意屋內情況才會來偷窺吧。

「進來吧。」

我朝她們招手，年長組跟著帶頭的年少組一同走了進來。

「這是你的後宮？」

「是我的夥伴喔，就像家人一樣吧？」

魔王靜香看到我的夥伴全是女性而產生了誤解，於是我把正確情況告訴了她。

「總之，先來自我介紹吧。」

我脫下勇者無名的服裝。

『等、等一下，讓她知道真實身分真的好嗎？』

驚訝的亞里沙用遠話插嘴說道。

『沒關係喔。』

魔王靜香並不是賢者或信奉魔王的成員，也不是會到處宣揚傳聞的人。

而且為了得到身為魔王的她的信賴，我認為揭露身分讓她掌握我的把柄是最好的方法。

我轉頭看向魔王靜香。

「我是佐藤．潘德拉剛子爵。希嘉王國穆諾伯爵的家臣，擔任著觀光副大臣。」

「潘德拉剛？觀光副大臣？」

不符合這個世界的詞彙引起了魔王靜香的注意。

「我叫亞里沙，跟妳一樣是轉生者喔。」

亞里沙模仿我的動作，也拿掉面紗和金色的假髮，露出紫髮的同時擺出奇怪的姿勢進行自我介紹，其他孩子也跟著拿掉頭盔和面紗自我介紹了起來。

或許是亞里沙擺出奇怪姿勢的緣故，年少組和娜娜紛紛效仿，連莉薩和露露都害羞地擺出姿勢的樣子真是可愛，一臉難為情的莉薩十分罕見。

「我叫靜香，是魔王喔。」

「「「──魔王！」」」

聽見靜香這麼說，莉薩和娜娜反應很大，除了亞里沙之外的其他孩子們也紛紛擺出戰鬥姿勢。

「慢著、等一下！這孩子不要緊啦！」

亞里沙連忙擠進她們之間。

就算感受到殺意，魔王靜香也只是歪頭說了句：「這孩子？」表示不解。

「可是，亞里沙，魔王不是必須打倒的對象嗎？」

「就說不是啦。」

亞里沙開始說服一臉困惑的莉薩。

「我也認為必須打倒才對耶？」

身為當事人的魔王靜香也這麼說。

「真是的！別說得這麼事不關己好嗎！」

「成為魔王之後，就無法恢復原本身分了。那傢伙也說過魔王能用來回收瘴氣很方便之類的話。」

魔王靜香表情憂鬱地低著頭。

聽她這麼說，我用瘴氣視確認了一下，發現她的身體的確淡淡地冒出些許瘴氣。

這是因為魔王化，或是魂之器損壞的緣故嗎？

——哦？

喝下萬靈藥後，法皇的身體沒有再冒出瘴氣。

「妳喝這個試試看。」

「知道了。」

魔王靜香不假思索地喝光了我遞給她的萬靈藥。

還是老樣子毫不猶豫啊。

「——咕嗚。」

數層魔法陣沿著魔王靜香的身體出現，開始修復她的身體和靈魂。

從她身體冒出來的瘴氣隨之消失。

「難道這是萬靈藥？」

「是的。」

我回答了氣喘吁吁的魔王靜香，並觀察她的身體。

就算等了一會兒，也沒有看見瘴氣再次冒出。

「蜜雅。」

「嗯，沒問題。」

對瘴氣很敏感的蜜雅也點頭了。

靜香的稱號仍然是「魔王」。雖然稍微有點期待，不過光是喝下萬靈藥，似乎沒辦法拿掉魔王的稱號。

「這樣就不會冒出瘴氣了。就算去人多的地方生活，也不會給周圍的人們和農作物造成不良影響。」

「是嗎，謝謝你。」

魔王靜香看起來不怎麼高興。

「我多管閒事了嗎？」

「不會對農作物造成影響是很讓人高興啦，但我不擅長去人多的地方。無論是前世，還是作為調換兒的今生，我對其他人都沒什麼好印象。」

「波奇也是『調換兒』喲！」

「小玉也是～？」

波奇和小玉精力十足地說道。

「妳們也是？」

「系！」「喲！」

魔王靜香覺得很耀眼似的看著她們兩個。

「看著這些孩子，會讓人想再度好好生活呢。」

「如果有地方想去，我可以送妳過去喔。」

「我對於在人群中生活還有些抗拒，還是在不認識的城鎮附近，蓋間小房子生活好了。你有什麼好地方嗎？」

魔王靜香似乎不想回到故鄉。

「祕密基地。」

蜜雅小聲地說。

「啊——！那裡似乎挺不錯的呢。」

「嗯，清涼。」

亞里沙和蜜雅彼此笑著點了點頭。

「——祕密基地？」

「是個有精靈池的據點喔。」

畢竟連原本是魔物的長腳蜘蛛蟹都變成了幻獸，或許能幫魔王靜香拿掉「魔王」的稱號也說不定。

魔王靜香看起來也很有興趣，於是我們反覆使用「歸還轉移」前往祕密基地。

「——好漂亮的地方。」

看到朝陽照耀下的祕密基地景色，魔王靜香讚嘆地說。

因為祕密基地沒怎麼考慮過可居住性，於是我決定用複合魔法「製作住宅」在池邊另外蓋個房子。

「如果要蓋房子，這附近可以嗎？」

我向魔王靜香確認。

「我想想——再稍微靠近那邊的大樹比較好。小屋我可以自己蓋，能借我工具嗎？」

「ＤＩＹ用的工具我當然會準備，不過房子由我來蓋，沒問題的。像這種感覺的可以嗎？」

我用光魔法「幻影」顯示出房子的預覽圖。

試著營造出類似居住在森林中的魔女之家（英國風格）的感覺。

「好可愛。再稍微更偏德國風格怎麼樣？窗戶是這種感覺，入口則是這樣。」

魔王靜香隨便找了根木棒在地面上作畫，畫得相當不錯。

「哦，Great～？」

「畫得非常好喲！」

小玉和波奇看到她的畫顯得很興奮。

我參考了魔王靜香的畫，對影像進行修改。

「嗯，就是這個感覺！裡面弄成這樣比較好呢。」

她繼續在地板上作畫，比預想得更加具體。

「小靜香原來是個漫畫家嗎？」

「不是商業而是同人的，在業界還挺出名的喔。」

魔王靜香略帶驕傲地說著。

「小亞里沙，腐女同伴增加了呢。」

「妳、妳是誰？」

魔王靜香見到出現在祕密基地的小光，嚇了一跳。

「我叫小光。是佐藤的青梅竹馬。請多指教！」

「請、請多指教。」

「我只負責看，所以很高興能有畫師出現！」

小光握著魔王靜香的手搖了起來。

「知、知道了，請放開我。」

魔王靜香招架不住氣勢洶洶的小光，搖搖晃晃地來到我這邊。

「怎、怎麼回事？為什麼剛才設計的房子已經蓋好了？」

「只是外部而已，內部除了床以外只有最低限度的家具，其他的部分妳和小光一起去王都備齊吧。」

如果跟小光一起，就算讓她去王都購物也沒關係吧。

為了保險起見，我把前往王都的轉移鏡設定成只有和小光在一起的時候才能用，過一陣子後再設定成她也能獨自使用轉移鏡吧。只要把能聯絡到小光的緊急呼叫器交給她，就算遇到危險應該也不要緊。

「佐藤，你到底是什麼人？」

雖然魔王靜香一臉目瞪口呆的表情看著我，但我不知道該怎麼回答，於是像日本人一樣露出笑容敷衍了過去。

「可以進去裡面嗎～？」

「波奇也很在意裡面喲！」

「請、請進。」

得到允許的夥伴們滿心期待地走進屋子。

「理想的家……」

魔王靜香沒有跟夥伴們一起進去，而是感慨萬千地看著房子的外觀。

「是要把我作為情人養在這裡嗎？」

順風耳技能聽見了魔王靜香的自言自語。

「正太的情人。雖然有點像犯罪，但也別有一番風味呢。」

雖然她講出了感覺很合亞里沙胃口的心聲，但我還是當作沒聽見吧。

帶著測試新居舒適程度的意圖，今天的早餐是魔王靜香親手製作的料理。雖然她接受了露露和莉薩的幫忙，卻用一句「男孩子去外面」拒絕我進入廚房。我認為性別歧視不太好。

「對了小光，謝謝妳的紡車。拜此所賜，我成功打倒了綠色上級魔族。」

「咦？真的嗎？」

小光訝異地瞪大雙眼。

「真虧你能把那隻很會逃跑的『綠』逼到絕境呢。」

「多虧發生了許多能引開他注意力的事情。」

我向小光道謝，並把「追夢紡織車」還給她。

「這樣一來，在天國的米奇也能心滿意足了。」

小光提到製作追夢紡織車的魔法道具師的名字並點了點頭。

「讓你們久等了，早餐做好了喔。」

露露和莉薩端著大大的盆子走出屋子，將料理放到在院子裡製作的桌子上。

畢竟是設計給人獨自生活用的房子，餐廳沒辦法容納那麼多人呢。

我們跟平時一樣由亞里沙發出「我開動了」的口號之後開始享用早餐。

到目前為止還好——

「哦——就算世界不同，流行跟退燒的類別也沒什麼變化呢。」

「感覺作品名稱差別很大呢，靜香小姐喜歡哪方面的類別？」

「我其實不太挑食耶？不過有點不擅長應付肌肉系和凌辱系的。因為熱愛西裝，所以也比較喜歡辦公室系的戀愛故事以及上司與部下之間的ＢＬ。御姊正太系的最近才開始接觸，所以知道的並不多。」

「嗯嗯，不錯不錯。」

小光、魔王靜香以及亞里沙三人熱烈地聊起了同人話題。

其他成員似乎聽不太懂，頭上浮現了問號。

我催促夥伴們享用魔王靜香親手做的料理。她的料理能力雖然稱不上卓越，但依然具備了不像沒有料理技能的手藝。

「妳自己也是畫同樣類型的作品？」

「我畫的大多是普遍級，畢竟前世二十歲就結束了。」

「這樣啊，靜香在的日本也有那個嗎？呃，正式名稱叫什麼啊～」

「——二十歲？」

亞里沙遭受了某種打擊。

小光和魔王靜香沒有發現這件事，自顧自地聊著深度的話題。

因為看她們就算吃完早餐也沒聊完，於是我們把之後的事交給小光，返回巴里恩神國。

◆

「聖都巴里恩的人民啊！」

打扮成勇者無名的我在大聖堂的上空開始了演講。

我已經把從海市蜃樓都市帶回的札札里斯法皇交給聖女宮的老聖女。畢竟她很善良，而且還跟巴里恩神國的第二把交椅多布納夫樞機卿關係密切，應該能妥善處理。

「假冒札札里斯法皇的邪惡魔族已經被我消滅，你們敬愛的札札里斯法皇平安無事！」

我這麼說完，聚集在大聖堂的人們發出了盛大的歡呼。

「聖下呢！聖下在哪裡！」

「目前在神的座前治療魔王帶來的傷害。治療結束之後，就會跟大家見面了吧。」

這些台詞都是在聖女宮和樞機卿事先商量好的。

因為用勇者無名的語氣很難表達，於是採用了朗讀樞機卿準備的劇本的方式。

「有人說聖下變成了魔王啊！」

雖然不清楚這麼喊的人是誰，但那個人不僅被周圍的群眾痛罵「你太不敬了！」或「你是魔王信奉者嗎！」遭到了圍毆。

「信徒們啊！」

樞機卿代替我開始了演講。

我一邊隨意聆聽，一邊開始思考巴里恩神國今後的事。

因為魔王化的影響，我想法皇很難回到崗位。據說打算等法皇恢復過來，讓他出現在眾人面前請大家放心之後就會退休，並前往位於北關門領內風光明媚的公館度過餘生。

樞機卿說新的法皇將由祭司以上的聖職者投票決定。在那之前似乎是由樞機卿暫時擔任法皇的代理。

擔任神殿騎士團長的聖劍使梅札特卿非常支持樞機卿，可以確定下一任法皇是樞機卿。

另外，我堅決辭退了讓佐藤加入聖人行列這個很有名譽的提議。雖然樞機卿似乎仍不肯放棄，但我還是希望能夠拒絕。

「魔王的威脅已經消失！你們要知道今後努力復興國家是聖下的意思，更是巴里恩大人的意思！」

樞機卿發出號令，在神官們的指揮下，民眾展開了復興工作。

我向巴里恩神國的人們揮揮手，隨即前往夥伴們正在等待的西關門領。

「歡迎回來，主人。」

亞里沙她們在西關門領前的一棟大商館裡。

當我向從窗戶探出身子的亞里沙她們揮了揮手，準備走進商館入口時，一名熟面孔前來迎接我的到來。

「嗨，少爺。來得真晚啊。」

「皮朋——也就是說，這裡是越後屋商會的分店嗎？」

面對眼前這座和希嘉王國王都的總店規模幾乎沒有區別的華麗商館，我不禁用疑問的口吻詢問。

「子爵大人！歡迎來到越後屋商會巴里恩神國分店！」

越後屋商會的幹部女孩——當上分店長的美麗納帶著笑容迎接我。

是成為分店長的緣故嗎，她身上不是平時的幹部服，而是穿著與掌櫃十分相似的服裝。

「妳好，美麗納小姐，真是華麗的建築物呢。」

「呵呵，這都是託子爵大人的福！是您幫我們跟樞機卿大人疏通過了吧？託您的福，才能在這樣的一流位置開店，我感動到不斷發抖呢！」

原來如此，是樞機卿暗中安排的啊。得準備回禮給他才行。

之前皮朋確保的地方，感覺可以當作地方直銷店面。

「主人，聽說越後屋商會打算聘請我們帶來的所有人喔。」

從二樓走下樓梯的亞里沙這麼對我說。

「呵呵，畢竟我們這邊原本就預計要僱用人手啊。」

雖然美麗納這樣說，但突然要聘請這大量的人數一定很辛苦吧。

今晚以庫羅的身分，幫她們運一些存放在希嘉王國貿易都市塔爾托米納的商品吧。只要有了商品，就能和西關門領的商人們進行交流，因為大量僱用而增加支出的帳簿也不至於入不敷出才對。

「主人，聽說尼爾波谷的研究也會由越後屋商會來進行。」

「畢竟要是順利的話，也能減少賑濟的支出啊。」

聽見我和露露的道謝，分店長美麗納害羞地笑著表示不用在意。

如果尼爾波谷變好吃，讓巴里恩神國的伙食變好的話，請她們也幫忙研究加波瓜吧？

看準我們和美麗納結束對話的時機，皮朋過來搭話。

「少爺還會待在這邊嗎？」

「嗯，我們打算沿著內海進行觀光。皮朋要返回希嘉王國了嗎？」

「我接到庫羅大人的命令，要去周遊西方各國做設立分店的準備，真是會使喚人耶。」

雖然這麼說，但皮朋看起來很開心。

這次也給了足夠的資金，況且除了皮朋，還有幾名越後屋商會的分店長候補陪同。負擔應該會比在巴里恩神國設立分店時少很多。

「要是在旅途中遇到，再一起喝一杯吧。」

「嗯，到時候我請客。」

我和皮朋握手，然後目送他離開。

「主人，萊特好像有話要對主人說。」

與看起來很忙的美麗納道別後，我在亞里沙的帶領下前去跟萊特少年他們見面。

「——貴族大人，咱們果然還是決定回故鄉。」

萊特少年以直率的語調說道。雖然我邀請他和轉生者的父親優作先生加入越後屋商會，但是被他們拒絕了。

「還是留下比較好吧？」

「說什麼呢，老爹！不是跟我約好一起去給老媽掃墓的嗎！」

父親優作先生似乎有點捨不得越後屋商會的工作。

「等你們心血來潮的時候，再來拜訪這裡就行。我也會先把這件事告訴擔任分店長的美麗納小姐。」

「嗯，知道啦！」

萊特少年很有精神地回答道，優作先生則放心似的嘆了口氣。

「優作先生認識大吾和小千夏這兩個人嗎？」

「不知道。名字有點像日本人，他們也是轉生者嗎？」

看來時期和優作先生不同。

或許因為兩人都是急性子，他們隔天就騎著駱駝離開了西關門領。

另外，因為大吾和小千夏似乎被幽禁在位於北關門領的某座快要崩塌的修道院裡，於是我向臉看起來像幽靈的院長塞點小錢將他們救了出來。院長似乎會找個理由記錄兩人已經死亡的事。

由於他們兩個都衰弱到半死不活，所以我用下級萬靈藥進行治療，接著送往魔王靜香的家請她幫忙照顧。她緊抱著幼小的兩人淚流滿面的模樣令我印象深刻。

而跟巴里恩神國有關的工作，其實還實行了另一件。

就是貧困對策。本來覺得把尼爾波谷變好吃的研究全部交給越後屋商會，等同盡了一定程度的情分，但當我躺在床上的時候，察覺到還有更加根本的解決方式。

「沒想到，會來這套……」

亞里沙的眼前是一個大小跟下水道入口差不多的深洞。

我使用了土魔法「陷阱」，試著挖出一條能經由地圖發現，通往地下水脈的大洞。

「好深～？」

「掉下去就不好了喲。」

為了不讓探頭看著大洞的小玉和波奇掉落，莉薩抓著兩人的腰帶。

「可是主人，要是這麼深的話，打水不會很辛苦嗎？」

「是的，露露。用幫浦也很會很辛苦，我這麼同意道。」

「要用風車嗎？」

「不，還有更適合的東西。」

我向亞里沙眨了眨眼，把通過地圖搜索找到的涼御樹運了過來。

那是一棵樹幹遠比大洞更為粗壯，樹齡約上千年的大樹，豐富的樹根非常漫長。

「說是猴麵包樹——樹幹也太粗了。」

「涼御樹是一種會在樹幹裡存放著大量水的樹喔。」

在和魔王化的賢者交戰時，偶然看到被切斷的涼御樹噴出了大量的水，從而得知了這種樹的性質。

「蜜雅，能請妳幫忙把涼御樹的根和水源連接起來嗎？」

「嗯，交給我。」

我從儲倉中拿出樹靈珠交給蜜雅。

接著向涼御樹撒了一整壺的營養劑，將平時封印的精靈光全力展開。

這樣事前準備就完成了。

「波爾艾南之森的蜜薩娜莉雅向巴里恩神國的涼御樹請願。接受樹靈珠之力，讓根連接上沉睡在地底的豐富水源吧。」

蜜雅長篇大論地呼喚起涼御樹。

我施展術理魔法「透視」，看見涼御樹在吸收了營養劑和樹靈珠的力量後，根部以驚人的速度伸向地下水源的場景。

「搞定。」

「辛苦了。」

在蜜雅消耗大約一半的魔力時，涼御樹的根抵達了地下水源。

「蜜雅，接著麻煩妳拜託它把水汲取上來。」

「知道了。」

我透過魔力轉讓給蜜雅恢復魔力。

「波爾艾南之森的蜜薩娜莉雅向巴里恩神國的涼御樹請願。接受樹靈珠之力，汲取沉睡在地底的豐富水源，治癒大地的飢渴吧。」

蜜雅舉起樹靈珠進行祈禱，地震般的聲響隨即從地底深處傳了過來。

「喵？」

「有什麼聲音喲。」

小玉和波奇跟涼御樹拉開了距離，其他夥伴則是守望著蜜雅和涼御樹。

「來了。」

蜜雅說話的同時，涼御樹周遭的濕氣變濃，過沒多久涼御樹的葉子開始滲出水來。

「主人，請看樹枝生長的地方，我這麼告知道。」

「有水！」

水從娜娜手指著的涼御樹上層流了下來，量多到了令莉薩大吃一驚的程度。

水一轉眼流到了大地上，乾涸的大地被濕潤，最終形成了可以說是水池的水窪。

當樹靈珠的效果消失後，雖然不再流出如此極端大量的水，但樹葉依然不斷落下水滴，就算處在巴里恩神國強烈的日曬之下也沒有減少。

這麼一來也足以當作水源活用吧。

直到日落為止，我用勇者無名的樣子找樞機卿商量，在貧民數量較多的城鎮及都市周邊打造了涼御樹的群生地。

中途因為蜜雅有點累了，我便獨自進行樹靈珠的工作。

雖然還挺累人的，但我認為這份辛苦有其價值。

◆

「總算能回去觀光了呢。」

由於在巴里恩神國的擔心事項全都已經解決，所以我們在分店長美麗納的介紹下，前往早已預約的西關門領最高級餐廳。

「就是說啊，大家有什麼地方想去的嗎？」

在等待料理的期間，我向大家問起接下來的打算。

雖然有讓我去沙珈帝國參觀勇者召喚魔法陣的約定，但那件事並不急。

硬要說的話，我更想優先尋找能讓庫沃克王國那些被奇美拉化的人恢復原狀的方法。

皮朋回收的資料，雖然在送商品過去的昨天就收到並做了確認，但那裡面只有大量的惡行證據，並沒有跟解除奇美拉化有關的情報。

作惡的證據已經安排送給樞機卿，除此之外的研究資料和魔法書我都很感激地收下，打算活用那些資料來幫助他人。

「波奇想見武士大江喲！」

「波奇選武士大將啊，我倒是想會一會傳聞中的劍聖大人。」

「我想品嘗看看『千變萬化的料理人』先生的料理。」

波奇、莉薩和露露似乎都想跟名人見面。

順便一提，露露口中的「千變萬化的料理人」是個同時也被人稱作「變態廚師」的人物。使我有些苦惱要不要讓露露跟他見面。

「我應該是『賢者之塔』吧，那個地方感覺會有各式各樣的魔法書？」

我也挺在意那裡的。亞里沙說的「賢者之塔」是遠古賢者建造，以塔為中心的都市國家卡利索克的俗稱，跟賢者索利傑羅無關。在當地好像還被人稱做「睿智之塔」。

「蜜雅呢？」

「大音樂堂。」

「好像叫做繆西亞王國？」

「嗯，島國。」

大音樂堂是孚魯帝國時代熱愛音樂的皇帝所建造，在那裡似乎能夠聽見現今技術無法重現的天界音樂。

「我覺得『人偶之國』比較好，我這麼告知道。」

「有興趣。」

娜娜說的「人偶之國」羅多洛克是個以製作玩偶和人偶而聞名的小國。

因為距離巴里恩神國很近，所以在港口市場見過好幾次那個國家的商品。

「喵～」

小玉表情困惑地沉吟著，語氣中透露出鬱悶的感覺。

察覺大家擔心地看著自己，小玉先說了句：「肉！」接著又說：「能吃到很多美味肉肉的國家～？」

「波奇也是喲！波奇也覺得能吃到很多很多肉的國家比較好喲。」

「聽說內海有各式各樣的國家，說不定其中有能夠滿足我們，充滿嚼勁的肉。」

「會出現什麼樣的肉料理呢，真是令人期待呢。」

小玉說的話引起了波奇的興趣，莉薩和露露也跟著聊起肉的話題，於是眾人和樂融融地聊起了自己想吃的肉料理。

「久等了。雖然不是肉料理，但是很好吃喔。」

端著魚料理的女服務生把看起來十分美味的料理放在桌上。

「很好吃的樣子~？」

「波奇的肚子餓扁扁了喲！」

大家也在小玉和波奇的影響下露出笑容。

「那就開動吧。」

「「「我開動了！」」」

熱鬧的聲音響徹了巴里恩神國的天空。

嗯，真好吃。果然美味的料理和笑容就是旅行的醍醐味啊。

據說西方各國有很多美味的料理，現在就很令人期待呢。

後記

您好，我是愛七ひろ。

非常感謝各位購買《爆肝工程師的異世界狂想曲》第二十一集！

能像這樣順利地增加集數，都是託各位讀者支持的福。

以後我也會不斷追求比以往更有趣的故事，還請各位今後也多多支持。

那麼，為了看過後記才決定購買的讀者，來複習上一集的內容與講述本集的看點吧。

在上一集中，佐藤一行人在遠離希嘉王國的巴里恩神國，成功與勇者隼人重逢。

以勇者一行人為首，與聖劍使、黑騎士和賢者等英雄共同參加了魔王「沙塵王」的討伐，隨後順利完成討伐的勇者隼人結束了使命回到日本。

本書則是那件事的後續。

故事的舞台從討伐魔王後的聖都移到了萊特少年被邀請的「有才之士」村落，「才能」究竟是什麼，「轉讓才能」又是什麼，伴隨著這些謎團，逐漸揭開了隱藏在村子裡的祕密。

在有才之士的村落並非只有追逐謎團。

正如封面暗示的那樣，在有才之士的村落還有小玉的忍者修行篇章。波奇和佐藤也參與其中，以「普通」忍者的身分學習忍術。而佐藤他們的「普通」，和忍者們的「普通」究竟有哪裡不同呢，如果您能開心地看下去將是我的榮幸。

正當佐藤他們享受忍者修行的背後，上一集最後向讀者揭露真實身分的幕後黑手——賢者索利傑羅在巴里恩神國的背地裡進行著自己的計畫。

因為流程與ＷＥＢ版大不相同，所以已經看過ＷＥＢ版的讀者也能放心閱覽。

佐藤他們與賢者和綠魔族這些反派的對決究竟會如何？札札里斯法皇和聖女靜香，以及多布納夫樞機卿的立場會有什麼變化？身為聖劍使的神殿騎士梅札特還有沒有出場機會？萊特少年能否和父親再會呢？諸多故事有著各式各樣的注目點非常豐富，希望各位讀者能夠好好享受到最後。

當然，本系列主題的觀光篇章也依然健在。

在巴里恩神國的港口城鎮尋找特產同時品嘗當地名產，還有周遊觀光景點。在受邀前往某位美食家的餐會時，在佐藤面前出現了西方各國的眾多絕品料理。面對從孚魯帝國延續至今的美食文化，佐藤似乎也非常滿足。

本來只是客串角色的皮朋，這次在許多地方都有大顯身手。當然，越後屋的成員和小光也是有戲分的喔～也許我想多增加一些雅潔小姐的戲分。

開始謝詞前有件事情要告訴大家。

あやめぐむ老師的漫畫版《爆肝工程師的異世界狂想曲》第十一集預定在十二月發售，那邊也請多多支持（註：此指日本出版情況）。

第十一集賽拉終於登場了！

由於本篇久久未能登場，無論是見不到賽拉而煩惱的賽拉粉絲或是其他讀者，也務必去看看。

雖然原作的賽拉很可愛，但漫畫版的賽拉也非常出色。

那麼進入慣例的謝詞！

受到責任編輯的I和S，還有主編A這般大量人力提供協助，實在非常感謝。通過各位準確指出應該讓氣氛高漲的地方和表現力不足的地方，讓故事的魅力和淺顯易懂的程度得到了提升。今後無論何時還請多多指導、鞭策。

後記

總是用充滿魅力的插圖為狂想曲增添色彩的ｓｈｒ．ｉ老師，無論怎麼道謝也不足以表達我的感謝之情。這次初登場的靜香那股陰鬱的性感實在太棒了。今後狂想曲的形象面也請多多指教。

然後是以角川ＢＯＯＫＳ編輯部的各位為首，我在這裡向與這本書的出版、通路、銷售、宣傳以及跨媒體相關的所有人士獻上感謝。

最後，向各位讀者獻上最高級的感謝！

大家願意將本作品閱讀到最後，實在非常感謝！

那麼我們在下一集西方各國歷訪篇再會吧！

愛七ひろ

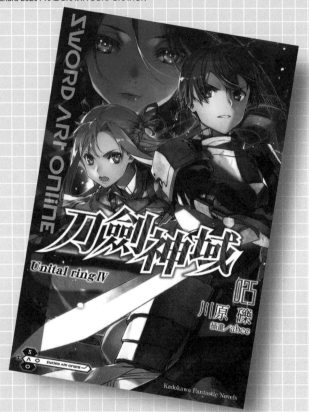

國家圖書館出版品預行編目資料

爆肝工程師的異世界狂想曲 / 愛七ひろ作；九十九夜譯. -- 初版. -- 臺北市：臺灣角川股份有限公司, 2022.09-
冊；　公分. -- (Kadokawa fantastic novels)
譯自：デスマーチからはじまる異世界狂想曲
ISBN 978-626-321-803-1(第21冊：平裝)

861.57　　111011336

Kadokawa
Fantastic
Novels

爆肝工程師的異世界狂想曲 21

（原著名：デスマーチからはじまる異世界狂想曲 21）

2022年9月13日　初版第1刷發行

作　者：愛七ひろ
插　畫：shri
譯　者：九十九夜

發行人：岩崎剛人
總編輯：蔡佩芬
編　輯：楊芫青
美術設計：李思穎
印　務：李明修（主任）、張加恩（主任）、張凱棋

發行所：台灣角川股份有限公司
地　址：104台北市中山區松江路223號3樓
電　話：（02）2515-3000
傳　真：（02）2515-0033
網　址：www.kadokawa.com.tw
劃撥帳戶：台灣角川股份有限公司
劃撥帳號：19487412
法律顧問：有澤法律事務所
製　版：巨茂科技印刷有限公司
ISBN：978-626-321-803-1